D1641428

ACTION KRIMI

ED LACY

Zahlbar in Mord

ENTER WITHOUT DESIRE

Kriminalroman

Wilhelm Goldmann Verlag

Aus dem Amerikanischen übertragen von
Alexandra und Gerhard Baumrucker

1. Auflage September 1968 · 1.–15. Tsd.
2. Auflage August 1980 · 16.–25. Tsd.

Made in Germany 1980
© der Originalausgabe 1954 by Ed Lacy
© der deutschsprachigen Ausgabe 1968 by Wilhelm Goldmann Verlag,
München
Umschlagentwurf: Atelier Adolf & Angelika Bachmann, München
Umschlagfoto: Richard Canntown, Stuttgart
Gesamtherstellung: Mohndruck Graphische Betriebe GmbH, Gütersloh
Krimi 5406
Lektorat: Peter Wilfert · Herstellung: Peter Papenbrok
ISBN 3-442-05406-0

Die Hauptpersonen

Marshal Jameson	Bildhauer, aus dem Süden der USA stammend und vom Leben benachteiligt – bis er mit Hilfe einer großen Liebe zu Glück und Erfolg kommt
Elma Morse	Schallplattenarchivarin, lebt illegal in den USA und erwartet ein Kind, von dessen Vater sie sich getrennt hat
Maxwell Morse	der Mann Elmas, liebt seine Mutter abgöttisch und kommt in keinem Beruf zurecht
Mary Jane Kraus	erste Frau Jamesons, kindlich und für eine Künstlerehe viel zu unbedarft
Marion Kimball	angestellt in einem Werbebüro, emanzipiert und stets hilfsbereit
Sid Spears	Bildhauer und Freund von Jameson
Alice und Tony Alvins	ebenfalls Freunde Jamesons – nur bewahrt Tony leider eine alte Luger etwas zu lange in seinem Haushalt auf
Bonard	ein versoffener Lebenskünstler in Paris, durch den Jameson die Kunst lieben lernt
Harry Logan	ein keineswegs hartgesottener Privatdetektiv

Der Roman spielt in Paris, hauptsächlich aber in
New York und Umgebung.

Ich saß da und wartete, auf diesem öden Hinterhof in der Bronx; die Pistole hatte ich entsichert in der rechten Tasche. Es war ganz einfach: warten, bis er ganz dicht an mich herangekommen war, ein Schuß ins Herz — dann über die unbebaute Parzelle zum Wagen laufen. Sids Karre sah ganz gewöhnlich aus, die fiel bestimmt niemandem auf, ebensowenig wie die Zulassungsnummer. Die Zulassungsnummer — das war eine der Gefahren, die ich auf mich nehmen mußte — eine der allzu vielen Gefahren.

Aber eigentlich konnte nichts schiefgehen, wenn ich weiterhin Glück hatte. Wenn... Wenn... Ich hoffte inständig, daß er nicht Frau und Kinder hatte. Er sah zwar zu jung dafür aus, aber falls er doch Familie hatte — na wenn schon, ich hatte auch Frau und Kind. Weiß Gott, ich wollte diesen Privatdetektiv nicht umbringen, aber ich war in einem Netz gefangen, ich mußte es tun. Ich mußte...

Sinnlos, darüber nachzudenken — lieber überlegen, wie man die Pistole los wird. Ausgeschlossen, Tony wieder vorzumachen, ich hätte sie verloren. Muß mir da irgend etwas einfallen lassen. Schlamperei, daß ich das nicht eingeplant hatte... Ach was, Pläne, keine Zeit dafür. Nicht wie bei der anderen Sache.

Marshal Jameson, der vielversprechende Bildhauer, an einem sonnigen Nachmittag in der Bronx auf einem fremden Hinterhof hockend — und sorgfältig seinen zweiten Mord planend.

Ich grinste ein saures, nervöses Grinsen — und war dem Heulen verdammt nahe. Ich, der ich keiner Fliege etwas antun konnte, wartete mit der Pistole auf...

Ich hörte einen Wagen vor dem Haus anhalten. Es war fünf vor drei. Der Privatdetektiv war pünktlich. Ich stand auf und spähte um die Straßenecke. Er war allein.

Ich wartete: Es gab kein Davonlaufen, kein Zurück. War dieser Mord nicht der einfachste Ausweg für mich?

Am Silvesterabend konnte ich es nicht länger aushalten. Es geschah nichts Besonders, alles war wie immer. Aber genau wie es einen Siedepunkt gibt, so gibt es auch einen Zerreiß-punkt, und den hatte ich eben erreicht. Man kommt nicht weiter ohne Erfolg, und sei er noch so klein. Außerdem hatte ich die Einsamkeit einfach satt, die feuchte Kälte, ich hatte es satt, hungrig zu sein, versagt zu haben. Ich versuchte, mich zu betrinken, nuckelte den ganzen Tag an einer Pulle mit hausgemachtem Rosinenwein, aber es half nichts.

Silvester bedeutete mir an sich herzlich wenig, aber dies-mal kam ich mir völlig verloren vor. Und der Wein hatte mir überhaupt nichts genützt. Meine Barschaft bestand aus gan-zen achtzig Cent. Ich hatte sieben Dollar auf dem Postspar-buch, aber das Postamt war geschlossen. Es war vier Uhr; langsam wurde es trüb-dunkel. Ich schaute auf die stinkende Petroleumlampe, auf die Büchsenbohnen und das Stück Fisch zum Abendessen, und ich dachte: Ich halte das nicht mehr aus. Ich gehe nach New York.

Zwar erwartete mich in New York nichts und niemand, und wenn einer weiß, wie einsam es in der Großstadt sein kann, dann bin ich das, aber im Augenblick wollte ich nichts weiter als unter Menschen sein, unter all den wimmelnden, unpersönlichen Menschen auf dem Times Square am Silve-sterabend. Ich wollte lächelnde Gesichter sehen, Lärm hören, auch Radau.

Ich holte meinen einzigen Anzug aus dem Holzkoffer, be-reitete eine Schüssel heißes Wasser und rasierte mich, dann streifte ich ein sauberes Hemd über. Mein Mantel war in kei-nem schlechten Zustand, und kaum war ich fertig angezogen, da fühlte ich mich auch schon ein bißchen besser. Ich ging durchs Dorf die Straße entlang, die zur Chaussee führte. Ich wollte meine Bretterhütte nie wiedersehen — und keine meiner miesen, unvollendeten Skulpturen.

Mein Geschick nahm in dem Augenblick seine Wendung, als ich die Chaussee erreichte. Ein schnittiger Sportzweisitzer hielt an; ich hatte kaum den Daumen ausgestreckt. Ein bulliger junger Mann im Smoking saß hinter dem Steuer.

Er fragte: »Sie wollen mitfahren?«

»Deshalb stehe ich ja da. Ich möchte in die Stadt.«

»Steigen Sie ein. Ich fahre zur Ecke 62. Straße und Madison Avenue.«

»Ausgezeichnet«, sagte ich beim Einsteigen.

Ich spürte die Weichheit des Ledersitzes und die Kraft des Wagens, als der junge Mann den Gang einlegte und anfuhr. Der Wagen war ein sichtbares Zeichen dessen, was mir am meisten fehlte: Sicherheit.

Der Mann zog eine Zigarette aus der Brusttasche — kein Päckchen, sondern eine einzelne Zigarette. Als er sie anzündete, fragte er, ob ich auch eine wollte. Ich schüttelte den Kopf und holte meine Pfeife heraus.

»Wollen Sie zu einer Silvesterfeier?«

»Ein paar Leute anrufen, mal nachsehen, was sich tut«, sagte ich nonchalant, so, als wäre ich wirklich auf Feiern aus, als hätte ich wirklich vor, irgendwo hinzugehen.

»Scheußlicher Abend. Ich bin bei meiner Tante zum Dinner eingeladen. Stinklangweilig, Sie kennen ja diese Familientreffen. Ist ein ungewöhnlich rauher Winter, nicht?«

Es war schließlich sein Wagen; das mindeste, was ich machen konnte, um mich erkenntlich zu zeigen, war Konversation.

»Ja, es war ziemlich ungemütlich.«

»Ich wohnte in Easthampton.«

»Das ist ziemlich weit draußen«, meinte ich. »Ich lebe in Sandyhook.«

Er machte »Oh«, als sei ich ein Monstrum, und fügte hinzu: »Sie sind Künstler?«

»Ich weiß nicht. Ich versuche, ein Bildhauer zu werden.«

»Ich kannte mal eine Biene, die sich dort vor zwei Sommern herumgetrieben hat. Bezeichnete sich als Modell. Eine Figur wie eine Göttin, aber ziemlich dämlich im Bett. Habe den ganzen Sommer gebraucht, bis ich . . . Ach, ich habe gar nicht gewußt, daß während des Winters jemand in diesen — äh — Hütten lebt. Muß scheußlich sein.«

»Ist es auch.«

Wir schwiegen eine Weile, dann sagte er: »Passen Sie auf.«

Er trat das Gaspedal durch. Wir flitzten mit hundertfünfzig Sachen durch die Dämmerung. Er hatte den Wagen gut im Griff. In weniger als zwanzig Minuten erreichten wir den Stadtrand von Brooklyn, oder vielleicht war es Queens, und er bremste auf normale sechzig herunter.

Er sagte: »Ist doch Unsinn, zu einer so faden Party auch noch zu rasen! Wie wär's mit einem Schluck Anti-Langeweile-Sirup?«

Er holte eine fast volle Halbliterflasche Whisky aus dem Handschuhfach, nahm einen tiefen Zug und reichte sie mir; ich wischte den Flaschenrand ab und nahm gleichfalls einen ordentlichen Schluck.

Entweder war der Whisky verdammt gut, oder aber es war der Rosinenwein und der Umstand, daß ich seit langer Zeit nichts Anständiges gegessen hatte — jedenfalls war ich bester Laune, als wir vor einem noblen Apartmenthaus in der 62. Straße anhielten. Wir genehmigten uns noch einen Schluck, während der Portier tat, als sehe er uns nicht. Dann wechselten wir einen Händedruck, wünschten einander ein glückliches Neues Jahr, und ich schwebte die Straße hinunter.

Einen Moment lang hatte ich erwogen, ihn um einen Dollar anzupumpen, aber so betrunken war ich denn doch nicht. Bloß — ein Dollar wäre mir eine große Hilfe gewesen. Ich will damit sagen: Ich wollte mir nur ein paar Bierchen leisten, um das Neue Jahr zu begießen — all den sentimentalen Quatsch —, aber ich war eben in sentimentaler Stimmung. Es gab einige wenige Leute, die ich anrufen konnte, aber bei zehn Cent pro Telefongespräch würden meine achtzig Cent in Null Komma nichts draufgehen.

Ich erreichte die 55. Straße und dachte gerade, wie leer und kalt die Madison Avenue wirkte, als es sanft zu regnen begann. Der elende Regen gab mir den Rest. Ich rannte zum Broadway hinüber, um unter Menschen zu sein. Der Regen, der mir ins Gesicht schlug, war so kalt und feucht wie meine Hütte, er brachte mich fast zum Schreien. Ich fror bis ins Mark.

Ich ging in einen Drugstore, trank eine Tasse Kaffee und fühlte mich besser, obwohl mir die Schurken zwanzig Cent dafür abknöpften. Ich setzte mich in eine Telefonzelle und ermahnte mich, Vernunft anzunehmen — ich hatte nicht genug Geld zum Alleinsein. Ich rief bei Marion an und hoffte beinahe, es würde sich niemand melden.

»Hallooo?«

Ihre Stimme klang so temperamentvoll wie immer.

»Marion, hier ist Marsh. Marsh Jameson.« Ich bemühte mich um einen munteren Tonfall. »Ich rufe bloß an, um dir das Allerbeste zu wünschen.«

»Marsh, mein Junge! Wann bist du in der Stadt angekommen?«

»Vor einer Weile. Ein Freund hat mich hergefahren.«

»Wie geht die Arbeit vonstatten?«

»Langsamer, als ich gedacht habe, aber ich mache Fortschritte«, log ich.

»Lieber Junge, ich gehe zu einer Party bei den Martins. Kennst du Robb und Ida Martin? Er ist Schriftsteller, fabriziert diese furchtbaren Western-Geschichten, Cowboy-Schnulzen, ist das nicht irr? Verdient auch noch Berge von Geld damit. Er gibt eine Party, bei der man als Cowboy erscheinen soll, als Indianer oder etwas ähnlich Albernes. Ich gehe mit einem Jungen namens Tony hin, einem . . .«

»Einem deiner zornigen jungen Männer?« fragte ich, und meine Worte klangen schon genauso falsch wie die von Marion Kimball.

»Natürlich, Liebling. Er ist sogar noch zorniger, als du es warst — er hat in Korea mehrere Zehen verloren. Oh, bedeutend zorniger als du«, spöttelte Marion. Marion, die mir Mutter gewesen war, Geliebte und Kameradin. »Hör mal, komm doch einfach zu uns herüber, in ungefähr — na, jederzeit vor elf, ja? Du wirst dich gut unterhalten.«

»Tja . . . Werde ich ganz bestimmt nicht stören?«

»Unsinn. Was glaubst du, was für Furore ich mache, wenn ich gleich mit zwei Männern ankomme. Wenn du so gegen neun kommen könntest? Ich brate einen Truthahn, und — du erinnerst dich doch an meine Torten . . .?«

»Klar. Die Karrierefrau, die beweist, daß sie auch kochen kann.«

»Marsh, du bist so ein verbiesterter Kerl, einfach zum Verlieben. Ich habe einen Indianerkopfschmuck übrig und eine Menge Federn . . . Kommst du?«

»Tja . . . Eigentlich sollte ich noch einen Anruf . . . Machen wir es so: Wenn ich nicht bis um zehn Uhr dort bin, wartest du nicht länger. Und ein glückliches Neues Jahr, Marion, mein Schatz.«

»Dir ebenfalls, Marsh, und komm doch herüber. Brauchst du Geld?«

»Ich bin versorgt. Wiedersehen.«

Ich hängte ein. Es war verrückt; ich hatte Marion gern, war hungrig und pleite, vor zehn Minuten hatte ich mit dem Gedanken gespielt, einen Fremden anzupumpen, und doch wußte ich, daß mein dummer Stolz mich hindern würde, ihre Einladung anzunehmen.

Ich wählte die Nummer von Sid Spears, dem die Hütte gehörte, in der ich wohnte.

Er begrüßte mich mit: »Marshal! Großartig, deine Stimme zu hören. Wie kommst du zurecht? Schon etwas fertiggestellt?«

»Fast. Ich —«

»Kleiner, wir haben heute offenes Haus. Ab zehn Uhr bist du uns jederzeit willkommen, zu trinken ist genug da . . . Verdammt, da klingelt es an der Tür, und Laura räkelt sich in der Badewanne. Schau doch vorbei! Okay, Kleiner?«

Ich sagte »Vielleicht« und hängte ein. Sid war ein netter Kerl, aber eines Tages würde ich ihm eine langen, wenn er mich einmal zuviel ›Kleiner‹ nannte.

Mit vierzig Cent in der Tasche ging ich zum Broadway. Ich war zu zwei Partys eingeladen und wußte, daß ich zu keiner von beiden gehen würde. Ich wußte nicht, warum, ich wußte nur, daß ich nicht hingehen würde. Ich wollte ein paar Gläser Bier trinken und mich bis zum Morgen am Broadway aufhalten, dann mit der U-Bahn nach Flushing fahren, mich an die Chaussee stellen und per Anhalter nach Sandyhook zurückkehren.

Bloß den verdammten Regen konnte ich nicht vertragen.

Ehrlich gesagt, Regen macht mir Angst, schon seit damals, als ich Football gespielt hatte. Man kann sich verletzen — unerwartet und bös verletzen — auf einem aufgeweichten, glitschigen Feld.

Ich kam an einem Theater vorbei. Die Leute standen Schlange, um hineinzukommen. Ich fragte mich, was für eine Vorstellung am Silvesterabend eine solche Menschenmenge anlocken konnte, und blieb stehen. Es handelte sich um eine Rundfunk-Quiz-Sendung mit dem Titel ›Steuerfrei!‹

Der letzte in der Reihe war ein mild aussehender alter Mann.

»Wie bekommt man die Eintrittskarten?« fragte ich ihn.

»Stellen Sie sich an. Die ersten tausend Personen werden eingelassen. Aber keine Bange, die Schlange ist heute klein.«

Ich stellte mich hinter ihn und fühlte mich wohler. Ich streifte nicht mehr umher, ich tat jetzt etwas. Auch wenn es etwas Dummes war, bot es mir eine Möglichkeit, die Zeit totzuschlagen, Schutz vor dem Regen und der Kälte zu finden.

Wir rückten langsam vor, und der alte Mann sagte: »Meiner Frau war es nicht recht, daß ich heute abend wieder hergegangen bin. Jetzt schon zum drittenmal. Aber vielleicht werde ich aufgerufen, heute wird kein so großer Andrang sein.«

»Aufgerufen wozu?«

Er zog die buschigen Brauen hoch, als er sich umdrehte, um mich anzusehen. Es war eine gefällige Bewegung, und ich hätte rasch eine Skizze von ihm machen sollen.

»Als einer der Anwärter auf den Geldpreis. Wissen Sie, angeblich wird jede fünfzigste Person ausgewählt. Aber das stimmt nicht.«

»Ach. Das stimmt nicht?« fragte ich, bloß um etwas zu sagen und vielleicht noch einmal seine Augenbrauen in Bewegung zu sehen.

Die Sohlen meiner Schuhe waren solche Gummidinger, die man im Kaufhaus kauft und selbst anklebt, aber meine waren schon so durchgescheuert, daß ich die Nässe des Gehsteigs spürte. Ich steckte nicht nur sprichwörtlich, sondern auch tatsächlich nicht in guten Schuhen.

»Alles nur Reklame«, sagte der alte Mann entrüstet. »Glauben Sie mir, die Werbung ruiniert die Moralstruktur unseres Landes. Nach den Plakaten in der U-Bahn könnte man direkt meinen, die Bändigung von Frauenbrüsten und Achselgeruch seien das einzige Anliegen der größten Industrien in Amerika. Was für Eindrücke Ausländer von unserem Land bekommen müssen!«

»Soviel ich weiß, sind die Eindrücke nicht sehr gut, auch ohne Büstenhalterreklamen. Diese Sendung wird von einer Miederfirma finanziert?«

»Nein, nein, von einer Waschmittelfirma. Ich habe die Büstenhalter nur als Illustration für die Macht der Reklame verwendet. Wenn wir hineingehen, wird man Sie fragen, wo Sie herkommen und was Sie von Beruf sind. Kommen Sie aus einer Kleinstadt oder haben Sie einen ungewöhnlichen Beruf, dann werden Sie drangenommen, ob Sie nun der fünfzigste sind oder nicht. Ich bin ein pensionierter Schullehrer, also nichts Aufregendes. Wenn ich aber ein Soldat wäre oder ein Polizist oder einen ausgefallenen Anzug anhätte, oder wenn ich sagte, ich komme aus Alaska, dann nähme man mich dran.«

»Was geschieht, wenn Sie drangenommen werden? Bekommen Sie ein Waschmittelpaket?«

Der alte Mann bewegte abermals die Brauen, als er mich verärgert anblickte.

»Man bekommt die Chance, die vier Fragen zu beantworten, und hundert Dollar für jede richtige Antwort, steuerfrei. Die zwei Paare, die das meiste Geld zusammenbringen, können sich dann an der großen Preisfrage versuchen. Und am Geldballon.«

»Klingt aufregend«, sagte ich.

Ich hatte keine Lust mehr, mit ihm zu reden. Die Wirkung des Kaffees hatte nachgelassen, und der Rauschzustand kehrte allmählich zurück. Ich hatte nur einen Wunsch: mich zu setzen und aus der Kälte wegzukommen.

Schließlich erreichten wir den Eingang, wo zwei gutaussehende Männer mit geübtem Lächeln jedem von uns rasch die Hand drückten und fragten: »Wo kommen Sie her, Sir? Welchen Beruf haben Sie?«

Dem alten Mann schüttelten sie lediglich die Hand, aber als ich sagte: »Ich bin ein Bildhauer aus Sandyhook«, dachte ich, sie würden vor Glück ohnmächtig. Sie schwangen meine Hand wie einen Pumpenschwengel und schrien: »Herzlichen Glückwunsch! Sie sind der vierhundertste Besucher dieses Theaters! Begeben Sie sich auf die Bühne, Sir, nutzen Sie die Chance, steuerfreie Dollars zu gewinnen!«

»Ich?«

»Sind Sie Seemann?« erkundigte sich eine der Typen.

»Wie kommen Sie auf die Idee?«

»Sandy Hook ist . . .«

»Bedaure, ich bin aus Sandyhook auf Long Island, nicht

draußen in der Bucht. Falls das . . .«

»Alles in Ordnung, Sir. Folgen Sie bitte der Platzanweiserin.«

Ich sah, wie mich der alte Mann verdrossen anblickte, als ich der schicken Platzanweiserin durch einen Seitengang auf die Bühne und in eine Art Büro folgte. Sieben andere Personen saßen dort herum, sahen ein bißchen verlegen und nervös aus. Ein großer, breiter Knilch mit rundem, glattrasiertem Gesicht, mit der Stimme und dem Gebaren eines Superhausierers, packte meine Hand und sagte: »Ich bin Hal Lyons, der Quizmeister. Ihr Name, Sir?«

Ich nannte ihm meinen Namen und die Adresse, und eine Blondine mit hartem Gesicht schrieb alles auf. In einer Ecke tippte eine andere allzu reichlich geschminkte Puppe irgendwelche Kärtchen. Als ich sagte, ich sei Bildhauer, röhrte dieser Lyons: »Aber das ist ja großartig, Mr. Jameson! Wir hatten noch nie einen Bildhauer in der Sendung, ich muß gleich einmal in meiner Witzkartei nachschlagen. Sie stehen doch nicht etwa auf tönernen Füßen, oder?«

»Schlagen Sie doch lieber in Ihrer Kartei nach.«

»Überlassen Sie die Witze mir. Nun, Mr. Jameson, wir haben noch etwa zwanzig Minuten bis zum Beginn der Sendung. Wenn die Sendung läuft, müssen wir selbstverständlich auf unsere Ausdrucksweise achten, nicht wahr?« Er schnupperte an meinem Atem und fügte hinzu: »Besonders am Silvesterabend.«

»Falls Sie damit meinen, daß ich ein paar Glas —«

»Ja, wir alle genehmigen uns heute abend einen Schluck. Ich allerdings muß damit warten, bis die Sendung vorbei ist. Sie bekommen eine Partnerin, vier Fragen sind zu beantworten. Jeder von Ihnen bekommt hundert Dollar für jede richtig beantwortete Frage. Das Paar, welches das meiste Geld gewinnt, versucht sich dann an der großen Preisfrage im Wert von zweitausend Dollar und am Geldballon. Nun . . .«

»Was ist das für ein Geldballon?«

»Mr. — äh — Jameson, haben Sie noch nie die Sendung ›Steuerfrei‹ gehört?«

»Mein Radio ist kaputt.«

»Ach so«, sagte er, als hätte ich ihn geohrfeigt. »Vor jede Person des Schlußpaares wird ein Pfeil gelegt, und falls einer der Kandidaten glaubt, die Antwort auf die Preisfrage zu wissen, versucht er den Ballon mit dem Pfeil zu durchbohren. In dem Ballon befindet sich eine Banknote. — Doch die Zeit verfliegt, und unser Buchhalter möchte Ihnen einige Fragen stellen — falls Sie gewinnen, müssen wir wissen, wie hoch Uncle Sams Anteil ist. Joe, komm her und nimm dir diesen — Mr. Jameson vor.«

Ein kahlköpfiger Mann mit schmalem, knochigem Gesicht und müden Augen kam und ›nahm sich Mr. Jameson vor‹, indem er ein paar Fragen betreffs meines Einkommens, meines Familienstandes und der von mir abhängigen Personen stellte. Während er sich all das notierte, warf ich einen Blick auf die anderen Leute und sah, wie mich dieses Mädchen anstarrte — richtig anstarrte.

Ich starrte zurück.

Sie hatte eine schlanke Figur, so schmal, daß sie größer schien, als sie tatsächlich war, hatte gute Beine und einen zu starken Busen. Aber ihr Gesicht war wunderbar — kräftige, doch weiche Züge, ganz schwarzes Haar mit Ponyfransen, sonderbar schräggestellte Augen, die ihr ein exotisches Aussehen verliehen, eine mittelmäßige Nase — und, als sie mich anlächelte, einen großen, vollen, warmen Mund.

Ich lächelte zurück und fragte mich, was das wohl bedeuten sollte.

Der Buchhalter sagte gerade: »Lassen Sie mich mal nachsehen, Mr. Jameson, Ihre Partnerin ist... Ja, Mrs. Elma Morse.«

Und dann führte er mich hinüber und machte mich bekannt mit diesem schönen Mädchen — und ich meine jetzt nicht Schönheit im rein physischen Sinn.

Nachdem er uns allein gelassen hatte, sagte sie: »Hoffentlich war es Ihnen nicht peinlich, daß ich Sie so angestarrt habe, Mr. Jameson, aber ich habe gewußt, daß Sie mein Partner werden. Marshal Jameson — sonderbarer Name.«

»Alter Kentucky-Knabe.«

»Ohne Südstaatenakzent?«

»Der ist irgendwo unterwegs verlorengegangen.«

»Also«, sagte sie, während sie auf der Bank ein Stückchen weiter rückte, damit ich mich neben sie setzen konnte, »ich habe Sie mir angesehen. Was für eine Sorte Wundertier sind Sie? Ich bin Schallplattenarchivarin.«

Die Stimme paßte zu ihrem Gesicht — verlockend und ungekünstelt.

»Ich habe mich als Bildhauer ausgegeben. Ich versuche nämlich, einer zu werden.«

»Nicht schlecht, bei Fragen aus dem Gebiet der Kunst müßten Sie eigentlich gut abschneiden. Und ich kenne mich in der Musik aus. Ich hoffe, Sie sind nicht auf den Kopf gefallen: Ich könnte das Geld brauchen.«

»Ich auch. Fürchte, ich bin nicht besonders gescheit.«

Sie lächelte wieder, und ich hätte am liebsten ihr Gesicht berührt.

Ich sagte: »Stellen Sie das ab.«

»Was?«

»Das Grinsen. Das schafft mich . . .«

Das Lächeln erlosch, und sie sah aus wie ein erschrockenes Kind. Ich schätzte sie auf dreiundzwanzig, höchstens fünfundzwanzig.

»Verzeihung«, sagte sie. »Ich habe mich nicht über Sie lustiggemacht oder so. Ich fand es nur komisch: Zwei Fremde, die einander begegnen und versuchen, vom Wissen des anderen zu profitieren, um rasch zu Geld zu kommen.«

»Ja, eine großartige Beschäftigung für den Silvesterabend.«

»Jedenfalls habe ich deshalb gelächelt. Ich hatte nicht die

Absicht, Sie . . .«

»Mrs. Morse — Elma, Sie haben ein aufregendes Lächeln, wie Sie ganz genau wissen. Was Sie nicht wissen, ist . . . Ich habe seit Monaten — äh — keine Frau mehr aus der Nähe gesehen. Reizen Sie mich also nicht mit diesem Lächeln.«

»Sind Sie betrunken?«

»Ich habe mich bemüht, es zu werden, aber ohne Erfolg.«

»Dieses ›seit Monaten‹ klingt, als seien Sie im Gefängnis gewesen.«

»So könnte man es auch nennen. Ich habe draußen auf Long Island in einer Hütte gewohnt und zu arbeiten versucht. Ohne Heizung, Licht, Geld und Frauen.«

»Ach, sprechen Sie doch nicht über Frauen, als wären wir ein Möbelstück. Ich habe noch nie einen echten hungernden Künstler getroffen — die sind gleichzeitig mit den Kneipen, in denen man flüsterte, und dem Charleston eingegangen. Ist Ihre Arbeit gut geworden?«

»Sie wollen wohl witzig sein?«

»Ich werde gar nichts mehr sein.«

Sie zündete sich eine Zigarette an, wandte sich von mir ab. Ihre Bewegungen waren so anmutig, daß mir fast die Tränen kamen. Ich meine — na ja, es ist doch so: Du siehst ein Mädchen auf der Straße, im Film oder auch auf einem Illustriertenfoto, und dieses Mädchen hat etwas an sich, was deine Körpersäfte brodeln läßt; auf einen anderen Mann wirkt sie vielleicht überhaupt nicht so, aber du entzündest dich an ihr. Genauso erging es mir mit Elma. Sie war so verdammt anziehend, und es war Silvester, und da waren wir, vom Zufall zusammengeführt . . . Aber ich wollte keine Dummheiten machen; in wenigen Minuten würde alles vorbei sein, sie würde heimkehren zu ihrem Glückspilz von Ehemann, der wahrscheinlich wie ein stolzer Papa im Zuschauerraum saß. Innerlich war ich ganz aufgelöst, aber äußerlich blieb ich kühl — mußte es bleiben.

Während all der Zeit in Sandyhook, als ich zu arbeiten versucht und mich bemüht hatte, nicht zu sehr zu frieren, hatte ich kaum an Sex gedacht. Ich besaß eine gute anatomische Frauenplastik aus Gips, die ich studierte und abtastete, aber der Anblick weiblicher Muskeln ist nicht unbedingt leidenschaftserweckend. Außerdem sind karge Mahlzeiten weit wirkungsvoller als Natron. Auch im Winter gab es in Sandyhook ein paar Mädchen — die mollige Tochter des Ladenbesitzers, die hochgewachsene Frau des Bootsverleihers. Manchmal hatten Tony und Alice Alvins übers Wochenende einige Mädchen zu Besuch... Aber ich besaß weder die Energie noch das Geld für diese Art von Verhältnis.

Am Rande von Sandyhook gab es ein Wirtshaus, in dem Seefisch serviert wurde; den Großteil des Winters über war es jedoch geschlossen. Manchmal raffte ich mich auf und ging hin, um ein Bier zu trinken und das Fernsehprogramm anzuschauen. Da war eine aufgedunsene alte Person, so gegen sechzig, mit schauderhaftem Make-up und hellblond gebleichtem Haar, die unter der Illusion litt, sie sei noch immer zwanzig. Sie trug einen kostbaren Nerz, als sei er ein Wischlappen, war eine Mrs. Soundso — aber sie hatte es gern, wenn man sie Margie nannte. Sie fuhr einen schicken Wagen, wohnte in einem großen Haus am Meer und hatte auch einen Ehemann — irgendwo. Margie war dauernd beschwipst und pflegte ins Lokal hereinzuwehen, mit klarer Stimme ›Hold that tiger‹ zu singen und allen mit ihrem faltigen Mund jungmädchenhaft zuzulächeln.

Ich weiß nicht, ob sie verrückt war oder was, aber es war ihre Gewohnheit, alle paar Minuten ›Hold that tiger‹ zu summen oder zu singen, als sei das äußerst geistreich. Margie war bei den Stammgästen der Bar sehr beliebt. Es kam vor, daß sie im Laufe eines Abends für sämtliche Gäste mehrmals eine Runde ausgab. Margie hatte mich nicht nur gelegentlich bedeutungsvoll gemustert, sie ließ mir auch die geflüsterte Version von ›Hold that tiger‹ angedeihen, aber das war nichts für mich. Vielleicht war ich nicht hungrig genug, oder ich begann zu überlegen, ob Marion wie diese unglückliche alte Frau enden würde, und dann gruselte mich.

Elma fragte: »Läßt man uns selbst ein Wissensgebiet auswählen?«

»Keine Ahnung. Ich habe mich vor dem Regen hierher geflüchtet.«

Sie schaute mich kurz an, mit warmen, klaren Augen, dann lachte sie. Es war ein kehliges, sattes Lachen, das mich berauschte.

»Gar kein so schlechter Grund. Es ist sogar besser, als wenn man aus einem bestimmten Grund herkommt.«

Ich versuchte nicht, das zu verstehen. Ich stopfte meine Pfeife und kramte in meinen Taschen nach einem Streichholz. Sie reichte mir ein billiges Feuerzeug; ich bedankte mich, und sie sagte: »Machen Sie doch kein so finsteres Gesicht. Wir sollen nun mal Partner sein, ob es uns paßt oder nicht.«

Am liebsten hätte ich gesagt: ›Mädchen, wie könnte ich dir jemals böse sein‹, aber ich wollte nicht klingen wie ein Vorstadtcasanova. Ich sagte einfach: »Kümmern Sie sich nicht um mich. Menschenskind, ich bin nicht nur froh, daß sie meine Partnerin sind, ich bin glücklich, daß ich Sie überhaupt zu sehen bekommen habe.«

»Danke schön«, sagte Elma mit jenem Lächeln, das mich zum Schwitzen brachte.

Um das Thema zu wechseln, weil ich mir eine große Enttäuschung ersparen wollte, fragte ich: »Was macht eine Schallplattenarchivarin?«

»Die Titel der Platten registrieren, einen Katalog führen. Offen gestanden habe ich seit mehreren Monaten nicht mehr gearbeitet. Ich bin — nun ja, arbeitslos. Deshalb bin ich hier. Aber der Posten hat mir gefallen, war für mich mehr Vergnügen als Arbeit. Wissen Sie, ich liebe Musik . . . Moderne Sachen . . .«

Sie sprach weiter. Ihre Stimme hatte einen beglückenden

Klang. Sie erzählte mir von den alten sentimentalen Aufnahmen, die sie besaß, und wie sie die Platten ab und zu abspielte, einfach, um sich mal mit Genuß auszuweinen ... Ich betrachtete die schönen Rundungen ihrer Wangen, die ungewöhnlichen Augen, die vollen, sinnlichen Lippen.

Die Stenotypistin in der Ecke stand auf und gab Hal, dem Quizmeister, einen Stapel Karten, und alle blickten auf ihre Uhr, wie vor einem Sturmangriff. Nicht, daß ich jemals an einem Sturmangriff teilgenommen hätte. Hal verließ den Raum; draußen auf der Bühne begann ein Orchester zu spielen, und der Raum knisterte vor Spannung, als die Leute flüsterten: »Es geht los.«

Elma wisperte: »Das Orchester trieft vor Schmalz.«

Hals Sekretärin, die Blondine mit den harten Zügen, rauschte plötzlich herein und winkte dem ersten Paar zu wie eine Schmierenkomödiantin. Die beiden waren so nervös, daß sie käsebleich wurden.

Elma sagte: »Die sehen aus, als gingen sie zur Hinrichtung. Wir sind die vierten — die letzten. Nervös?«

»Nein. Ich rechne mit keinem Gewinn. Wie lange dauert das hier?«

»Halbe Stunde. Ich möchte, daß wir gewinnen. Ich bin von dem großen amerikanischen Traum besessen — leicht zu Geld zu kommen. Ich könnte es brauchen.«

»Wer nicht? Aber ich rechne trotzdem mit keinem Gewinn.«

Das erste Paar hatte kaum den Raum verlassen, als das nächste aufgerufen wurde.

Elma kicherte nervös.

»Wahrscheinlich zwei geistig Minderbemittelte.«

»Bekommt man einen Trostpreis, wenn man danebenrät?«

»Jeder Teilnehmer erhält ein Paket Seifenpulver.«

»Genau das, was mir an einem regnerischen Silvesterabend fehlt. Ich werde ...«

Das dritte Paar ging hinaus, und kurz darauf steckte die

Blondine den Kopf zur Tür herein und winkte uns mit dem Finger.

Elma drückte meine Hand.

»Also los — gehen wir uns blamieren.«

Zunächst einmal gingen wir nirgendwo hin, sondern warteten etwa zehn Minuten, die mir wie eine halbe Ewigkeit vorkamen, in den Kulissen. Die Bühne war hell erleuchtet, im Hintergrund saß das Orchester. An einer Seite der Bühne war ein großer Uncle Sam aus Pappe, dessen Mund eine Registrierkasse bildete. An der gegenüberliegenden Seite war ein riesiges Dollarzeichen aus knallig gold angemaltem Holz angebracht, und daran befestigt ein gewöhnlicher roter Luftballon. In der Mitte der Bühne, auf einem Podium mit mehreren Mikrofonen, drehte Hal das eine Paar durch den Wolf. Ich konnte nicht hören, was gesprochen wurde, aber dem Publikum gefiel es anscheinend.

Von den Kulissen her sah die Bühne unwirklich aus; alles Talmi. Und die Zuschauer, warum waren die gekommen? Hatten alle gehofft, am Quiz teilnehmen zu können? Oder waren sie alle einsam und . . .

Der liebe Hal komplimentierte das Paar von der Bühne: »Wie schade, aber wenigstens gehen Sie um zweihundert Dollar reicher von hier fort. Und wer weiß, vielleicht kommen Sie noch in die Endausscheidung um den großen Preis und den Wunderballon. So . . . Unsere letzten Kandidaten sind Mrs. Elma Morse, eine Schallplattenarchivarin, und Mr. Marshal Jameson, ein Bildhauer. Leute, zur Begrüßung einen kräftigen Applaus!«

Es war das erste Mal, daß mir jemand applaudierte, außer auf dem Footballfeld, und das ist etwas anderes. Ich weiß nicht, woran es lag, ob an meiner Befangenheit oder an der scheinbaren Dummheit der uns wie verrückt beklatschenden Leute — jedenfalls bekam ich Lampenfieber und konnte mich nicht rühren. Elma zerrte mich an der Hand und kicherte, aber ich stand einfach da wie ein Klotz. Die Blondine trat mir so heftig gegen den Fußknöchel, daß ich zusammenzuckte — und dann war ich in Ordnung.

Hal geleitete uns zur Mitte der Bühne, musterte Elma, machte ein idiotisches Gesicht und pfiff anerkennend, was das Publikum in Raserei versetzte.

Er sagte: »Nun also, Mrs. Morse, schade, daß wir nicht vor der Fernsehkamera stehen. Sie sind bestimmt die hübscheste Schallplattenarchivarin, die ich je gesehen habe. Wie haben wir's denn, Leute?«

Wieder wurde geklatscht. Elma stand mit rotem Kopf da und lächelte gequält. Ich starrte auf die Reihen von Gesichtern, kam mir vor wie ein Trottel und fragte mich, was, zum Teufel, ich auf dieser Bühne zu suchen hatte.

Hal sagte schelmisch: »Sollten Sie einmal Lust bekommen, mich zu besuchen und meine Schallplatten anzuhören . . .«, und gab sich dann selbst eine Ohrfeige. Woraufhin das Publikum aus irgendeinem Grunde hysterisch aufjauchzte.

Nachdem sich das Gelächter gelegt hatte, fuhr Hal fort: »Nur ein kleiner Scherz, Mrs. Morse. Ich nehme an, Mr. Morse sitzt im Zuschauerraum?«

»Das bezweifle ich.«

»Er ist also zu Hause und hört zu?«

»Das weiß ich auch nicht«, antwortete Elma gelassen. »Ich habe ihn seit längerer Zeit nicht gesehen.«

»Nun, die Zeit drängt, machen wir weiter im Programm«, sagte Hal rasch. »Sie haben fünfzehn Sekunden Zeit für die Beantwortung . . .«

Ich war so benommen, daß ich im ersten Moment nicht begriff, was Elma gesagt hatte. Aber ich brauchte mir deshalb noch lange keine Hoffnungen zu machen, denn was konnte man mit weniger als fünfzig Cent am Silvesterabend schon anfangen?

»Nun«, röhrte Hal. »Hier ist eine leichte Frage: Welches Waschmittel ist das beste für Ihre Wäsche? Natürlich — ›Flockenwirbel‹!«

Ein kräftiges, einsachtzig großes Mädchen im Tänzerinnentrikot drückte mir plötzlich ein großes Waschmittelpaket in die Hand und hätte mich dabei fast umgestoßen. Ein zweites Paket wurde Elma aufgedrängt. Das Mädchen überragte mich um ein Stück, und das Publikum lachte. Ich fragte mich, ob es überhaupt etwas gab, worüber das Publikum nicht gelacht hätte.

Hal überflog einige Karteikarten, die er in der Hand hielt, während er sagte: »Hören Sie genau zu. Frage Nummer eins. Sie sollen aus mehreren Antworten, die ich Ihnen nennen werde, diejenige auswählen, die der richtigen Antwort am nächsten kommt. Also, für einhundert steuerfreie Dollar: Wie viele Verwaltungsbezirke gibt es im Staat New York? Zehn? Fünfzig? Hundert? Fünfhundert? Tausend?«

Elma schaute verdutzt drein, dann beinahe wütend.

Ich sagte: »Ich glaube, es gibt im Staat New York zweiundsechzig.«

»Richtig! Ein Volltreffer von Mr. Jameson, dem Bildhauer! Sie bekommen einhundert Dollar, und Uncle Sam erhält . . .«

Er zeigte auf die Registrierkasse im Mund der Pappfigur, die 21 Dollar Steuerbetrag anzeigte. Ich riß mich zusammen — ich besaß nun fünfzig Dollar, ich konnte essen, konnte sogar Elma dazu einladen, konnte feiern.

Hal hob ruhegebietend die fette Hand.

»Für weitere einhundert steuerfreie Dollar: Welcher Erdteil hat die höchsten Wasserfälle der Welt?«

»Niagara . . .« begann Elma.

Ich stieß sie an, sagte: »Venezuela, Südamerika.«

»Abermals genau getroffen, Mr. Jameson!« schrie Hal, während das Publikum wie verrückt applaudierte. »Jawohl, in Venezuela gibt es einen Wasserfall, der über tausend Meter hoch ist, unser Niagara hingegen mißt nur armselige fünfundfünfzig Meter«, las Hal von einer der Karten ab.

Elma flüsterte: »Sie sind gescheit! Mein Gott, zweihundert

Dollar. Und er ist wütend auf mich, deshalb gibt er uns die schweren Fragen, damit . . .«

»Das hätten wir also«, sagte Hal, nachdem Uncle Sam den Steueranteil registriert hatte. »Ruhe, bitte. Es geht um weitere einhundert Dollar. In welchen Staaten befindet sich das größte Reservoir der USA? Ich meine dasjenige mit dem größten Wasservorrat.«

»In Arizona und in Nevada«, antwortete ich wie aus der Pistole geschossen.

Hal brüllte wieder »Richtig!«, und das Publikum jubelte. Ich fühlte mich wie beschwipst — ich hatte 150 Dollar, ein Vermögen.

Hal sagte: »Mr. Jameson, Sie wissen bemerkenswert gut Bescheid über wenig bekannte Dinge. Darf ich fragen, woher Sie Ihr Wissen beziehen?«

»Klar. Ich habe den ganzen Winter über in einer Hütte auf dem Land gelebt. Da hat der ›Welt-Almanach‹ vom vergangenen Jahr herumgelegen, und — das war so ungefähr alles, was ich zu lesen hatte.«

Einen Augenblick blieb es still, und dann entfachte diese ›witzige‹ Replik einen Beifallssturm. Hals blödsinniges Lachen schnitt mir in die Ohren. Elma starrte mich staunend an.

Hal schwenkte, um Ruhe bittend, die Hand.

»Mr. Jameson, weil Sie immer so prompt geantwortet haben, und weil Sie ein paar wirklich harte Nüsse zu knacken hatten, will ich Ihnen eine Chance geben. Als Antwort auf die letzte Frage können Sie mir den Namen des Reservoirs nennen, oder ich stelle Ihnen eine andere —«

»Lake Mead, aber man kann es auch Hoover-Reservoir nennen«, sagte ich wie auswendig gelernt.

»Lake Mead genügt völlig! Sie haben vierhundert steuerfreie Dollar! So, wenn Sie so freundlich sein wollen, sich an den Tisch zu setzen — neben das andere Paar . . . In wenigen Sekunden bietet sich Ihnen die Gelegenheit, den Großen Preis und den Inhalt des Geldballons zu gewinnen. Doch zu-

26

nächst ein Wort über ›Flockenwirbel‹ . . .«

Vor einem anderen Mikrofon besangen drei Mädchen die Wunder von ›Flockenwirbel‹, während uns die Amazone, die mich vorhin mit dem Waschmittelpaket fast umgeworfen hätte, zum Tisch führte.

Wir setzten uns, und Elma sagte: »Sie sind einfach phantastisch. Ist das wirklich wahr, daß Sie nichts anderes zu lesen hatten als den ›Almanach‹?«

»Ja. Sehen Sie, um die Hütte aufzuheizen, mußte ich alle Ritzen und Fugen an der Tür und den Fenstern mit Papier zustopfen. Das heißt, sobald es warm war, hatte ich keine Lust, hinauszugehen und eine Zeitung oder etwas anderes zu holen, denn, wenn ich die Tür geöffnet hätte, wäre die verdammte Hütte für den Rest des Tages wie eine Gefrierkammer gewesen.«

»Das klingt so . . .«

Hal kam mit einem Handmikrofon herüber.

»Meine Damen und Herren, jeder von Ihnen hat einen Pfeil vor sich liegen. Ich lese eine Zeile aus einem Gedicht vor, gebe Ihnen einen Hinweis, und dann haben Sie genau zehn Sekunden Zeit, um mir den Namen des Autors zu nennen. Nun, wenn Sie glauben, die Antwort zu kennen, versuchen Sie, bevor Sie sie mir sagen, den Geldballon mit dem Pfeil zu treffen. Falls Sie den Ballon treffen, und falls Sie die richtige Antwort wissen, erhalten Sie die darin enthaltene Prämie, aber ob Sie ihn nun treffen oder nicht, erhalten Sie, falls Sie die richtige Antwort wissen, den großen, steuerfreien Gewinn von zweitausend Dollar. — Bitte, Ruhe im Publikum. Und bitte nicht einsagen! Fertig? Welcher berühmte irische Schriftsteller hat diese Worte geprägt: ›Jede große Leidenschaft ist die Frucht vieler fruchtloser Jahre‹?«

Lastendes Schweigen senkte sich über die Bühne. Eine Uhr zählte laut tickend die Sekunden. Als vier Sekunden verstrichen waren, wollte ich aufs Geratewohl ›Shaw‹ sagen, doch da packte Elma ihren Pfeil und schleuderte ihn mit einer geschmeidigen Bewegung. Es gab einen leisen Knall, als der Luftballon verschwand, und ein Fünfzigdollarschein schwebte träge, Kreise beschreibend, durch die Luft und glitt schließlich zu Boden. Eine Art dumpfes Brüllen erscholl aus dem Zuschauerraum, und Hal hob die Hand hoch wie ein Verkehrspolizist.

Er sagte: »Einen Augenblick. Mrs. Morse, wie lautet Ihre Antwort?«

»George Moore«, erwiderte Elma, bemüht, ihre Stimme unter Kontrolle zu behalten.

Hals dröhnendes »Richtig!« traf mich wie ein Schlag in die Magengrube. Ich riß den Mund auf und schnappte nach Luft. Großer Gott, ich hatte über tausend Dollar! In meinem ganzen Leben hatte ich noch nie so viel Geld auf einmal besessen. Ich konnte es noch nicht glauben. Ich konnte nicht einmal glauben, daß ich mich auf der Bühne befand, obwohl ich durch das Toben des Publikums Hals unerträgliche Kesselpaukenstimme vernahm, die verkündete: »Sie und Ihr Partner haben eine Gesamtsumme von zweitausendvierhundertfünfzig Dollar gewonnen! Steuerfrei!«

Undeutlich, wie im Traum, merkte ich, daß Elma mir die Hand schüttelte; vielleicht drückte ich auch die ihre. Das überlange Mädchen im Trikot kam und überreichte Elma einen Strauß Rosen — ich erinnere mich noch an die zarte hellrote Farbe. Doch vor allem waren da Geräusche — alle möglichen Geräusche erfüllten die Luft. Die Rundfunkübertragung war vermutlich schon beendet, denn Hal rief den Buchhalter zu sich, und dieser überreichte uns je eine Quittung über die geleistete Steuerzahlung und erkundigte sich: »Soll ich Ihnen einen Scheck geben?«

»Ach was, Bargeld«, antwortete ich. Im Geiste beschäftigte ich mich bereits mit einem Steak.

»Ist das nicht ein bißchen viel zum Herumtragen am Silvesterabend?«

»Wir sind schon ziemlich erwachsene Kinder, wir nehmen

Bargeld«, entschied Elma.

Es gab noch eine Menge Gerede, Leute drängten sich um uns, stellten Fragen — zu Reklamezwecken, denke ich mir. Dann händigte mir Hal einen dünnen Stapel von 24 Hundertdollarscheinen aus, nebst einem Fünfziger.

Ich drehte mich um und gab Elma zwölf von den Banknoten, sagte: »Den Fünfziger kann ich leider nicht wechseln.« Beinahe hätte ich schallend gelacht, denn ich konnte nicht einmal fünfzig Cent wechseln, geschweige denn 50 Dollar.

»Ich auch nicht.«

»Dann nehmen Sie ihn«, meinte ich. »Schließlich haben Sie ihn gewonnen.«

»Unsinn, wenn Sie nicht die anderen Fragen beantwortet hätten . . .«

Ich faßte sie unter. »Hören Sie, Miss Neureich, mir ist schon ein bißchen schwindlig hier drin. Besser, wir verziehen uns.«

»Wir fliehen mit der Beute«, freute sich Elma.

Ich arbeitete mich mit den Ellbogen durch die Menschenmenge, Elma folgte mir. Hal schrie etwas von Fotos, aber da erreichten wir schon den Bühnenausgang und waren gleich auf der Straße. Es regnete noch immer.

Wir standen da, und sie sagte: »Also dann, danke für . . .«

»Nein.«

»Nein?«

»Es ist doch Silvester, und . . . Also, dort drin haben Sie gesagt, Ihr — Mann . . .«

»Wir leben seit Monaten getrennt.«

»Elma, verpulvern wir den Fünfziger, machen wir uns einen schönen Abend?«

»Tja . . . Also gut, Marshal, aber ich trinke nicht viel, und . . . Gott, ja, ich war so viele triste Wochen lang nicht mehr aus! Gehen wir.«

Ich hielt ein Taxi an, und als wir einstiegen, fragte sie: »Könnten wir nicht diese verdammten Seifenflocken loswerden?«

»Undankbar, wie wir sind«, sagte ich, als wir die Schachteln am Randstein stehen ließen.

Ich ersuchte den Taxifahrer, einfach in der Gegend herumzufahren, aber er protestierte: »Haben Sie ein Einsehen, Mann! Doch nicht an einem verregneten Silvesterabend. Sind das echte Seifenflocken in den Schachteln?«

Ich nickte, er stieg aus und nahm die beiden Schachteln, sagte: »Meine Frau kann das gut gebrauchen. Haben Sie sich jetzt entschieden?«

Ich fragte Elma, ob sie Hunger habe, und nachdem sie bejaht hatte, nannte ich dem Fahrer ein Restaurant in der 33. Straße.

Ich grinste Elma an.

»Gott schütze Amerika — wir sind reich.«

»Jawohl, und nach uns die Sintflut. Marshal, Sie versetzen mich in Erstaunen. Ein Mensch wie Sie, der den ›Almanach‹ liest wie einen Roman, sollte eigentlich ein langweiliger, steifer Typ sein. Aber Sie sind genau das Gegenteil.«

»Ich habe ihn gelesen, weil ich mit mir nichts anzufangen wußte. Wieso kannten Sie dieses Zitat von George Moore?«

Sie zuckte die Achseln.

»Ist mir im Gedächtnis haften geblieben. Erstens weil ich fand, daß die ›fruchtlosen Jahre‹ einen guten Aufhänger für einen Liedertext abgeben würden. Und dann, weil es so zutrifft. Unsere Werte basieren alle auf Vergleichen, und wenn man sich auf einer ziemlich ebenen Strecke fortbewegt, erlebt man nie große Leidenschaft, große Liebe oder großen Schmerz.«

»Das schon, aber ist das nicht eine recht mühsam gewonnene Erkenntnis?«

»In letzter Zeit habe ich entdeckt, daß man überhaupt nichts leicht erwirbt. Heute abend zum Beispiel kommt uns das Geld, das wir gewonnen haben, wie eine Million Dollar vor, weil wir beide ziemlich am Ende waren. Ein reicher

Mensch würde sich nicht aufregen über einen Gewinn von . . .«

Der Fahrer hielt das Taxi an, sagte: »Da wären wir.«

Das Taxameter zeigte an, daß wir ihm siebzig Cent schuldeten, und als ich ihm den Fünfzigdollarschein reichte, brummte er: »Mann, Sie feiern wohl schon seit gestern? So was Großes kann ich beim besten Willen nicht wechseln.«

»Vielleicht kann man mir im Restaurant wechseln«, sagte ich verlegen. »Ich hab's nicht kleiner.«

Elma gab ihm einen Dollar aus ihrer Handtasche.

Als wir ins Restaurant gingen, versprach ich ihr: »Sie bekommen das Geld zurück, sobald ich gewechselt . . .«

»Hören Sie auf, Marsh, tun Sie nicht so, als seien wir noch immer arme Leute. Wir sind zwei der höchstbezahlten Menschen auf der Welt — über zweitausend Dollar für knapp zehn Minuten Arbeit«, rechnete sie mir im Spaß vor.

Es war gegen halb zehn Uhr, und das Lokal war ziemlich leer. Wir setzten uns in eine Ecknische und bestellten Cocktails sowie zwei dicke Steaks mit allen Schikanen. Nun, da die Aufregung vorbei war — oder eben erst begann —, sah ich mir Elma genauer an. Ihr blaues Kostüm, die graue Bluse, der Tuchmantel mit dem Besatz aus irgendeinem billigen Fell — alles wirkte gut erhalten: eben so, wie ein Mensch, der nicht viel zum Anziehen hat, seine Sachen pflegt.

Ihr Gesicht war nicht direkt schön im klassischen Sinn, aber was ist denn schon klassische Schönheit? Man hätte ihre Züge keineswegs als ebenmäßig bezeichnen können, mit den sonderbar schrägen Augen und dem kontrastierenden übergroßen Mund. Aber die weichen Linien waren interessant, und was immer für Wärme und Intelligenz in einem Gesicht sorgt, war vorhanden — und zwar reichlich.

»Na schön«, sagte sie. »Zuerst habe ich Sie angestarrt, jetzt sind Sie an der Reihe.«

»Sie haben ein aufregendes Gesicht.«

»Das sagen Sie bloß, weil ich Geld habe.«

»Als Bildhauer behaupte ich, Sie haben ein wunderbares Gesicht.«

»Erzählen Sie mir von Ihrer Arbeit. Ich verstehe überhaupt nichts von Statuen. Dabei bin ich überzeugt, daß an der Bildhauerei mehr dran ist als ›Statuen‹.«

» ›Statuen‹ reicht auch schon. Ich gehöre zu der Richtung, die man ›objektiven Realismus‹ nennt. Rodins Arbeiten sind für mich das Höchste, und ich lehne gegenstandslose Plastiken strikt . . .«

»Großer Gott, was ist denn das?«

»All dieser sogenannte extreme Modernismus — das, was meistens nur der Künstler selbst versteht. Ich bemühe mich um eine Kunst, die sofort verstanden werden kann, ich halte nichts von den Bestrebungen, die Leute erst dahingehend erziehen zu müssen, daß sie an meiner Arbeit Freude haben. Malvina Hoffmann zitiert in einem ihrer Bücher den berühmten französischen Poeten Paul Valéry, der einmal geschrieben hat:

›Es hängt von dem ab, der des Weges kommt,
ob ich ein Grab bin oder eine Schatzkammer,
ob ich spreche oder schweige.
Das liegt bei dir,
Freund; tritt nicht ein ohne Begierde.‹«

»Das gefällt mir«, sagte Elma. »Manchmal geht einem ein Gedicht richtig unter die Haut. Wie dieses hier.«

»Und das gleiche gilt für bildende Kunst. Wenn der Durchschnittsmensch nicht unterscheiden kann, ob ein Werk ein Grab ist oder eine Schatzkammer, dann ist man selbst schuld. Vor dem Krieg war ich ein Pseudokünstler, ein Reklamemensch. Ich war auf Symbolismus eingestellt, habe Kunst zu etwas Mystischem gemacht — und eigentlich nur deshalb, weil ich selbst verwirrt war. Drüben in Paris habe ich einen versoffenen alten französischen Bildhauer kennengelernt, und der hat mir die Augen für Rodin geöffnet. Rodin war ein ehrlicher Mensch — in allem, was er tat. Wissen Sie, was er . . .«

Als der Kellner unsere Steaks brachte, sagte Elma: »Ehrlichkeit ist der Schlüssel zu allen Dingen. Deshalb bin ich mit Ihnen hier, und sogar im Sendesaal, als Sie schnoddrig waren, war das eine schnoddrige Art der Ehrlichkeit. Ist das wenigstens halbwegs verständlich?«

Ich nickte: »Alles an Ihnen ist verständlich. Eben das sehe ich in Ihrem Gesicht: Wirklichkeit, Ehrlichkeit. Und sie kann nicht nur an der Oberfläche sitzen. Als Rodin 1914 hörte, daß der Krieg ausgebrochen war, sagte er: ›O Zivilisation — die Zivilisation des Menschen! Sie ist ein schlechter Farbanstrich, der abgeht, wenn es regnet.‹ Begreifen Sie, was ich meine, er war ehrlich in allen seinen Gedanken — die Kunst war sein Leben. Wissen Sie, neben da Vinci war Rodin eines der größten Universalgenies, die die Welt . . .«

Ich redete und redete, ich redete so lange, bis mein Steak kalt war, ich kam vom Hundertsten ins Tausendste. Mir war, als müßte ich all die Monate der Einsamkeit, des Schweigens nachholen. Ich benahm mich idiotisch, aber ich mußte mir alles von der Seele reden. Ich erzählte Elma sogar, wie ich im vergangenen Sommer geschuftet hatte, um ein paar Dollar für den Winter zu sparen — und wie alles schiefgegangen war.

»Was sollte nach dem Winter geschehen?« fragte sie und schob ihren Teller mit einem Seufzer von sich.

»Zuerst mußte ich feststellen, ob ich überhaupt Talent hatte. Es war mein erster Versuch, mich ausschließlich mit der Bildhauerei zu beschäftigen. Wenn ich mich dazu eigne, möchte ich kleine Arbeiten schaffen, nicht größer als rund dreißig Zentimeter hoch, damit sie für jedermann erschwinglich sind. Nicht, daß Größe allein den Preis bestimmt, aber um Himmels willen, wo soll denn eine Familie mit einer Zwei- oder Dreizimmerwohnung eine zwei Meter hohe Skulptur aufstellen? Ich werde kleine, schöne Sachen machen, den Realismus der Natur und des Lebens in Ton einfangen, festgefügt, aber doch von Leben und Bewegung erfüllt. Ich kann mir vorstellen, daß es einen Markt geben wird für Leute, die nie die Möglichkeit hatten, etwas anderes zu kaufen als eine geschmacklose Amorette oder ein grellbuntes Figürchen oder eines von diesen kitschigen Bronzepferden. Aber ich bin noch nicht dazugekommen, das Geld ist mir ausgegangen.«

»Und was jetzt, Sie Kleinkünstler?«

Ich lachte, verliebt in ihren Mund, jedesmal, wenn sie sprach.

»Jetzt? Ich habe von sieben Dollar pro Woche gelebt, habe mich die ganze Zeit darauf konzentriert, etwas im Magen zu haben. Nach einem Sturm habe ich immer den Strand abgesucht und die Fische eingesammelt, die ans Ufer gespült worden waren und auf mich gewartet hatten, hübsch gefroren . . .«

»Die Tiefkühltruhe der Natur.«

»Genau. Ich erzähle Ihnen das alles, damit Sie begreifen, was für eine große Sache dieser Gewinn für mich ist. Er ist ein Wunder, ein phantastisches Geschenk. Jetzt — mein Gott! Mit zwölfhundert Dollar . . . Jetzt werde ich mich richtig dahinterklemmen. Ich kehre nach Sandyhook zurück, miete mir ein winterfestes Haus — eines mit Heizung und Licht, mit Warmwasser, ich kaufe mir ein . . . He, ich rede zuviel, vor allem über meine uninteressante Wenigkeit. Fangen wir noch einmal von Anfang an — wo gehen wir heute abend hin?«

»Ich weiß nicht. Ich kann nicht viel trinken, diese drei Cocktails sind sowieso schon mehr, als ich vertragen kann. Und essen kann ich ganz bestimmt nichts mehr . . . Also — was?«

»Irgendwo eine Mitternachtsvorstellung anzuschauen, wäre ein trauriges Programm für Silvester. Ich wüßte da einige Partys, aber . . .«

Ich wollte Elma auf keine Party führen, ich wollte keine

bemüht geistreichen Gespräche hören, keine Klatschge-schichten — ich wollte sie nicht mit all den Leuten teilen. Es war kaum zu glauben, daß ich sie für mich allein hatte . . . Und es ging so schnell mit uns — so schnell . . .

»Ich weiß auch von einer Party, zu der wir gehen könn-ten«, sagte sie. »Aber ich habe die Leute monatelang nicht ge-sehen und — mir ist nicht danach zumute.«

»Verflixte Situation. Die Taschen voller Geld und keine Ahnung, wo man hingehen könnte. Manchmal denke ich, ich träume bloß und wache bald auf. Elma, es ist nicht zu fassen — die verrückte Art, wie wir das Geld bekommen haben, noch dazu so einen Haufen Geld! Und da sind Sie — Sie sind auch ein bißchen unwirklich.«

»Das ist doch hoffentlich ein Kompliment?«

»Elma, ich bitte Sie, wir brauchen einander nichts mehr vorzumachen. Ich habe noch niemanden gesehen, der so schön ist wie Sie.«

Ich ermahnte mich dauernd: Langsam, du kennst sie erst seit ein paar Stunden, mach langsam . . . Verdirb dir das nicht, du darfst dir das nicht verderben!

»Wer macht wem etwas vor? Sie sind auch recht ansehn-lich. Es sind nicht nur die breiten Schultern, es ist auch die Kantigkeit Ihres verbitterten Gesichts. Wenn man uns so re-den hört . . . Ich bin im Grunde nicht einmal hübsch.«

»Hören Sie auf damit, fordern Sie nicht dauernd Kompli-mente heraus, denn von mir können Sie jede Menge davon haben. Schönheit ist etwas Individuelles, und für mich sind Sie das schönste Mädchen, das ich je gesehen habe.«

Sie schaute mich eine Weile prüfend an und sagte: »Marsh, ich glaube, Sie meinen das im Ernst.«

»Und ob.«

»Also, das ist das netteste . . . Du meine Güte, der Kellner bringt uns schon wieder etwas zu trinken. Und wer hat den Erdbeerkuchen bestellt?«

»Wir.«

»Ich bringe keinen Bissen mehr hinunter. Eines müssen wir unbedingt machen — nämlich einen langen Verdauungsspaziergang. Ich habe einen neuen Hüfthalter an, und der drückt mein... Warum sehen Sie mich so an? Habe ich etwas Unanständiges gesagt?«

»Unanständiges? Nein. Was sehen Sie auf meinem Gesicht?«

»Ich weiß nicht genau. So einen gequälten Ausdruck, oder... Was haben Sie?«

»Elma, wir sind uns in diesen wenigen Stunden sehr nahe gekommen, und...«

Ich brach ab. Ich wollte mich nicht danebenbenehmen und alles kaputtmachen, doch als sie den Hüfthalter erwähnt hatte, da hatte ich so deutlich lange, schlanke Beine in durchsichtigen Strümpfen vor mir gesehen und darüber einen Streifen ihrer nackten Schenkel... Ich begehrte Elma so stark, daß ich aufhören mußte zu sprechen, sonst hätte ich mich nicht mehr zurückhalten können und hätte sie geradeheraus gefragt, ob... Aber so schnell durfte das nicht gehen.

Ich versuchte, abzulenken, indem ich einen Cocktail in mich hineinschüttete und brabbelte: »Los, trinken Sie auch etwas.«

»Ich bin jetzt schon betrunken. Marsh, was ist passiert, Sie sehen so mitgenommen aus, so...«

»Elma, hören Sie auf.«

Sie kicherte.

»Womit denn?«

Das Kichern gab mir den Rest.

Ich sagte langsam: »Also gut. Als Sie den Hüfthalter erwähnt haben, da habe ich Sie mir vorgestellt... Elma, ich will dich haben!« Dann strömten die Worte heraus, überschlugen sich auf meiner Zunge. »Sei nicht bös', es geht alles so schnell, so furchtbar schnell. Ich mache dir nichts vor, ich spiele kein Theater oder... Ich wollte die Stimmung nicht kaputtmachen. Es tut mir leid.«

Ihr Gesicht wirkte wie eine Maske, die ich nicht zu deuten wußte, als sie sagte: »Warum sollte es dir leid tun? Es ist kein Verbrechen, jemandem zu sagen, daß man ihn haben will, bloß . . .«

»Bloß was?«

»Nichts.«

»Was hast du?«

»Wir treiben so schnell dahin, und . . . Bist du ganz sicher, daß du wirklich mich haben willst, oder kommt es nur daher, daß du seit Monaten kein Mädchen mehr gesehen hast?«

»Elma, es ist vielleicht ein bißchen unglaubwürdig, vielleicht auch phantastisch, aber seit ich dich erblickt habe, deinen wunderbaren Mund, habe ich mich so danach gesehnt, dich zu küssen, daß ich . . . Ich habe dir ja schon bei der Sendung sagen müssen, du sollst mit dem Lächeln aufhören, so sehr hat es mich erregt. Wahrscheinlich klingt das alles wie aus einem Schundroman, aber ich bin nicht auf ein flüchtiges Abenteuer aus. Vielleicht begreifst du das, und frag' mich nicht, wieso ich das weiß, aber ich weiß es eben. Ich bin kein grüner Junge, ich war verheiratet und bin geschieden und . . . Was ich sagen will, ist: Es klingt vielleicht kitschig, aber ich weiß, daß ich dich nie verlieren möchte. Ich sage das ganz im Ernst, und dabei kennen wir einander erst seit ein paar hundert Minuten und . . . Schon gut, ich habe alles kaputtgemacht. Sag mir, daß ich verrückt bin, steh auf, gib mir eine Ohrfeige und geh.«

»Denkst du wirklich, ich stehe auf und — und ohrfeige dich?«

»Nein. Ich weiß nicht, was ich denken soll, außer, daß ich viel zuviel rede, um mein Verlangen nach dir, meine Unverschämtheit zu kaschieren. Dabei bin ich eigentlich schüchtern. Wirklich.«

»Ich auch. Aber ich hasse dieses dumme, alberne Geplänkel zwischen Mann und Frau. Wenn zwei Menschen —, echte Freunde werden wollen, ist es besser, finde ich, mit Sex anzufangen, statt sich ihn als Höhepunkt aufzusparen, als End-ziel, und ihn dadurch wichtiger zu machen, als er bei einer Verbindung zweier Menschen ist.«

»Liebes, ich rede daher wie ein Kind, aber ich tue so etwas nicht jeden Abend in der Woche, und ich glaube auch nicht, daß du leicht herumzukriegen bist.«

Sie legte mir einen Finger auf die Lippen.

»Sprich nicht so. Wir sind beide nicht leicht herumzukrie-gen. Gott, wie ich diese Ausdrücke hasse — herumkriegen, aufgabeln, vernaschen, aufreißen... Diese scheußlichen Männerausdrücke, die Sex zu etwas Schmutzigem, Verderb-tem machen, zu einer Schweinerei.«

Ich versuchte, ihren Finger zu küssen, aber sie zog ihn weg. Ich wußte nicht, was ich sagen sollte. Ich wußte nur, daß ich noch nie eine Frau begehrt hatte, wie ich sie begehrte — und ich hatte mir alles verdorben.

Sie lächelte mich an, sagte: »Mach kein so bekümmertes Gesicht, Marsh. Ich möchte gern mit dir ins Bett gehen... Und ich tue das auch nicht jeden Abend in der Woche. Und ich...«

»Elma!«

»Und ich glaube, wir brauchen uns auch nicht zu sorgen, was danach wird. Wir werden sehen, was sich ergibt. In ge-wisser Weise haben wir ja vieles gemeinsam... Wir sind beide ein bißchen verloren, und ich war auch lange Zeit ein-sam. Schon seit mein Mann...«

»Reden wir nicht von ihm, gehen wir lieber weg von hier.«

Wir wechselten den Fünfzigdollarschein und hinterließen ein fürstliches Trinkgeld. Sobald wir draußen waren, nahm ich Elma in die Arme, und ihre Lippen waren so herrlich, wie ich es erwartet hatte. Ein eigenartiger, schwacher Duft ging von ihr aus, der mich in Erregung versetzte.

»Das war noch besser als der Geldgewinn! Das war das Größte, das mir je...«

Irgendein Trottel hupte uns die Ohren voll; ich ließ Elma

los und sagte: »Ich habe es nicht länger ausgehalten.«

»Ich auch nicht. Wo sollen wir hingehen?«

»Wird ein Hotel sein müssen.«

»Mauern und Gitter machen kein Gefängnis, und Hotel-
möbel machen noch lange kein . . . Sag es nicht.«

»Elma, Liebes — komm, schnell!«

Es nieselte noch immer, und wir klapperten einige der großen Hotels ab, aber alle waren belegt.

Ich sagte: »Ich könnte eine Bekannte anrufen, die würde
mir für eine Weile ihre Wohnung überlassen, aber das . . . Es
macht dir hoffentlich nichts aus, wenn wir in eines der kleine-
ren Hotels gehen. Die sehen zwar wie Spelunken aus und
sind es wahrscheinlich auch, aber . . .«

»Marsh, machen wir, daß wir ins Trockene kommen!«

Ich versuchte, ein Taxi anzuhalten, dann gingen wir den
Broadway hinunter, und in einer der Seitenstraßen fanden
wir ein altes Hotel, das etwas baufällig und vernachlässigt
wirkte. Wir nahmen ein Zimmer mit Bad, und ich trug uns als
Mr. und Mrs. Marshal Jameson aus Sandyhook ein. Ich begann, dem Portier eine Geschichte von einem Ausflug in die
Stadt zu erzählen, um zu erklären, warum wir kein Gepäck
hatten, aber als er eine gelangweilte Miene aufsetzte, ließ ich
es bleiben.

Das Zimmer war nicht schlecht, es war groß, die Möbel so-
lide und alt und gemütlich, und es roch nur ganz schwach
nach Insektenvertilgungsmittel.

Elma hatte noch ihre Rosen, sie steckte sie in den Wasser-
krug auf der Waschkommode und sagte: »Mildert die Schä-
bigkeit ein bißchen.« Sie zog ihren Mantel aus, hielt ihre
Handtasche hoch und fragte: »Wo sollen wir das Geld hin-
tun? Ich lege meines immer unters Kopfkissen.«

»Dort ist es gut genug aufgehoben«, meinte ich und legte
mein Dutzend Hundertdollarscheine auf die ihrigen unter eines der Kissen, so selbstverständlich, als täte ich es jeden
Abend. Sie ging ins Badezimmer, und nachdem sie herausge-

kommen war, ging ich hinein und wusch mich, und als ich herauskam, erwartete mich Elma an der Tür.

»Marsh, das ist doch so ungefähr die beste Art, ein neues Jahr anzufangen, meinst du nicht?«

Ich bedeckte ihr Gesicht mit Küssen, und dann begann ich zu weinen. Ich weiß nicht, warum — es war alles so vollkommen. Dann preßte ich sie an mich.

Um Mitternacht weckte uns der Lärm auf der Straße. Wir küßten uns und wünschten einander pflichtgemäß ein glückliches Neues Jahr. Ich war wunschlos glücklich: Elma neben mir, Geld unter meinem Kopfkissen . . .

Als ich später erwachte, sah ich sie in dem trüben Licht mit Tränen in den Augen zur Zimmerdecke starren. Ich berührte sie und flüsterte: »Elma, ich — wir müssen von jetzt an vorsichtiger sein.«

»Mach dir keine Sorgen«, antwortete sie sacht. »Ich bin ohnehin im vierten Monat.«

Eine Minute lang herrschte bestürzende Stille, dann begann Elma zu weinen. Es war ein ersticktes, wildes Schluchzen, das mich traf wie dumpfe Schläge.

Ich versuchte, ihre Tränen wegzuküssen, schmeckte das bittere Salz.

Ich sagte immer wieder: »Bitte, Liebes, nicht weinen . . . Nicht weinen. Es macht doch nichts . . .«

»Hätte es dir vorher sagen sollen, aber — es ging alles so schnell. Ich hatte alles so satt. Jetzt denkst du sicher, ich habe dich übertölpelt.«

»Elma, hör auf. Schlaf ein bißchen.«

»Jetzt hast du Mitleid mit mir und —«

»Natürlich, und wie. Na und? Vielleicht gehört das auch zu dem, was wir Liebe nennen. Oft genug tue ich mir selbst leid. Aber weine nicht und mach dir keine Sorgen. Morgen bringen wir alles in Ordnung.«

»Das ist nicht so einfach.«

»Alles ist einfach, wenn man Geld hat. Du läßt dich scheiden, wir heiraten.«

»Marsh, wegen . . . Du mußt mich nicht heiraten.«

»Ich weiß, daß ich nicht muß, aber ich will dich heiraten. Morgen werden wir —«

»Er will das Kind. Ich gebe es aber nicht her!«

Ich versuchte, ihr den Mund mit einem Kuß zu verschließen, und hielt sie zärtlich umschlungen.

»Schlaf. Morgen, Liebes. Morgen denken wir uns etwas aus, wir beide. Eines verspreche ich dir — niemand wird dir das Kind wegnehmen.«

»Ich habe immerzu daran denken müssen, daß ich das Kind verliere. Es hat mich halb wahnsinnig gemacht, daß . . .«

»Morgen, Elma. Bitte, versuch zu schlafen.«

Und sie schlief ein, in meinen Armen, und ich lag da und starrte in die Dunkelheit des fremden Zimmers, ein wenig überrascht, daß ich wegen des Kindes so gar nichts empfand. Ich fühlte mich weder besonders glücklich noch traurig oder eingefangen . . . Ich nahm es als selbstverständlich hin. Das neue Jahr fing für mich ausgesprochen gut an!

Ich beugte mich über Elma, nahm eine Zigarette von ihrem Nachtschränkchen, zündete sie an und schaute zu, wie der Rauch in der Dunkelheit verschwand.

Ein Kind!

Kapitel 2

Ein Kind.

Aus irgendeinem dummen Grund fiel mir meine ehemalige Frau, Mary Jane, ein. Ich sah sie mit ihrem hellblonden Haar, das ihr Gesicht noch fader machte, in dem abgetragenen Morgenrock, in dem sie praktisch lebte, und hörte sie fragen:

»Marsh, warum haben denn wir kein Kind? Bin ich schuld daran?«

»Niemand ist schuld daran. Wir können uns sowieso kein Kind leisten.«

»Es wäre mein Tod, wenn ich glauben müßte, ich bin unfruchtbar. Marsh, du wendest doch nicht heimlich irgend etwas an, von dem ich nichts weiß?«

»Schau, zu so etwas gehören zwei, und du weißt genau, daß ich nichts anwende. Wir bekommen eben keine Kinder. Man kann sie nicht im Geschäft bestellen wie ein Pfund Fleisch.«

Dann hatte sie geweint, so auf ihre gruselige Tour.

»Ach, Marsh, sprich nicht so grob zu mir!«

Natürlich hatte ich von Anfang an gewußt, daß es ein Fehler war, Mary Jane zu heiraten. Und ich wandte doch etwas an — ich hatte etwas über die empfängnisfreien Tage gelesen und richtete unsere ehelichen Beziehungen danach ein.

Ein Kind.

Ich erinnerte mich an meine Mutter, wie sie auf den Knien lag und jammerte: »Mein Kind, mein Kind«, und wir standen alle im zugigen Schlafzimmer und starrten das tote Kleine auf dem Eisenbett an. Wir fünf Kinder, einige von uns ohne jedes Verständnis für die Tragödie. Mein alter Herr war da, in seiner alten, geflickten Winterunterwäsche, und heulte. Ich erwischte meinen ältesten Bruder allein im Nebenzimmer und fragte: »Worüber flennt er? Hat sowieso mehr Kinder, als er ernähren kann. Macht eins nach dem anderen wie Kaninchen in . . .«

Mein Bruder knallte mir eine ins Gesicht. Er war achtzehn. Ich war eben erst dreizehn geworden, noch ziemlich klein, aber schon muskulös und breitschultrig vom Düngerschaufeln in der Kunstdüngerfabrik, jeden Tag nach der Schule.

Die schönste Rauferei war im Gange, als mein Alter hereinkam und schimpfte: »Ist das die Zeit zum Balgen? Aufhören, oder ich breche euch sämtliche Knochen!«

Ich schaute mir seinen mageren Körper an — sogar die Winterunterwäsche schlotterte an ihm —, und ich dachte, ich könnte viel eher ihm die Knochen brechen, falls es einmal soweit kommen sollte. Er war unter Vierzig, also eigentlich im besten Alter, aber mehr als fünfundzwanzig Jahre Fabrikarbeit hatten ihn ausgezehrt. Ich hatte damals kindliche Vorstellungen vom Alter. Mutter war dreiunddreißig, eine verblühte, magere Frau mit schütterem Haar, sandfarben wie meines, und mit Grau durchsetzt. Für mich war sie eine alte Frau. Aber eines Nachmittags machte ich eine Besorgung und sah ein großes Auto anhalten und eine schöne Frau aussteigen. Sie war eine Augenweide, rank und schlank, hatte wunderbares rotes Haar und war selbstverständlich sehr gut angezogen. Irgendein Junge sagte: »Weiß schon, wer die Puppe ist. Die Frau von einem von diesen Fabrikbesitzern. Dem Fetten.«

Der ›Fette‹ war ein Koloß, über einsachtzig groß, und um den Bauch maß er fast genauso viel. Aber er war alt. Ich starrte die hübsche Person an und fragte: »Hat er sie aus dem Kindergarten entführt? Die ist doch noch keine achtzehn.«

»Du hast Ideen — achtzehn! Sei nicht so blöd, die wird bald siebenunddreißig.«

»Siebenunddreißig — du hast ja einen Schlag!«

»Ich weiß es. Ich habe vorigen Monat bei der Zeitung gearbeitet, wie sie ihre Geburtstagsparty gehabt hat, und da hat man überlegt, ob man ihr Alter verraten soll oder nicht.«

Und meine Mutter war jünger als sie und hätte dem Aussehen nach ihre Mutter sein können!

Da ich nichts Besseres kannte, hatte ich nichts gegen die Baracke einzuwenden, in der wir lebten, nichts gegen die Reihen und Reihen der fabrikseigenen Baracken an der fabrikseigenen Straße, nichts gegen den fabrikseigenen Laden. Trotz der Armut rings um uns hatten wir Kinder unseren Spaß. Doch nun erkannte ich, was die Fabrik einem antat, was sie Mutter abgefordert hatte. Ich beschloß, zu entkommen, bevor ich so alt auszusehen begann wie Vater.

Meine Eltern leben immer noch dort unten, arbeiten immer noch — unverdrossen. Die denken gar nicht ans Loskommen. Sie hängen zu sehr fest.

Ich war das erste Kind aus unserer Familie, das die Grundschule absolvierte. Meine älteren Brüder hielten nichts von weiterer Schulbildung, aber ich war zu klein für Fabrikarbeit. Man beschloß, mich für ein Jahr probeweise in die Mittelschule zu schicken. Obwohl ein Knirps, war ich doch der stärkste Junge am Ort, und als mich der Sportlehrer in Turnhosen sah, riet er mir, in die Football-Mannschaft einzutreten.

In der Football-Mannschaft gab es nur ein Gesprächsthema — einen gemeinsamen Wunschtraum: Jeder einzelne hoffte, ein Talentsucher würde ihn entdecken, würde ihm ein Sportstipendium an einer Universität verschaffen, wo wiederum ein Talentsucher für die Profimannschaften ihn entdecken würde. Bis dahin hatte mir Football überhaupt nichts bedeutet. Aber ein Stipendium würde für mich einem Passierschein gleichkommen, mit dem ich die Stadt und die Fabrik verlassen konnte. Als sich dieser Gedanke in mir festgesetzt hatte, beschloß ich, der beste Footballspieler der Schule zu werden.

Ich dachte Tag und Nacht an Football. Weil ich nicht sehr groß war, mußte ich mich auf Schnelligkeit verlassen, daher begann ich zu laufen. Statt zu gehen, lief ich überallhin. Bald hatte ich mir Tempo angeeignet, und mit meinen superbreiten Schultern konnte ich einen Spieler ganz schön anrempeln, wenn ich ihn angriff. Ich wurde auch nicht zu knapp herumgestoßen, aber ich hatte flinke Beine, und in der Mittelschule waren die Gewichtsunterschiede nicht besonders groß.

Unsere Schule war sehr klein. Fabrikarbeiter stellten den Hauptanteil der Einwohner, aber nur sehr wenige Fabrikarbeiterkinder gingen in die Mittelschule. Unser Trainer war ein ehrgeiziger Ex-Collegespieler, der Buster Lucas hieß. Er trainierte in allen Sportarten, von Football bis Tennis, und gab auch Turnunterricht. Sein Ehrgeiz war, mir zum Durchbruch zu verhelfen. Außerdem war er weitläufig verwandt mit dem Mann, dem das größte Restaurant in der Stadt gehörte.

Nach der Schule arbeiten und Football spielen, das brachte mich beinahe um. Mutter meinte, ich solle diesen ›Football-Fimmel‹ aufgeben.

Ich ging zu Buster und eröffnete ihm: »Trainer, ich kann nicht drei Sachen gleichzeitig tun: arbeiten, Ball spielen und in die Schule gehen. Ich habe an Ihren Vetter gedacht. Damit die Schule nicht zu kurz kommt, kann der mir vielleicht eine Arbeit geben, die ich nach der Schule machen kann. Etwas nicht zu Anstrengendes, was zehn Dollar die Woche einbringt.«

»So hoch wird er kaum gehen«, sagte Buster, mich musternd.

Es war kurz vor der Trainingszeit, und ich begann, meinen Footballdreß auszuziehen — aber langsam.

»Meine Leute brauchen das Geld«, brachte ich vor. »Ich kann also mit dem Düngerschaufeln nicht aufhören. Aber andererseits kann ich mich auch nicht kaputt machen, also . . .«

»Da hast du dir gerade die richtige Zeit für solche Reden ausgesucht — mitten in unserer Saison.«

»Ihrer Saison. Angeblich ist Ihr Vetter ein großer Sportsmann, wettet dauernd auf die Mannschaft. Da nimmt er sicher mehr als zehn Dollar die Woche allein an den Wetten ein.«

»Gut, ich rede mit ihm«, versprach mir Buster.

Der Job war ideal. Jeden Abend von sechs bis neun und am Sonntag halbtags schlüpfte ich in ein weißes Jackett und sorgte dafür, daß die Wassergläser auf den Tischen stets gefüllt waren. Ein paar Cent an Trinkgeldern kamen auch noch zusammen. Aber am schönsten war, daß ich mir in der Küche den Bauch vollschlagen konnte; ich stopfte gutes Essen in mich hinein und reichlich Fleisch.

Als ich siebzehn wurde, war ich noch immer ein Stöpsel, wog jedoch 75 Kilo, hatte Schultern wie Balken, die mich noch gedrungener erscheinen ließen, und Beine wie Baumstämme. Die Zeitungen schrieben über mich, über unser Team, das die Landesmeisterschaft gewonnen hatte — was in Kentucky allerdings nicht viel bedeutete. Aber es ließ die Trinkgelder im Restaurant reichlicher in meine Taschen fließen.

In meinem letzten Schuljahr ging Buster an eine Mittelschule in Dayton. Ich bekam Anfragen von zwei großen Südstaatenschulen und von einem halben Dutzend kleiner Colleges im Mittelwesten. Als unsere Mannschaft zu einem Rundfunkinterview nach Cincinnati fuhr, über den Ohio River, machte ich mich per Anhalter nach Dayton auf, zu Buster, und erzählte ihm von den Angeboten.

Er sagte: »Marsh, du wirst nie ein richtiger Footballspieler, dazu bist du zu klein. Für dieses Spiel braucht man Bärenkräfte. Ich an deiner Stelle würde die Finger vom College-Football lassen.«

»Um das zu erfahren, bin ich nicht hergekommen. Der Football hat mich vor der Fabrik bewahrt, und jetzt wird er mich durchs College bringen und weg aus dem verdammten Kaff.«

Buster zuckte die Achseln. »Du hast schon immer einen harten Schädel gehabt. Also gut, aber paß auf, daß du nicht verletzt wirst. Am besten, du nimmst ein kleines College. Dort wird es nicht so streng zugehen.«

Ich entschied mich für eine kleine Anstalt in Indiana, die darauf aus war, ein Stadion zu bauen und Geld zu verdienen. Ich bekam fünfzig Dollar im Monat plus Kost und Logis fürs Ausleeren des Turnhallenabfalleimers — der einmal monatlich geleert werden mußte. Weitere fünfzig verdiente ich als

Servierer. Mir gefiel es im College. Ich hatte nicht nur den Vorzug, ein ›Football-Mann‹ zu sein; es stellte sich auch noch heraus, daß ich zeichnen konnte. Ich beschloß, Gebrauchsgraphik zu studieren, da man damit angeblich reichlich verdienen konnte.

Buster hatte recht gehabt: Ich spielte gegen Brocken von durchschnittlich hundert Kilo, und ich selbst brachte immer noch nicht mehr als durchschnittlich 80 Kilo auf die Waage. Ich war leicht und schnell auf den Beinen, war noch immer elastisch wie ein Gummiball — aber manchmal mußte ich nach einem Spiel den ganzen Tag im Bett bleiben. Nach dem ersten Jahr wurde ich regulärer Linksaußen. Während des Sommers ergatterte ich ein Stipendium am Chicago Art Institute und eine Anstellung in einem Kindertagesheim, der ich meinen Lebensunterhalt verdankte.

Ich war im letzten Semester, als mir der Garaus gemacht wurde. Wir spielten gegen eine bedeutende Universität — ein Spiel, das wir unmöglich gewinnen konnten —, aber die Universität hatte ein großes Stadion, und ›unser‹ Anteil an den Einnahmen war beträchtlich. Man schickte mich im zweiten Spielviertel aufs Feld, und ich mischte eifrig mit. Dann kam es zu einer dieser Situationen, in denen niemand weiß, wo der Ball sich befindet. Ich rannte zu rechten Seitenlinie, flitzte wie ein Hase das Spielfeld entlang und bot mich an, das Leder in Empfang zu nehmen. Ich streckte die Arme hoch, und da war der Ball — wie ich es erwartet hatte. Ich klemmte ihn mir unter den Arm und rannte los. Zwanzig Meter trennten mich vom gegnerischen Tor, und nur ein einziger Gegner stand mir im Weg.

Eine Woche später, als ich noch immer im Krankenhaus lag, zeigte mir der Trainer Filmaufnahmen des Spiels. Ein paar Riesen, die rannten wie von Raketen angetrieben, hatten mich von hinten erwischt. Rund 200 Kilo geballte Kraft bescherten mir eine Gehirnerschütterung und mehrere kleine Schrammen.

Die Gehirnerschütterung hinterließ keine Lähmungserscheinungen, aber die Ärzte rieten mir zur Vorsicht — nicht fallen oder stolpern, achtgeben beim Treppabwärtsgehen —, »ein falscher Schritt könnte eine schwere Erschütterung hervorrufen.« Ein plötzlicher Sturz, und ich konnte erblinden oder tot liegenbleiben. Sie empfahlen mir in langen Vorträgen, mich in den nächsten Jahren vor Footballspielen oder Raufereien zu hüten — ein Schwinger ans Kinn konnte mich bettlägerig machen, wenn er mich nicht gleich tötete. Ich beendete das Semester und wurde sogar so etwas wie ein Held — aber mein Sportstipendium wurde natürlich nicht mehr erneuert.

In New York traf ich mit ein paar guten Kleidungsstücken ein, nicht sehr vielen, aber was ich besaß, war und wirkte teuer, und ich hatte etwas über hundert Dollar in der Tasche. Ich war zwanzig und überzeugt, daß ich in der Werbebranche Furore machen würde. Ich besorgte mir ein billiges Zimmer am Rande von Greenwich Village. Ich bemühte mich nach Kräften, meinen Südstaatlerakzent und all das loszuwerden, was mich als Provinzler entlarvte. Ein ›Provinzler‹ zu sein, schien meinem kindischen Gemüt der größte aller Schrecken, und ›Hillbilly‹ genannt zu werden, war eine Beschimpfung.

Ich verliebte mich in die Stadt New York. Der Broadway faszinierte mich, die Fifth Avenue machte mich staunen, der Central Park war eine liebliche Landschaft und Coney Island der Ort für eine tolle Nacht. Mit gefielen die eleganten Frauen, die Geschäfte, mir behagte die Spannung, die über den vielen Menschen hing, ich hatte sogar Spaß an dem ständigen Hasten, der gewaltigen, nutzlosen Energie einer großen Stadt.

Mich interessierte die unechte, märchenhafte Atmosphäre von Greenwich Village mit seinen ›Künstlerkneipen‹ und den abscheulichen Typen, die sich dort auf den Straßen herumtrieben und sich angestrengt um Originalität bemühten. Es war 1939, und ich merkte bald, daß das Greenwich Village, von dem ich so viel gelesen hatte, vor einem runden Dutzend Jahren verschwunden war.

In meine flottesten Sachen gekleidet, begann ich, mit meinen Entwürfen die Agenturen abzuklappern. Doch die Werbebranche war mit hoffnungsvollen jungen Leuten meines Schlages überlaufen. Obwohl ich so billig lebte, wie ich nur konnte, reichte mein Geld keine drei Wochen. Ich fand eine Anstellung als Kellner in einem großen Café, und an meinen freien Tagen klapperte ich weiterhin die Agenturen ab, ein bißchen verzagt, weil mir so viele Türen höflich vor der Nase zugeschlagen wurden.

An einem Nachmittag verirrte ich mich in eine kleine Agentur, in eines jener Kleinunternehmen mit ein paar guten Aufträgen. Der Chef war nicht größer als ich, aber schwabbelig und fett. Er hieß Barret. Seine ›rechte Hand‹ war Marion Kimball. Sie stand im Begriff, mich abzuwimmeln mit den üblichen Phrasen wie: »Ihre Arbeit verrät unbedingt Talent, aber im Moment haben wir keine Stelle frei . . .«, da streckte sie die Hand über den Schreibtisch aus und betastete meine Arme. Der Tag war heiß, und ich hatte nur ein dünnes Sporthemd an. Weil ich nicht regelmäßig zu essen bekam, war ich nur in mittelprächtiger Form.

Sie sagte: »Mein Gott, Sie sind ja ein richtiges Muskelpaket! Warten Sie eine Sekunde.«

Sie rief Barret übers Haustelefon. Er kam herein und musterte mich wie ein Schwuler.

Zur Kimball gewandt, knurrte er: »Der ist richtig.« Dann beehrte er mich mit einem Knurren. »Dreißig pro Woche. Okay, mein Sohn?«

»Jawohl, Sir!« sagte ich, und mein Herz hämmerte. Dreißig war wenig, auch als Anfangsgehalt, aber das machte nichts . . . Ich hatte tatsächlich eine Anstellung als Gebrauchsgraphiker!

»Miss Kimball wird Ihnen Ihren Aufgabenbereich erklären«, sagte Barrett und ging.

Marion Kimball sah aus wie Ende Zwanzig, Mitte Dreißig, oder vielleicht auch noch älter. Sie hatte eine feste, harte Figur — wahrscheinlich trug sie ein gutes Mieder —, und ein intelligentes, mondänes Gesicht unter dem gekonnt aufgelegten Make-up; außerdem war sie teuer und schick gekleidet. Eine gutaussehende Frau, wenngleich nicht direkt hübsch. Sie lächelte, und ihre Zähne verrieten mir, daß sie älter war, als sie wirkte.

»Damit wir uns richtig verstehen, Jameson: Ich werde Sie Entwürfe machen lassen, sobald es geht. Aber jetzt sind Sie Mieteneintreiber.«

»Was bin ich?«

»Aber, aber, wer wird denn gleich so entrüstet sein?«

»Verdammt noch mal, ich bin Gebrauchsgraphiker, und kein —«

»Regen Sie sich ab, Jameson. Nehmen Sie den Posten. Gebrauchsgraphiker gibt es zum Schweinefüttern. Ihr Job ist verhältnismäßig leicht. Barrett besitzt mehrere Häuser, darunter einige Mietskasernen. Er leidet unter der Wahnvorstellung, er könnte überfallen werden, und hat dauernd Angst, von Immobilienleuten übers Ohr gehauen zu werden. Außerdem hat er nicht die Zeit, sich um die Häuser selbst zu kümmern. Das werden Sie tun und gleichzeitig die Mieten kassieren. Die Häuser werden nicht Ihre ganze Zeit beanspruchen, und ich werde mich bemühen, Ihnen etwas zum Entwerfen zu verschaffen. Einverstanden?«

»Ja«, rang ich mir tief enttäuscht ab.

Wir tauschten einen Händedruck. Ihre Hand war warm und fest.

*

Der Job war nicht schlecht. Ich hatte mich um sieben Häuser zu ›kümmern‹. Jeden Tag verließ ich gegen zehn Uhr mein Zimmer und machte die Runde. In der 55. Straße waren zwei ›gute‹ Häuser, ehemalige Familienhäuser, die in kleine, teure Apartments aufgeteilt waren. An der unteren West Side gab es große Mietskasernen, wo fünf Räume mit Warmwasser pro Woche 30 Dollar Miete erbrachten, und dann war da ein Haus in Harlem, wo fünf Räume ohne Heizung und Warmwasser 40 Dollar kosteten.

In jedem Haus hielt ich einen Schwatz mit dem Hausverwalter, kassierte alle Mieten ein, die er eingenommen hatte, besuchte Leute, die im Rückstand waren, und schickte sie manchmal aufs Fürsorgeamt. Ich hatte Vollmacht, kleine Reparaturen zu genehmigen oder sogar einen neuen Anstrich anzuordnen. Um den Ersten jedes Monats herum war ich mitunter den ganzen Tag auf Trab, aber meistens war ich um ein Uhr fertig, ging ins Büro und lieferte Barrett das Geld ab. Den Rest der Arbeitszeit saß ich dann hinter meinem Zeichenbrett ab.

Ich merkte bald, wo leicht Geld herauszuschlagen war. Es handelte sich wirklich nur um Lappalien, aber ich brachte im Durchschnitt doch zusätzlich zehn Dollar zusammen. Barrett wußte wahrscheinlich von diesen kleinen Schwindeleien; deshalb hatte er mir nur dreißig Dollar geboten. Ich machte das zum Beispiel so: Ich sagte einem Hausverwalter, er solle einen neuen Besen kaufen, und ich würde ihm den Betrag erstatten, wenn er mir die quittierte Rechnung vorlegte. Dann setzte ich noch einen neuen Eimer oder ein paar Pfund Waschpulver auf die Rechnung — und steckte die ein, zwei Dollar in die eigene Tasche.

Wie gesagt, es war ziemlich mickrig.

Wenn eine Wohnung auszumalen war, standen mehrere Anstreicher zu meiner Auswahl, und indem ich eine Andeutung fallen ließ, daß ich mich für eine Broadway-Show interessierte, ergatterte ich ab und zu zwei Karten fürs Parkett.

Es gab noch andere Dinger, die man mit den Hausverwaltern drehen konnte. Zog ein Mieter am 15. eines Monats ein, behielt ich seine Miete bis zum Ersten des darauffolgenden Monats und sagte Barrett, er sei erst am Ersten eingezogen. Zahlte er dann wieder am 15., dann teilte ich mir diese eine ›Extramiete‹ mit dem Hausverwalter. Solange ich nicht vergaß, dem Mieter eine vom 15. datierte Quittung auszustellen, war alles in Ordnung. Manchmal, wenn ich mehrere hundert Dollar Mietgeld bei mir hatte, gelang es mir sogar, Barrett um einen Fünfer zu beschummeln.

Falls jemand glauben sollte, das sei ein netter Nebenverdienst gewesen, dann darf nicht vergessen werden, daß auch die Hausverwalter ihre Methoden hatten. Aber die Arbeit war nicht anstrengend, ich konnte mir die Zeit einteilen, wie ich wollte, und ich war nie grob zu jemandem.

Das Leben verlief glatt. Ich zog um in ein Zimmer in der 37. Straße, das nicht besonders war, aber die Adresse war ›gut‹. Ich lebte anständig, kleidete mich anständig, und bei einiger Sparsamkeit konnte ich sogar gelegentlich ein Mädchen in eine anständige Bar ausführen — und beiläufig fallenlassen, ich sei ›in der Immobilienbranche‹ tätig, oder ›in der Werbebranche‹, je nachdem, nach welcher Taktik ich vorging. Alles war nur eine falsche Fassade, und das Hochstapeln gefiel mir nicht, aber es gehörte dazu und verhalf mir zu ein paar flüchtigen Bekanntschaften.

Natürlich wußte ich nach einer Woche über die Verhältnisse im Büro genau Bescheid. Die Kimball schmiß den Laden — sie war alles in einem. Sie konnte Werbetexte schreiben, Anzeigen entwerfen, sie war außerordentlich tüchtig und geschickt. Sie ließ sich niemals gehen, war nie unbeherrscht, dazu jederzeit auf dem Posten — und doch strahlte sie eine gewisse sinnliche Wärme aus, die ich mir nicht recht erklären konnte. Ich spürte es an der Art, wie sie mich gelegentlich ansah: vielversprechend, wie eine kostspielige Mätresse. Wie das Glühen eines Streichholzes, bevor es aufflammt. Das alles stand im Gegensatz zu ihrer kalten Supertüchtigkeit. Ich nahm mir ihr gegenüber nie etwas heraus, aber ich fragte mich oft, was sie tun würde, wenn ich sie in den Po zwickte — mich fristlos entlassen oder mich ebenfalls zwicken.

Die Kimball konnte sich nicht genugtun an beißendem Sarkasmus. Alle hatten unter ihrer scharfen Zunge zu leiden, sogar Barrett. Aber ich hatte das Gefühl, er schlief mit ihr, wann immer er Lust dazu hatte.

Barrett war leichter zu durchschauen. Er war ganz Chef, kannte nur eine Arbeitsweise — sich abzurackern. Er stürzte sich auf jeden neuen Auftrag wie eine Bulldogge, verbiß sich hinein, bis er entweder den Auftrag bekam oder völlig zusammenbrach. Er arbeitete schwer, sorgte sich schwer, hatte sein Magengeschwür und eine teigige Frau, die ich nur einmal zu Gesicht bekam, und die ihn wahrscheinlich nur ein- oder zweimal in der Woche zu Gesicht bekam, wenn überhaupt so oft.

Barrett wäre nirgends hingekommen, außer in die Gummizelle, wenn er die Kimball nicht gehabt hätte. Sie war dauernd hinter ihm und ebnete ihm jeden Schritt des Weges mit ihrem Charme und ihrer Klugheit. Barrett hatte sein Geld entweder erheiratet oder geerbt. Seine Häuser, die Agentur, seine Wertpapiere sorgten dafür, daß er keine finanziellen Schwierigkeiten hatte, und doch machte er Jagd auf den Dollar, als befinde er sich hart am Abgrund der Armut. Ich versuchte erst gar nicht zu ergründen, was ihn zu seiner hektischen Betriebsamkeit antrieb, warum er sich in seiner Sucht nach mehr Geld aufrieb und seine Frau wie einen alten Schoßhund behandelte.

Ich bemühte mich aber, die Kimball zu begreifen — das war jedoch etwas anderes.

Sie behandelte mich immer wie ein Kind, als amüsierte sie sich insgeheim über alles, was ich tat. Während meiner ersten Woche bei der Agentur kam ich täglich vor der Mittagspause hereingewetzt, begierig, einen Auftrag für ein Lay-out zu bekommen, und mußte den Rest des Tages mit Nichtstun vertrödeln.

Als ich es in der nächsten Woche genauso machte, fragte die Kimball: »Jameson, machen Sie niemals Mittagspause?«

»Ich esse einen Happen unterwegs, wenn ich die Häuser aufsuche, Miss Kimball.«

»Zerreißen Sie sich bloß nicht. Von nun an machen Sie eine Stunde Mittag — auch wenn Sie während der Arbeitszeit essen. Und gewöhnen Sie sich bloß ab, mit diesem erwartungsvollen Lächeln im Gesicht herumzulaufen. Immer mit der Ruhe.«

Die zwei Graphiker — ein Mann und eine Frau — und der Texter hatten Tische in einem großen Arbeitsraum, von dem das Büro der Kimball mit Glasscheiben abgeteilt war, durch die hindurch sie uns beaufsichtigte.

Der Texter war ein lässiger alter Mann, ein heruntergekommener Literat, der in seiner Jugend angeblich einen ziemlich guten Roman geschrieben hatte und dessen einziger Ehrgeiz nun war, Bier zu trinken und Gewinnchancen beim Pferderennen auszutüfteln.

Weder der Graphiker noch die Graphikerin kümmerten sich sonderlich um mich. Der Mann war ein snobistischer älterer Schwuler, der sofort Krach schlug, wenn etwas auf seinem Zeichenbrett berührt wurde. Die Frau war eine junge Schlampe, deren Strümpfe Ziehharmonikafalten warfen, und die immer aussah, als hätte sie ein Bad nötig — obwohl sie nicht stank. Sie gehörte zu jenen überernsten Typen, die melancholisch werden, wenn sie aus dem Kindesalter heraus sind, und es für immer bleiben. Aber sie hatte wirklich Talent und einen wunderbaren Sinn für Farben.

Dann war da noch eine Stenotypistin im Vorzimmer, eine aufgedonnerte Rothaarige, die anscheinend nichts anderes tat, als sich neue Möglichkeiten auszudenken, ihren kleinen Busen größer erscheinen zu lassen. Sie gestand mir offen, sie gehe nie mit einem Mann aus, der ›weniger als fünfzig pro Woche‹ verdiente. Angeblich war sie mit Barretts Frau befreundet, aber es hätte mich nicht überrascht, wenn sie eher etwas mit Barrett gehabt hätte.

Am Anfang saß ich meistens den ganzen Nachmittag vor meinem Zeichenbrett und wartete. Kein Mensch sagte etwas zu mir, niemand hatte etwas dagegen, wenn ich zu meinem Vergnügen Karikaturen zeichnete, oder was mir eben so einfiel. Ab und zu merkte die Kimball, daß ich noch lebte, und ließ mich irgendeine blöde Besorgung machen. Ich versuchte ganze Nachmittage lang, ein Buch oder die Zeitung zu lesen, aber das schien ihr gar nicht aufzufallen.

Eines Tages, als ich gegen zwei Uhr ins Büro kam, sagte sie: »Jameson, bevor Sie sich häuslich niederlassen, gehen Sie hinunter in den Drugstore und stellen Sie fest, wo das Zungensandwich geblieben ist, das ich vor einer halben Stunde bestellt habe. Zunge auf Weißbrottoast — keine Butter und so. Und geeisten Tee — ohne Zucker.«

Die Kimball achtete auf ihre schlanke Linie. Ich tat das ebenfalls — ob ich wollte oder nicht. Im Drugstore ließ ich mir ein klebriges Schinkensalat-Sandwich geben und eine doppelte Portion Schokoladeneis mit Sahne und Nüssen.

Nachdem die Kimball die Tüte geöffnet hatte, rief sie mich zu sich und sagte: »Das soll wohl ein Witz sein, Knirps?«

»Konnte mich nicht erinnern, was Sie haben wollten, Miss Kimball. Ich bin nicht gewöhnt, Botengänge zu machen.«

»Ach so. Ihnen mißfällt also mein —«

»Das habe ich nicht behauptet, ich habe bloß gesagt, ich bin nicht gewöhnt, Botengänge zu machen. Außerdem geht das auf meine Rechnung. Ich bin heute bei Kasse.«

»Hat Ihnen dieser angebliche Werbetexter, dieser Pseudo-Hemingway, einen Tip für ein Pferd gegeben?«

»Nein, Miss Kimball. Nein, ich habe meine Farben und Pinsel versetzt — hier wird sie niemand vermissen.«

Einen Moment lang starrte sie mich mit ihren harten, klaren Augen an, dann verzogen sich die tadellos geschminkten Lippen zu einem Lächeln, und sie kicherte.

»Nett, Jameson. Nicht besonders geistreich, aber trotzdem nett, auf eine vorlaute Weise. Na, dieses Zeug da wird mich wohl nicht gleich umbringen, wenn ich es esse — schicke ich Sie noch einmal hin, wer weiß, was Sie dann mitbringen. So in einer Stunde, bis ich dieses Gemantsche verdaut habe, kommen Sie zu mir. Und — lösen Sie Ihre Pinsel aus!«

Ich ging hinaus, aß selbst eine Kleinigkeit, und als ich zurückgekommen war, sagte die Kimball zu mir: »Ich starte eine Werbekampagne für eine Miederfirma. Legen Sie mir ein paar entsprechende Entwürfe vor. Wir wollen zum Ausdruck bringen, daß in diesen Miedern keine Frau wie eine pralle Leberwurst aussieht. Etwa unter dem Motto: ›Immer begehrenswert, egal bei welcher Arbeit‹. Das ist jetzt ›Hausnummer‹, aber Sie verstehen schon. Ich möchte Zeichnungen von Frauen bei der Arbeit — beim Hausputz, beim Kinderversorgen, beim Kochen — solchen Hausfrauenkram. Zeigen Sie sie in einfachen Kleidern, aber mit einem durchsichtigen Teil um die Hüften — damit man sieht, wie schlank und sexy sie durch das Mieder werden. Sie können auch lange, schwarze, durchsichtige Strümpfe dazumachen, das ist angeblich auch sexy. Fliegen Sie auf schwarze Strümpfe, Jameson?«

»Und ob.«

»Habe mich immer gewundert, warum das so ist. Also, haben Sie begriffen, worauf ich hinauswill?«

»Ja.«

»Gut. Bringen Sie mir ein halbes Dutzend Vorschläge, und lassen Sie sich Zeit. Vielleicht kann ich sie verwenden.«

Ich flitzte zu meinem Zeichenbrett und begann wie verrückt zu skizzieren. Gegen fünf Uhr hatte ich ein halbes Dutzend ausgearbeitete Entwürfe fertig, aber die Kimball sagte, sie habe keine Zeit, sie anzusehen.

Ich war guter Dinge an dem Abend, zufrieden mit meinen

Zeichnungen. Am nächsten Morgen erledigte ich meine Hauskontrolleurpflichten telefonisch, und um elf Uhr war ich in der Agentur. Ich marschierte ins Büro der Kimball, legte die Entwürfe auf ihren Schreibtisch — und wartete.

Sie schaute sie rasch durch, dann feixte sie: »Jameson, wie alt sind Sie?«

»Bald einundzwanzig.«

»Da sollten Sie aber über das Leben Bescheid wissen. Mieder werden von Frauen getragen, nicht von solchen Schmaltieren, wie Sie da gezeichnet haben. Von Frauen mit dicken Schenkeln und Hängebäuchen und Waberbusen — deshalb kaufen sie ja Mieder. Wir reden ihnen ein, unser Artikel verbessert ihr Aussehen, und das tut er auch, aber in ein achtzehnjähriges Mannequin verwandelt er sie nicht. Man kann die Kundschaft nur auf den Arm nehmen, wenn sie nichts davon merkt. Mensch, wenn die Frauen, an die wir verkaufen wollen, so aussähen wie die schlanken Puppen auf Ihren Zeichnungen, dann brauchten sie keine Mieder, sie würden nicht einmal unsere Reklame anschauen. Versuchen Sie es noch einmal — und bringen Sie mir Frauen.«

Stinkwütend kehrte ich an meinen Tisch zurück. Doch als ich mich beruhigt hatte und meine Arbeit prüfte, erkannte ich, daß die Kimball recht hatte. Ich hatte schlanke Mädchen gezeichnet, die bestimmt keine Mieder brauchten. Ich schmiß die Entwürfe in den Papierkorb und fing noch einmal an. Als der Nachmittag herum war, hatte ich es geschafft — Frauen, die aussahen, als sollten sie Mieder tragen.

Ich zeigte sie der Kimball, als sie gerade nach Hause gehen wollte. Sie nahm den Hut ab, zündete sich eine Zigarette an und trat zurück wie ein angeberischer Kunstmäzen, um die Entwürfe zu betrachten. Dann schüttelte sie den Kopf.

»Taugt nichts.«

»Was ist jetzt wieder falsch?« erkundigte ich mich, bemüht, mir meinen Ärger nicht anmerken zu lassen.

Die Kimball drehte sich um und war drauf und dran, mir

ins Gesicht zu lachen.

»Jameson, ich finde es großartig, wie Sie sich beherrschen können. Wie heißen Sie doch gleich mit Vornamen?«

»Marshal.«

»Das paßt. Aus der Einsamkeit des tiefen Südens?«

»So ungefähr.«

Sie schüttelte den Kopf und musterte mich langsam von oben bis unten.

»Selbstbewußter Knabe, der es in der großen Stadt zu etwas bringen will oder sich die breiten Schultern einrennt an —«

»Miss Kimball, es ist fünf Uhr durch. Wollen Sie nicht zur Sache kommen? Was haben Sie gegen diese Zeichnungen einzuwenden?«

»Nichts«, antwortete sie, steckte sie in eine Mappe und legte sie in einen Schrank. »Der Stil ist ziemlich einfach, aber gut.«

»Aber?«

»Der ganze Einfall taugt nichts. Sie haben meinen Einfall verwirklicht, aber nun sehe ich, daß der Einfall falsch war. Das ist alles. Nicht Ihre Schuld. Und da ich Sie so lange aufgehalten habe, lade ich Sie zu einem Drink ein.«

»Tut mir leid, ein andermal vielleicht«, lehnte ich so nonchalant wie möglich ab und schwindelte: »Ich bin nämlich zum Abendessen verabredet.«

»Viel Spaß«, sagte sie.

Ich hatte das Gefühl, daß sich die Kimball für mich interessierte, aber sie lud mich nie mehr zu einem Drink ein und beachtete mich auch weiter nicht sonderlich. Aber sie ließ mich weiterhin ihre Ideen zu Papier bringen, doch das meiste verwarf sie dann. Die wenigen Entwürfe, die ihr gefielen, gab sie dem Schwulen zum Ausarbeiten. Als ich sie fragte, warum, sagte sie: »Langsam, Jameson, langsam. Sie sammeln hier wertvolle Erfahrungen, aber der Süße hat mehr Übung als Sie. Er ist schon länger in der Branche tätig.«

Etwa sechs oder sieben Monate lang ging das so weiter. Etwa im Februar machte die Kimball der rothaarigen Stenotypistin einen Mordskrach, weil die ein paar Briefe nicht getippt hatte, die die Kimball dringend brauchte. Die Rothaarige begann zu weinen, sagte, sie habe mehr Arbeit, als sie schaffen könne, und zeigte ein seitenlanges Diktat vor, das sie am selben Tag für Barrett aufgenommen hatte. Die Kimball marschierte in Barretts Büro, es gab einen kurzen Wortwechsel, in dessen Verlauf ich den Chef mehrmals schreien hörte: »Aber die verdammten Betriebskosten . . .«, dann kam die Kimball heraus und rief das Arbeitsamt an.

Die neue Tippse bekam den Tisch neben mir. Sie war ein nettes Mädchen. Wenn sie sagte, ihr Name sei Kraus, Mary Jane Kraus, mußte man lächeln, denn irgendwie paßte er zu ihrem Bauernmädchengesicht. Sie hatte rötlichblondes Haar, oben auf dem Kopf zu einem Knoten zusammengefaßt, und naive himmelblaue Augen in dem weichen, runden Gesicht. Sie trug geblümte Kleider, die ihre gedrungene Figur um nichts besser machten, sie sprach wenig und war alles in allem so unerfahren, daß man sich förmlich verpflichtet fühlte, sie vor den Gefahren der Großstadt zu beschützen.

Die Kraus machte mir Spaß. Als ich sie in eine Bar in Greenwich Village ausführte, war sie über die vielen Homosexuellen entsetzt, aber nach einem Drink begann sie zu kichern und machte Kalbsaugen. Es war recht lustig — wie wenn man mit einem Kätzchen spielt. Als mir einer der Anstreicher Theaterkarten zusteckte und ich die Kleine mitnahm, war sie im siebenten Himmel. Es war das übliche mit ihr: Sie stammte aus einer kleinen Stadt im Norden und war gleich nach der Handelsschule nach New York gekommen.

Ich führte sie ab und zu mal aus. Küsse und dergleichen waren aber nicht drin. Sie sah so gesund und frisch geschrubbt aus, daß mir Sex überhaupt nicht in den Sinn kam. Ich meine, ich hatte damals selbst noch ziemlich rückständige Vorstellungen von Sex.

Die Kimball behandelte die Kraus auf ihre gewohnt sarkastische Art, verbesserte ihre Fehler, wieherte, wenn Mary Jane bei ihren gepfefferten Ausdrücken rot wurde, und empfahl ihr, keine Blümchenkleider mehr zu tragen, in denen sie aussehe wie auf dem Weg zum Kuhmelken.

Und Barrett war von Anfang an viel zu nett zu Mary Jane. Er erlaubte sich ihr gegenüber kaum ein lautes Wort, und als Mary einmal zu mir sagte: »Mr. Barrett ist einfach großartig«, war ich ein bißchen besorgt wegen Miss Kimball.

Plötzlich begann sich die Kimball für mich zu interessieren. Vielleicht aus Eifersucht, weil der Chef sich mehr um Mary Jane als um sie bemühte. Jedenfalls fing sie an, mit mir zu albern und Barrett und Miss Kraus durch den Kakao zu ziehen. Nichts Bösartiges, nur geschickt angebrachte Sticheleien. Eines Nachmittags, nachdem ich Barrett um einen Zehner beschummelt hatte, saß ich an meinem Zeichentisch und betrachtete die Figur der Kimball, als sie sich über den Tisch des Texters beugte.

Dann kam sie herüber, um sich einige Entwürfe anzusehen, die ich für sie gemacht hatte, und fragte: »Wo ist die Kraus?«

»Wahrscheinlich beim Chef.«

»Sie soll sich in acht nehmen.«

»Schwamm drüber. Sie können mir jetzt den Drink spendieren, zu dem Sie mich damals eingeladen haben. Außerdem habe ich Theaterkarten. Darf ich Sie zum Abendessen ausführen? Vielleicht zu Mori's?«

»Das finde ich einfach süß. Was werden Sie die nächsten vierzehn Tage machen — eine Abmagerungskur?«

»Was soll das heißen?« fragte ich eingeschnappt. Ich war noch nie bei Mori's gewesen, aber man hatte mir von dem Lokal erzählt.

»Tun Sie nicht so, Jameson, ich stelle ja jede Woche Ihren Gehaltszettel aus. Bei Mori's lassen Sie glatt einen Wochenverdienst, Ihre Nebeneinnahmen eingeschlossen. Ich —«

»Was für Nebeneinnahmen?«

»Mir können Sie nichts vormachen, Marshal. Ich kenne die Immobilienbranche von A bis Z. Schlagen Sie sich Mori's aus dem Kopf, und wir gehen auf getrennte Rechnung in irgendein billigeres Lokal, wenn Sie möchten.«

Ich lachte — um meine Verlegenheit zu kaschieren. Die Kimball besaß einen roten Sportwagen, und sie fuhr mich zu einem chinesischen Restaurant in der Nähe der Columbia-Universität, von dem ich noch nie etwas gehört hatte, und dabei tat ich immer so, als seien mir alle guten Eßlokale der Stadt bekannt; das gehörte zu meinem Auftreten als eingefleischter New Yorker. Das Lokal war klein, aber das Essen war echt chinesisch, ich wußte zum Großteil gar nicht, was ich aß, und die Kimball verstand selbstverständlich, mit Eßstäbchen umzugehen. Dann fuhren wir zur Ninth Avenue und tranken etwas.

Die Vorstellung war ziemlich albern, wir gingen nach dem zweiten Akt, und ich führte die Kimball nach Greenwich Village in ein Lokal, wo wir wieder etwas tranken und tanzten. Selbstverständlich war die Kimball eine hervorragende Tänzerin.

Es war nett mit ihr, und als sie mich fragte, ob wir auf ihrer Bude einer Flasche den Hals brechen sollten, war ich dafür. Sie bewohnte eine Etagenwohnung in Brooklyn Heights, mit modernen, kantigen Möbeln eingerichtet. Wir tranken wieder, und ich bekam einen ordentlichen Rausch, erzählte ihr, daß ich Football gespielt hatte, um der Fabrik zu entrinnen. Sie erzählte mir, daß sie seit Abschluß der Mittelschule gearbeitet hatte: Verkäuferin, Telefonistin, Sekretärin, dann die Bekanntschaft mit Barrett. Sie hatte eine schicke, elfenbeinweiße Musiktruhe, und wir tanzten, beinahe ohne uns zu bewegen, und redeten über Kunst und Spanien und Hitler, und wie das alles enden werde.

Und ich wußte, daß ich mit ihr schlafen konnte, wenn ich wollte. Man weiß ja, wie das ist: Auch ohne Handgreiflichkeiten und doppeldeutige Bemerkungen spürt man plötzlich eine Welle von Wärme in sich aufsteigen, und man weiß, die Frau fühlt genauso, und das genügt.

Ich wollte mit ihr schlafen — hatte es immer gewollt.

Ich überlegte noch, wie ich es anfangen sollte, als sie schon die Sache selbst in die Hand nahm. Wir hatten uns auf die schmiedeeiserne gummigepolsterte Couch gesetzt, da legte sie mir die Arme um den Hals und küßte mich heftig auf den Mund. Es war ein prima Kuß, sehr gekonnt. Ich war so verdutzt, daß ich gar nicht reagierte. Sie stieß mich weg und lachte.

»Was ist los, Marshal?« Ihre Stimme klang zu sachlich.

»Nichts.«

»Doch.«

»Ich war bloß — äh — überrascht.«

»Worüber denn? Du bist jung, kräftig und schlank, hast albernes blondes Haar. Ich glaube, ich kann mich auch sehen lassen. Also?«

Sie küßte mich noch einmal, mit harten, fordernden Lippen.

Ich bin weder altmodisch noch prüde, aber ich war schokkiert. Ich starrte sie an wie ein dummer Junge, und dabei begehrte ich sie ganz toll.

Marion Kimball lächelte mich an und fragte sanft: »Geht es dir zu plötzlich, zu schnell? Ich bin für Tempo, für die Gegenwart — die Zukunft ist zu weit entfernt, zu ungewiß — vielleicht nur ein Traum.«

»Sollte nicht eigentlich der Mann dem Mädchen mit diesem ›Für-die-Gegenwart-Leben‹ kommen?«

»Kann sein. Und kann sein, wir haben die Rollen vertauscht«, sagte sie und lachte laut.

Das Lachen verwandelte sie wieder in die äußerst tüchtige Miss Kimball, die einen linkischen jungen Mann auslachte. Es klang beinahe höhnisch. Ich hatte ziemlich viel Stolz in mir stecken — habe ich immer noch —, und ich konnte es nicht ertragen, von ihr wie ein Schuljunge behandelt zu werden.

Ich sagte kalt: »Tut mir leid, ich kann es nicht einfach so tun. Das liegt mir nicht. Das geht mir zu schnell.«

Ich stand auf und schenkte mir etwas zu trinken ein. Ich fragte mich, ob ich übergeschnappt sei, denn die Kimball sah richtig hingebungsvoll aus.

Sie nahm es gelassen hin, und ich mochte sie dafür.

Sie zuckte bloß die Schultern und sagte: »Na schön, lassen wir das. Gib mir auch einen Schluck.«

Wir saßen da und redeten, wir tanzten sogar, als ob gar nichts passiert wäre — es war ja auch gar nichts passiert. Ich trank noch ein Glas, und der Whisky verfehlte seine Wirkung nicht.

Ich fragte: »Hast du etwas dagegen, wenn ich dich Marion nenne?«

»Sei nicht albern.«

»Ich bin nicht albern, nur betrunken. Marion, nimm es mir nicht übel, aber da ist eine Sache, über die ich mir schon lange den Kopf zerbreche. Es geht mich ja nichts an, aber du bist attraktiv, schick, begehrenswert, und doch —«

»Ledig?« warf sie ein.

»Ja. Das wundert mich.«

Sie lächelte. »Marshal, du bist noch so jung, aber —«

»Verdammt noch mal, ich bin kein Kind mehr, hör auf, mich zu behandeln wie einen Dorftrottel!«

Sie schüttelte den Kopf.

»Du bist ein grüner Junge, sonst hättest du nicht eine Frau abgewiesen. Weißt du, es fällt einer Frau nicht leicht, sich anzubieten — und es ist eine Beleidigung, abgewiesen zu werden, aber ich weiß, warum du es getan hast . . . Aus Stolz.«

»Unsinn«, log ich.

»Kein Unsinn. Ich weiß, daß du mich haben willst, ich habe es dir angesehen, jeden Tag. Hör nur, ich rede wie die Büroschlange.«

Wir lachten beide, ich bückte mich und küßte sie.

»Danke.«

»Ach, Miss Kimball — Marion, sag das nicht. Du hast recht, ich will dich . . . He, du hast mir noch nicht verraten, warum du nicht verheiratet bist.«

»Du bist eben doch ein Kind. Ich bin es nicht mehr — ich bin achtunddreißig Jahre alt, Ehrenwort. Als ich jünger war, da war ich immer zu beschäftigt, zu bemessen von dem Fluch der modernen Zeit, etwas zu erreichen — und so hatte ich für Männer nicht viel übrig. Jetzt könnte ich jemanden wie Barrett heiraten, aber ich kann diese Managertypen nicht ausstehen. Ich kenne die Sorte nur zu gut. Wenn man sie aus ihrem Büro-Aquarium herausnimmt, sind sie dumm, widerlich und entsetzlich langweilig.«

»Es gibt andere Männer als solche Typen wie den Chef.«

Sie nickte.

»Wenn ich auf die Jagd ginge, oder besser gesagt: auf den Markt, dann könnte ich eventuell einen Mann in meinem Alter finden, aber Männerjagd ist eine Ganztagsbeschäftigung. Dazu habe ich keine Zeit. Ich bin mir auch nicht ganz sicher, ob es sich lohnt. In unserer Gesellschaftsordnung müssen Frauen aus wirtschaftlichen Gründen heiraten — und das habe ich nicht nötig. Ich habe meine Arbeit und sogar ein hübsches Sümmchen Geld, das ich bei einer von Barretts Spekulationen verdient habe. Und ich mag junge Männer! Verrückt, wie ich euch Burschen liebe! Macht dir das Angst?«

»Nicht direkt.«

»Ich bin verrückt nach dieser Generation enttäuschter junger Männer, die sich noch an die Zeit der Depression erinnern und jetzt vor dem Schatten des Krieges bangen, sich Sorgen machen, ob Hitler nicht über die Stränge schlägt. Ich mag die potentielle Explosionsgefahr, die ihr Jungen darstellt, das Feuer, das in euch schwelt! Ich weiß nicht, vielleicht ist das Mutterinstinkt, vielleicht auch nur der gute alte Sextrieb. Egal, was es ist, ich liebe Burschen mit Elan und noch nicht abgenützten Ideen. Ich weiß, du wirst es nie sehr weit bringen, aber mir gefällt dein Schwung, dein Kampf gegen Windmühlenflügel. Meistens stoße ich nach drei, vier Monaten einen Jungen ab und lege mir ein neues Modell zu.«

»Bin ich einer von deinen jungen Männern?«

Die Kimball nickte.

»Manchmal bist du so verbittert, so wütend auf die Welt, daß ich dich küssen könnte. Aber heute in sechs Monaten hast du so klein beigegeben wie alle anderen, und damit hast du deinen Reiz für mich verloren, und ich schmeiße dich hinaus. Nun, hast du Angst?«

»Ja, ein bißchen«, gestand ich und griff nach meinem Hut. »Und ich haue lieber ab — bevor ich aufhöre, Angst zu haben.«

Von da an wurde das Büro zur Szenerie des letzten Aktes eines jener alten Herz-Schmerz-Melodramen: Barrett stieg auf seine gewohnte sture Art Miss Kraus nach, und die Kimball, kühl und selbstsicher, wartete auf mich, überzeugt, daß ich kommen würde.

Wegen mir machte ich mir keine Sorgen, aber mit der kleinen Mary Jane Kraus stand es anders. Ich wußte, daß auch sie ihren Stolz hatte, aber einen dummen Stolz, der sie eher dazu treiben würde, etwas Dummes zu tun, statt nach Hause zurückzukehren und einzugestehen, daß sie in der großen Stadt gescheitert war. Mary war ein bißchen naiv, und falls der Chef sie mit schönen Worten einwickelte, fiel sie womöglich darauf herein — wenn sie aber mit ihm schlief, und er sie dann fallen ließ, ging sie eventuell daran kaputt.

Der Vorhang nach dem letzten Akt fiel an einem Samstag, als wir alle zu Mittag Schluß machten.

Barrett steckte den Kopf aus seinem Büro heraus und sagte: »Oh, Miss Kraus, könnten Sie ein paar Minuten länger bleiben? Ich habe da zwei Briefe, die noch heute zur Post müssen. Übrigens, hat Ihnen Miss Kimball gesagt, daß Sie ab nächste Woche eine Gehaltserhöhung von drei Dollar bekommen?«

Barrett strahlte sie an, und Mary Jane war überglücklich, ihr kindliches Gesicht ein einziges großes Lächeln. Sie nahm rasch den Hut ab — einen Strohtopf, den nur eine Miss Kraus aufsetzen konnte — und ergriff ihren Stenoblock.

Über die Schulter rief sie mir zu: »Die Limonade mit Ihnen fällt leider aus, Marsh!«

Die rothaarige Empfangsdame stieg kichernd in den Aufzug. Ich blieb zurück.

Die Kimball kam aus ihrem Büro, zwinkerte mir zu und fragte: »Hast du den Aufzug gerufen?«

»Nein. Wieso gibt Barrett Mary eine Gehaltserhöhung?«

Die Kimball drückte auf den Aufzugknopf und sagte: »Hat der alte Barrett nicht wie ein Schmierenkomödiant geklungen? Heute ist Miss Unschuldsengel dran.«

»Da komme ich nicht ganz mit.«

»Sei nicht dämlich. Er hat sich langsam und gemütlich an die Kraus herangemacht. Wahrscheinlich hatte er befürchtet, sie sei noch minderjährig. Ich möchte gern wissen, ob er ihr einen Ausflug nach Atlantic City vorschlägt oder eine kurze Seereise. Für eine Seereise bietet die Kraus nicht viel Anreiz, aber für ein Wochenende wird sie gut genug sein. Und wahrscheinlich hat sie auch nicht Grips genug, ihn wegen Verführung Minderjähriger zu erpressen. Lächerliche drei Dollar Zulage — ein billig bezahltes Vergnügen.«

»Du glaubst, er versucht es — jetzt?«

»Ich weiß es. Ich bin ja seit über acht Jahren bei ihm . . .«

Ich fiel ihr ins Wort: »Also, während wir hier reden . . .«

»Mhm, der psychologische Moment — Zusage der Gehaltserhöhung, dann 'ran.«

Der Aufzug kam, und die Kimball stieg ein. Ich rührte mich nicht.

Der Fahrstuhlführer fragte: »Kommen Sie mit?«

»Nein. Ich — äh — habe meine Pfeife vergessen«, stotterte

ich und rannte ins Büro zurück. Mir war, als hörte ich die Kimball lachen, als sich die Aufzugtüren schlossen, und ich fühlte mich offen gestanden tatsächlich wie ein alberner Held.

Im Büro war es feierabendlich still, und ich saß eine halbe Ewigkeit lang hinter meinem Zeichentisch, lauschte dem leisen Stimmengemurmel in Barretts Büro. Meine Phantasie machte Überstunden. Je länger ich dasaß, desto lächerlicher kam ich mir vor. Was ging es mich an, ob Mary Jane Kraus mit dem Chef in einem Hotelzimmer landete? Vielleicht war es für sie das Allerbeste, was ihr passieren konnte, vielleicht rüttelte es sie auf aus ihrer . . .

Sie kam aus seinem Büro herausgestürzt, in Tränen aufgelöst, mit flatterndem Haar — genau, wie ich es erwartet hatte. Barrett kam hinterdrein, blieb wie angewurzelt stehen, als er mich erblickte. Ich trat dazwischen, traf ihn mit einem Schwinger am Kinn, und er kippte um.

Ich lief auf den Gang, Miss Kraus nach, aber sie war verschwunden. Ich fluchte und drückte wie wild auf den Knopf, um den Aufzug zu rufen, aber nach Büroschluß war der Hausservice unter aller Kritik. Als ich endlich die Straße erreichte, war die Kraus nirgends zu sehen. Ich schaute mich leicht verwirrt um. Irgendwie hatte ich mir eingebildet, sie werde auf mich warten.

Eine Autohupe ertönte, und da war die Kimball in ihrem Sportzweisitzer und winkte mir.

Als ich hinüberging, legte sie die Hände wie ein Rohr an die Lippen.

»Tatarata, es lebe der siegreiche Held!«

»Mach keine Witze. Wo ist sie hin?«

»Hat ein Taxi genommen, in all ihrem tugendhaften Zorn. Steig endlich ein, bevor ich einen Strafzettel kriege.«

Ich stieg ein, und wir fuhren hinauf in den Park und dann wieder hinunter, und die Kimball fragte: »Soll ich dich zu ihr fahren?«

»Nein. Zum Teufel damit.«

»Marsh, bedeutet dir diese Landpomeranze wirklich etwas?«

»Keine Spur. Bloß ein nettes Mädchen, dem nichts passieren soll.«

»Wirklich?«

»Ehrenwort!«

»Natürlich hast du Barrett am Kinn getroffen?«

»Jawohl — mit allen Schikanen.«

»Und was nun, kleiner Mann?« fragte sie, als sie den Wagen stoppte. Wir waren vor ihrem Haus.

»Ich komme schon durch«, versicherte ich, plötzlich von der Erkenntnis getroffen, daß mein Posten beim Teufel war. Ich besaß kein Geld, außer dem Gehalt in meiner Tasche.

»Tatsächlich? Die Kraus wird aufs Land zurückgehen, wo sie hingehört. Aber du — kannst du in die Fabrikstadt zurück, von der du mir erzählt hast? Und Barrett wird dafür sorgen, daß du bei jeder Agentur auf die schwarze Liste kommst.«

»Ich werde freiberuflich arbeiten.«

»Quatsch. Du wirst nichts verdienen, das weißt du genau. Komm herein und trink etwas.«

Ich wußte, was mir bevorstand, aber ich ging mit. Wir tranken einen Whisky, saßen auf der Couch, und ich wartete. Die Kimball fackelte nicht lange.

Sie sagte: »Was dich anbelangt — ich mag junge Burschen noch immer. Besonders interessiere ich mich für einen bestimmten jungen Schnösel, der so kühn war, dem Chef eins zu verpassen. Das ist eine beachtliche Leistung und . . .«

»Wie lange wird es dauern, bis du mich gegen ein neues Modell auswechselst, Marion? Eine Woche, einen Monat?«

»Ich wäre vielleicht sogar geneigt, dich für sechs Monate oder auch für ein Jahr auf die Kunstakademie zu schicken. Du brauchst mehr Unterweisung.«

»Ein ausgehaltener Mann«, sagte ich und wurde rot.

Ihre warme Hand streichelte mein Gesicht.

»Laß dir von einem Wort nicht bangemachen. Was sind schon Worte . . .«

Ich weiß nicht, warum ich es tat. Nun ja, ich mußte entweder aufstehen und gehen oder ihr beweisen, daß ich ein Mann war. Ich wollte nicht weg, also riß ich sie an mich.

Und damit hatte es sich.

Es war nach Mitternacht, als ich sie verließ.

Ich hatte keine Lust, zu gehen, aber sie schickte mich fort mit der Begründung: »Wenn ich mich am Sonntag nicht ausruhe, bin ich die ganze Woche zu nichts zu gebrauchen. Solange du da bist, kann ich mich nicht ausruhen, also geh, Liebling, pack deine Sachen und sei Montag abend wieder hier. Ja?«

Ich ging in eine Imbißstube, aß eine Kleinigkeit und überlegte, in was ich mich da einließ. Ich kam zu keinem Schluß, außer daß es etwas war, was ich wollte. Das machte mich irgendwie froh.

Ich ging zu Fuß über die Brooklyn Bridge, genoß die Schönheit der Silhouette von Manhattan vor dem mondhellen Himmel, dann nahm ich ein Taxi nach Hause. Als ich die Haustür aufsperrte, hörte ich den Hausmeister — er nannte sich großkotzig ›Verwalter‹ — aus dem Bett steigen. Er hatte ein großes Büro-Schlafzimmer im Erdgeschoß.

Als ich hinaufging, steckte er den Kopf heraus und flüsterte: »Mr. Jameson!«

»Ich bringe die Miete morgen!« rief ich über die Schulter zurück und stieg weiter hinauf.

»Aber Mr. Jameson, ich . . .«

Ich ging schneller, lief die zweite Treppe hoch, sperrte meine Tür auf. Ich trat ein, und zog mich im Finstern rasch aus. Ich war ziemlich müde und erschöpft.

»Marshal?«

Ich sprang kerzengerade in die Höhe, Hose in der Hand, und fragte: »Wer ist da?«

»Ich bin's, Marsh — Mary Jane.«

Ich erwischte die Lichtkordel, und da war Miss Kraus in meinem Bett, bis zum Kinn eingewickelt. Sobald sie mich erblickte, begann sie zu weinen.

»Was — was machen Sie hier?«

»Bitte, schimpfen Sie mich nicht«, sagte sie unter dicken Tränen. »Ich wußte nicht, wohin ich mich wenden sollte. Wissen Sie, ich habe nicht erwartet, daß ich — entlassen werde, und ich habe vorige Woche ein paar Kleider gekauft, und jetzt ... Jetzt habe ich kein Geld mehr. Ich hatte keine Ahnung, was ich tun sollte, und da bin ich hergekommen und habe dem Hausverwalter gesagt, ich bin Ihre Schwester, und da hat er mich in Ihr Zimmer gelassen.« Jetzt begann sie richtig zu weinen. »Marsh, ich habe gewartet und gewartet ... Ich war so durcheinander und — da habe ich mich eben schlafen gelegt.«

Ich setzte mich aufs Bett. Sie tat mir so leid, daß ich am liebsten mitgeweint hätte. Ich tätschelte ihr weiches blondes Haar.

»Schon gut. Regen Sie sich nicht auf.«

»Sie finden es bestimmt furchtbar, ich in Ihrem Bett ... Aber ich habe so einen entsetzlichen Tag hinter mir ... Marsh, ich weiß nicht, was ich machen soll!«

»Zuerst einmal schlafen Sie sich aus. Ich schlafe im Sessel. Morgen verschaffe ich Ihnen ein bißchen Geld, und alles ist in Ordnung.«

»Marsh, ich könnte kein Geld von Ihnen nehmen. Oh, dieser schauderhafte Mr. Barrett!«

»Heulen Sie nicht, das Geld ist ein Darlehen«, sagte ich, ohne einen blassen Schimmer, wo ich das Geld hernehmen sollte. Ich mußte nur immer daran denken, was für ein Bild wir beide abgaben — Mary Jane, die in die Zudecke weinte, und ich in meiner kurzen Unterhose auf dem Bettrand sitzend.

Ich stand auf.

»Schlafen Sie jetzt, wir sprechen morgen darüber. Machen Sie sich keine Sorgen.«

Ich nahm eines der Kopfkissen, warf es in den großen Sessel und merkte dann, daß ihre Sachen darunterlagen. Als ich ihr Kleid und die Strümpfe wegtun wollte, sagte Mary: »Nein, nein, ich werde im Sessel schlafen. Das ist Ihr Zimmer.« Und sie sprang aus dem Bett.

Sie trug eines meiner Sporthemden, und es reichte ihr gerade bis zu den Hüften. Sie sah sehr jung und einladend aus — wie ein Pin-up-Foto. Einen Moment lang starrten wir einander an, dann warf sie sich mit einem kleinen Aufschrei in meine Arme.

Der Rest der Nacht war etwas wirr. Mary Jane weinte eine Menge, und ich ermahnte sie immer wieder, zu schlafen.

Irgendwann am frühen Morgen flüsterte sie: »Marsh, wir haben etwas Schreckliches getan. Wir werden doch heiraten, nicht?«

Ich empfand lauter Wärme und Mitgefühl für sie, und ich war ein bißchen benommen. Ich küßte sie, sagte »Ja«, und sie kuschelte sich an mich und schlief ein.

Als wir gegen Mittag zum Frühstück hinuntergingen, erlaubte sich der Hausverwalter einige anzügliche Bemerkungen, so daß ich ihn um ein Haar geohrfeigt hätte. Daraufhin übersiedelten wir in ein anderes Zimmer im nächsten Häuserblock, als Mann und Frau. Während Mary Jane in ihr Zimmer zurückfuhr, um ihr Gepäck zu holen und die Miete zu zahlen, stieg ich in die U-Bahn nach Brooklyn.

Die Kimball begrüßte mich mit: »Marsh! Was für eine nette Überraschung! Ich —«

»Überraschung ist genau richtig. Hör zu.«

Nachdem ich ihr erzählt hatte, was passiert war, schüttelte sie den Kopf.

»Du armer Kerl. Du brauchst sie aber doch nicht zu heiraten!«

»Ich will aber, sie ist wie ein verwirrtes Kind.«

»Sie hat dich hereingelegt. Sie ist kein Kind mehr, sie ist dreiundzwanzig. Barrett wollte ihr Alter wissen, ich habe es überprüft.«

»Du machst auch noch die Kupplerin für ihn?«

Sie starrte mich eine Weile an, mit Schmerz in den Augen.

Ich sagte: »Entschuldige, ich habe das nicht so gemeint, Marion. Ach was, also gut, vielleicht tut sie mir bloß leid, aber sie hat keine Erfahrung, sie kennt sich nicht aus, rennt herum wie ein verirrter kleiner Hund und ...«

»Kleine Hunde füttert man, die heiratet man nicht.«

»Ich habe ihr versprochen, sie zu heiraten, und dabei bleibt es. Ich käme mir wie ein Schuft vor, wenn ich es nicht täte.«

»Na schön, Marsh. Danke, daß du es mir gesagt hast.«

»Ich bin nicht bloß deshalb gekommen, Marion. Ich brauche einen Job, und zwar fix. Wir beide sind völlig blank. Du kennst eine Menge Leute, hast Beziehungen. Es ist mir furchtbar peinlich, dich darum zu bitten, aber kannst du mir helfen?«

»Mal sehen, ob ich bis morgen etwas auftreibe. Falls du Geld brauchst ...«

»Ein paar Tage können wir schon durchhalten.«

Die Kimball drückte mir die Hand.

»Ruf mich morgen an, so gegen Mittag. Es tut mir leid, wahrscheinlich habe ich dir das eingebrockt, gewissermaßen ...«

»Ich weiß, was ich tue.«

»Das will ich hoffen. Und ich wünsche dir, daß es gut ausgeht. Ruf morgen gegen Mittag an.«

Mary Jane und ich heirateten am Montag, auf dem Standesamt. Die Kimball verschaffte mir nicht nur einen Posten bei einer großen Immobilienfirma, sie schwatzte Barrett auch noch je zwei Wochengehälter für uns ab.

Mary fand eine neue Anstellung als Stenotypistin, und eine Zeitlang ging alles glatt. Da wir in einem Zimmer wohnten und beide verdienten, hatten wir mehr Geld zum Ausgeben als vorher, und im Sommer verbrachten wir eine Woche bei ihren Leuten — sie hatten einen kleinen Laden auf dem Land.

Gegen Ende des Jahres wurde unsere Ehe allmählich brüchig. Sie tat mir noch immer leid, und gelegentlich hatten wir es richtig schön miteinander. Aber Mary Jane jammerte jede Menge, und wenn sie auch jung und lieb war, so war sie doch ebenso stumpf und langweilig. Ich kassierte Mieten ein und schaute Pinsel und Leinwand nicht einmal an.

Zu Weihnachten passierte die Sache mit Pearl Harbor, und wir wurden von unseren Problemen abgelenkt. Im Februar erhielt ich meinen Einberufungsbefehl, und wir nahmen recht zärtlich Abschied voneinander.

Ich wurde nach Fort Dix geschickt, hinüber nach New Jersey, und das einzige, was ich außer dem schwachen patriotischen Hurrazeug empfand, war ein Gefühl der Erleichterung, das Gefühl, Mary los zu sein.

Logan war allein. Mit langen, elastischen Schritten kam er die Gasse herunter. Ich weiß nicht, warum er mir noch immer nicht wie ein Privatdetektiv vorkam. Eher wie ein Verkäufer oder ein junger Bankangestellter.

Als er mich erblickte, wurde er ein bißchen langsamer, lächelte, während er sagte: »Wo haben Sie Ihren ausgebeulten Tweedanzug? Und Ihre Größe? Und wieviel Haare Ihnen gewachsen sind!«

»Was ich am Telefon gesagt habe — Schwamm drüber, Logan«, sagte ich mit bemüht ruhiger Stimme. »Ich bin eben übervorsichtig.« Ich steckte die Hand in die Tasche, berührte die Pistole — alles sehr unauffällig —, als er ums Haus herumkam. Ich klopfte mir mit der linken Hand die anderen Taschen ab und fragte: »Haben Sie eine Zigarette für mich?« Er befand sich knapp einen Meter von mir entfernt.

Er griff in seine Brusttasche, hielt mir ein zerknautschtes Päckchen hin. Ich nahm eine Zigarette, steckte sie mir in den Mund — alles mit der linken Hand.

»Danke, Feuer habe ich«, sagte ich.

Ich hatte die Pistole fest in der Hand, bloß . . . Ich zog sie halb heraus — vergaß, daß sie einen langen Lauf hatte. Das verdammte Ding hatte sich in meiner Tasche verklemmt — wollte nicht heraus!

Logan ließ das Zigarettenpäckchen fallen, riß die Augen auf. Er stürzte sich auf mich, ich wich zurück und zerrte noch immer an der verdammten, sperrigen Pistole. Plötzlich hatte ich sie draußen und . . .

Er war schnell wie der Blitz. Ich glaube, ich sah das blendend helle Mündungsfeuer an seiner Hüfte, bevor ich den Schuß spürte . . . Mir war, als hätte ich quer über den Bauch einen Hieb mit einem Baseballschläger bekommen. Die Wucht des Einschlags warf mich um.

Einen Augenblick lang, als der Schock einsetzte, merkte ich gar nicht, daß ich getroffen war, obwohl ich zurückgetaumelt war. Die Pistole fiel mir aus der Hand. Ich versuchte, mich aufzusetzen . . . Und dann — als ich den Schuß hörte, dieses scharfe, klare Geräusch, da zerriß mir ein heißer, entsetzlicher Schmerz — dieser grauenhafte, grauenhafte Schmerz! — die Eingeweide, und Blut quoll aus meinem Hemd und lief mir die Beine hinab.

Eine unendliche Sekunde lang war der Schmerz so schneidend, so durchdringend, daß ich weder atmen noch sehen konnte. Dann kam er in Sicht, seine Waffe noch immer in der rechten Hand. Er stieß mit dem Fuß vorsorglich meine Pistole beiseite, ging und hob sie auf.

Wir starrten einander lange an. Sein Gesicht war blaß, seine Augen ratlos.

Er fragte: »Was soll das bedeuten, verdammt noch mal? Warum wollten Sie auf mich schießen? Wer sind Sie überhaupt?«

Einer von den blöden Witzen, die man beim Militär zu hören bekam, lautete: »Du hast es noch nie so gut gehabt.«

Auf mich traf das ziemlich genau zu, mir ging es beim Militär verhältnismäßig gut. Zuerst blieb ich fast drei Monate lang in Fort Dix: Links und rechts von mir wurden Männer abkommandiert, aber mein Name wurde nicht aufgerufen. Unser Regiment oder unsere Kompanie oder unser Bataillon, oder was wir überhaupt waren, bestand aus einem kleinen, permanenten Kader von mehreren Einberufenen, alles ›alte‹ Soldaten, die schon ein halbes oder ganzes Jahr dabei waren, und einem gewissen Captain Drake, einem kleinen Mann von ungefähr fünfunddreißig, der etwas auf sich hielt. Seine Uniform war immer tadellos gebügelt, er stolzierte mit durchgedrücktem Kreuz einher, sprach langsam und gedehnt und ließ sich zum Glück nur selten blicken. Ich wurde zum Innendienst abgestellt, was bedeutete, daß ich nach der morgendlichen Inspektion der Unterkünfte für den Rest des Tages nichts mehr zu tun hatte.

Übers Wochenende fuhr ich immer nach New York und besuchte Mary Jane. Eines Tages traf ich auf der Lexington Avenue die Kimball; sie geriet in Ekstase über meine Uniform und kaufte mir auf der Stelle eine feine Armbanduhr.

Ich strengte mich nicht zu sehr an, machte eine Menge Skizzen von den verschiedenen Gesichtern im Lager, las viel und schlief stundenlang. Zum erstenmal im Leben brauchte ich mich wegen Miete und Essen nicht zu sorgen, und beim Militär wurde mir dann so richtig klar, wie zweifelhaft aller Ehrgeiz ist. Da rackert man sich ab und trägt anständige Kleidung und tut groß, um den Chef zu beeindrucken, und — bums, muß man zum Militär und aller Aufwand war umsonst, denn jetzt ist man nichts anderes als der Schütze Arsch im letzten Glied unter einem Spieß, der zufälligerweise schon etwas länger bei dem Verein ist. Und gleich fängt man an, auf Streifen am Uniformärmel hinzuarbeiten, kriecht allen hinten hinein, und wenn der Krieg aus ist, hat man es vielleicht bis zum Sergeanten gebracht, und dann — bums, wird man entlassen und ist wieder ein Niemand in Zivil und kann wieder von vorn anfangen. Nun bin ich keineswegs der Ansicht, daß man sich nicht bemühen sollte, vorwärtszukommen — aber nicht allzu angestrengt und ausschließlich. Man arbeitet so viel, daß man nie Gelegenheit hat, das Leben zu genießen, und eines Tages arbeitet man sich ins Grab hinein, und dann werfen sie einem Erde ins Gesicht und meißeln auf den Grabstein: ›Was hast du davon gehabt?‹

Leider packte mich nach einiger Zeit in Fort Dix die Unruhe. Ich ging zu Captain Drake, salutierte linkisch und erkundigte mich, ob meine Papiere verlorengegangen seien, oder so.

Er sagte: »Jameson, du bist aus Kentucky, ich stamme ebenfalls aus dem Süden. Mir war es lieber, daß statt eines Jungen aus dem Norden du hier eine ruhige Kugel schiebst. In etwa einem Jahr oder so wird man mich hier hinauswerfen, und dann nehme ich dich mit. Einverstanden, Junge?«

»Ja, Sir. Bloß — wir haben Krieg. Ich komme mir hier ziemlich nutzlos vor.«

»Du hast Mumm, Junge. Aber wenn ich dich gehen lasse, kommst du garantiert zur Infanterie. Und das willst du bestimmt nicht. Was bist du im Zivilleben, Junge?«

Ein Glück, daß ich gerade nicht betrunken war — sein herablassender Tonfall hätte mich rasend gemacht.

»Ich war Gebrauchsgraphiker bei einer Werbeagentur.« Drake war beeindruckt.

»Mal sehen, was ich für Sie tun kann, Jameson.«

Um die Sache perfekt zu machen, schenkte ich ihm eine Federzeichnung, die ich von ihm angefertigt hatte. Eine Woche später wurde ich versetzt — zu einer Sondereinheit Ecke Lexington Avenue und 46. Straße, wo Werbeplakate für die

Armee hergestellt wurden. Ein ganz junger Offizier war unser Boß; nach seinen Ideen zu schließen, mußte er früher Werbung für Schuhcreme gemacht haben. Wir mußten die belebte Lexington Avenue entlangmarschieren und so tun, als seien wir Soldaten, und alle Leute starrten uns an, als ob wir wirklich welche wären. Ich kam mir noch drückebergerischer vor als in Fort Dix. Es war sehr unbefriedigend.

Außerdem sah ich Mary Jane jeden Abend, und ich wollte doch nichts mehr von ihr wissen. Die arme Mary arbeitete wenigstens in einem Rüstungswerk in New Jersey ... Ich wollte schließlich kein Zinnsoldat sein. Unserem Vorgesetzten, einem Leutnant, gegenüber ließ ich gelegentlich fallen, daß ich nicht der Ansicht war, meine Tätigkeit sei ausgesprochen kriegswichtig. Zwei Tage später war ich wieder in Fort Dix, und noch am selben Abend saß ich in einem Truppentransportzug, der nach Fort Benning in Georgia fuhr.

Die Infanterieausbildung war nicht so anstrengend wie Footballtraining; ich war froh, wieder in Form zu kommen. Aber eines Morgens, als wir Geländeübungen machten — auf, laufen, nieder, wobei wir den Fall bremsten, indem wir den Kolben des Gewehrs in die harte Erde stießen —, stürzte ich schwer und bekam Kopfschmerzen, die mir angst und bange machten.

Beim Krankenappell meldete ich dem Doktor meine damalige Gehirnerschütterung, und sie machten Röntgenaufnahmen und so. Zu meiner Überraschung befand ich mich alsbald auf dem Weg zu einer Artillerieeinheit in Kansas, wo ich mit Tarnanstrichen beschäftigt wurde. Die Arbeit war interessant, und ich lernte eine Menge über Farbwerte. Viele der anderen Soldaten waren Maler, und ich freundete mich mit Sid Spears an, der Bildhauerei studiert hatte, als er seinen Einberufungsbefehl bekam.

Sid war ein großer, schmaler Bursche mit einem sensiblen jüdischen Gesicht, aber er hatte im College geboxt, und aus irgendeinem unerfindlichen Grund steckte in seinem mageren Körper eine gewaltige Kraft. Wir beide bildeten bald ein Gespann. Es war eine gute Kombination — Sid so dünn, und ich so klein. Wir ließen uns gelegentlich in irgendeiner Kneipe vollaufen, redeten hochgestochen klingendes Zeug über ›Kunst‹ daher — was einige Typen, die sich in Uniform als Teufelskerle fühlten, zu dreckigen Bemerkungen über uns herausforderte wie: ›Musensöhne, die mit aufgepflanztem Pinsel zum Sturmangriff übergehen.‹

Es war ein alberner Spaß, wenn Sid die Fatzken mit einem Hieb zu Boden schickte und ich sie anrempelte, wenn sie nicht fielen, oder sie gegen die Wand schmiß.

Sid und ich fuhren im Urlaub gemeinsam nach New York; wir verlebten eine schöne Zeit in seiner Wohnung. Ich hatte keine Lust, meine Frau zu besuchen, aber dann bekam ich ein schlechtes Gewissen und verbrachte die letzten zwei Tage mit ihr.

Nach fast zwei Jahren in Kansas kamen wir alle nach Camp Patrick Henry in Newport News in Virginia. Ich rief Mary Jane an, sie flennte ins Telefon, und dann fuhr ich, auf einem Victory-Schiff eingepfercht, langsam und gemütlich über den Atlantik. Anschließend verbrachte ich einige Wochen in Oran in Nordafrika und zeichnete die Araber und die zerschossenen Panzer. Dann wurden Sid, ich und vier andere Soldaten nach London geflogen, und nach der Invasion folgten wir den kämpfenden Truppen nach Paris, wo wir in einem kleinen Hotel an der Place Clichy wohnten, acht Stunden täglich Landkarten zeichneten und maßstabgerechte topographische Modelle künftiger Schlachtfelder anfertigten.

Paris war natürlich herrlich. Sid war schon 1935 dort gewesen und kannte anscheinend eine Menge Leute auf dem sogenannten Linken Ufer. Er machte mich mit einem riesenhaften alten Mann mit wallendem weißem Bart bekannt. Der Mann hieß Bonard. Bonard erzählte für sein Leben gern von den alten Zeiten auf dem Linken Ufer und auf dem Montmartre — während er unsere Zigaretten rauchte und unsere

Rationen einsteckte. Er war Bildhauer und wohnte am Stadtrand von Paris in einer großen, alten, schmutzigen Scheune, die ihm gleichzeitig als Atelier diente. Er hatte dort ein paar Büsten und kleine Figuren herumstehen, und wahrscheinlich hatte er seit Jahren keinen Ton mehr angefaßt, aber als ich Ton zwischen die Finger bekam, erkannte ich sofort, daß ich mein Medium gefunden hatte — das war genau das, was ich tun wollte. Modellieren war weitaus befriedigender, viel schöpferischer als die Arbeit mit Farbe und Pinsel. Wenn man die Statue einer Frau schuf, dann war sie da — nicht etwas auf flacher Leinwand, sondern etwas, was man berühren und anfassen konnte, etwas, worauf man stolz sein konnte, fast als habe man etwas Lebendiges erschaffen.

Ich verbrachte den Krieg in Paris; tagsüber arbeitete ich an den Karten, abends besuchte ich die alten berühmten Cafés mit Bonard, der von Saint-Gaudens, Rodin, Malvina Hoffman, Epstein, von Gertrude Stein und Hemingway erzählte. Ich erfuhr alles über die Erfolge, die Selbstmorde und die Liebesaffären von ›damals‹. Ich wußte, daß Bonard die meiste Zeit nur Klatschgeschichten zum besten gab, und ich glaubte ihm nicht, als er behauptete, er sei mit Gauguin intim befreundet gewesen und habe ihn bedrängt, in die Südsee zu gehen. Bonard war ein großartiger alter Lügner, aber seine Ausführungen über die Anatomie des menschlichen Körpers waren sehr wertvoll für mich, und nachdem ich ihm etliche Kartons Zigaretten zugesteckt hatte, rückte er mit Gips heraus, und ich begann, Abgüsse meiner Finger, meiner Hand und meiner Faust zu machen. Als ich es das erstemal versuchte, wußte ich noch nicht, daß Gips beim Erhärten heiß wird, und ich schrie wie am Spieß, meine Hand sei hin. Bonard brüllte vor Lachen.

Unter seiner Anleitung wagte ich mich sogar an einige Köpfe und an eine Figur. Ich freute mich, als er sagte, ich hätte Talent. Wann immer ich einen Jeep bekommen konnte, fuhren wir zwei in der Stadt umher, betrachteten die vielen

Statuen, mit denen Paris gespickt ist, und Bonard wies mich auf die jeweils gute oder schlechte Technik hin. Ich gewann den alten Mann sehr lieb.

Mary schrieb mir gewissenhafte, fade Briefe, schickte mir jede Woche ein Päckchen altbackener Plätzchen. Ich schickte ihr Parfüm, schickte auch der Kimball eine Flasche, und eine meiner Mutter — alles in Zigarettenwährung erstanden.

In gewissem Sinne war Paris eine Schule für mich und Bonard mein Lehrer. Und ich lernte eifrig — las alles, was ich kriegen konnte, über Rodin, ich kaufte Abbildungen seiner Werke, die ich dann mit Bonard studierte.

Ich glaube, Bonard hatte mehr Spaß an Sid und mir als Interesse an unserer Arbeit. Er konnte im Verlauf eines Gesprächs zwei bis drei Liter Wein trinken, und er besaß einen geheimen Vorrat an Wein, von dem er uns partout nichts geben wollte.

»Zeitverschwendung, Weinverschwendung. Ihr Amerikaner mit eurem Schnaps — immer in Eile. Wein will langsam genossen werden. Schnaps, das ist etwas für Idioten, die erst dann etwas empfinden, wenn man sie auf den Kopf schlägt. Wie eure Soldaten, die den Mädchen auf der Place Pigalle nachlaufen — eins, zwei, schon vorbei.«

»Wir sind eben Kraftprotze«, witzelte Sid.

Sid und ich hatten solche Angst vor Ansteckung, daß wir von den Straßenmädchen nichts wissen wollten.

»Die Amerikaner verstehen von Sex genausoviel wie ihr beiden vom Wein. Ihr kennt keine Befriedigung. Früher hatten sogar ein häßlicher Mann und eine unansehnliche Frau Spaß miteinander. Aber heutzutage hat der Film die jungen Leute verdorben. Auch in Frankreich, aber besonders in Amerika, wo der Film mehr zum Leben dazugehört.«

»Was hat der Film damit zu tun?« fragte ich.

Bonard fixierte mich mit seinen wässerigen Augen.

»Ihr geht mit einer Frau, aber denkt ihr an sie? Pah! Sie

hält euch in den Armen, und ihre Augen sind geschlossen, aber sie sieht Clark Gable oder Charles Boyer. Und ihr seid im Geiste bei Mary Pickford, Rita Hayworth oder . . .«

»Mary Pickford — ich weiß nicht recht«, sagte Sid, mir zuzwinkernd.

»Ich habe Sie zwinkern sehen!« brüllte Bonard. »Ein Zwinkern — seicht wie Ihre Arbeit. Ihr habt weder Herz noch Verständnis für Kunst! Für euch ist Kunst wie eine Frau. Ihr Amerikaner, immer auf der Jagd, immer hoffend, bei der nächsten Frau den Genuß zu finden, den ihr bei dieser nicht habt — und nur, weil ihr an die nächste denkt, statt an die, die ihr habt.«

»Das ist mir zu kompliziert«, sagte Sid. »Sie waren seinerzeit bestimmt ein toller Herzensbrecher.«

Bonard küßte seine Fingerspitzen.

»Ah, meine Jugend, als es noch wahre Liebe gab! Die Tänze von Jane Avril und La Goulue im Moulin Rouge, der Gesang der bleichen Yvette Guilbert. Oder im Chat Noir mit Seurat, mit Toulouse-Lautrec — mit den Glücklichen, den Söhnen der Reichen.«

»Halt, Alter«, sagte Sid. »Das war um 1880, da müßten Sie jetzt mindestens achtzig sein!«

»Sie wagen es, mich einen Lügner zu nennen?« schrie Bonard, seine Weinflasche umklammernd, aber Ausschau haltend nach einem Wurfgeschoß.

Es war großartig, den Krieg so herumzubringen, tagsüber fleißig zu arbeiten und sich einzubilden, die Karten, die man machte, seien wichtig — und die gesamte Freizeit mit Bonard zu verleben. Eine Zeitlang war Sid kühl zu mir. Ich glaube, er war eifersüchtig auf Bonards Interesse an meiner Arbeit. Sid hatte sein künstlerisches Niveau längst erreicht, ein mittleres Niveau, und er war zwar der bessere Bildhauer, aber ich machte Fortschritte, wohingegen er verharrte. Er begann mit anderen GIs auszugehen, was mir nur recht war, da ich nun Bonard für mich ganz allein hatte.

Eines Abends fragte mich der Alte: »Wann sind Sie übers Wochenende frei?«

»Einen Urlaubsschein für drei Tage kann ich so gut wie immer bekommen, denke ich.«

»Gut. Es wird Zeit, daß Sie nach Modell arbeiten.«

»Nach einem lebenden Modell?«

Bonard stöhnte, zupfte seinen Bart, brummte etwas Abfälliges auf französisch und sagte dann: »Ein Modell dient dem Zweck, Ihrer Arbeit Leben einzuhauchen. Für eine Totenmaske brauchen wir das Leblose, aber jetzt brauchen Sie das Lebendige — eine nackte Frau.«

Der alte Mann paffte an seiner Zigarette und wartete auf eine Antwort.

Ich wußte nicht, was ich sagen sollte.

Schließlich äußerte ich: »Okay.«

Bonard schlug die Hände zusammen.

»Das Kränzchen des Idioten — okay, okay, okay! Mon dieu, Sie zeigen kein Interesse. Ich, ein alter Mann, vergeude kostbare Zeit mit Ihnen!«

»Ich bin ja ganz aufgeregt. Wie bekommen wir ein Modell?«

»Ich besorge das Modell — eine Urenkelin von mir, Yvonne. Ihr Gesicht läßt viel zu wünschen übrig, aber ihr Körper besitzt die Formen der Jugend. Drei Tage intensiver Arbeit in meinem Atelier. Natürlich wird es nicht billig sein.«

»Wieviel?«

»Ein Karton Zigaretten für ihre Mutter. Mindestens zwei Kartons für Yvonne — sie braucht etwas zum Anziehen. Ich selbst verlange nicht mehr als zwei Kartons — und einige Verpflegungskonserven, damit wir bei der Arbeit etwas zu essen haben.«

Bonard hatte seit Monaten meine Zigaretten geraucht — und verkauft.

Ich schüttelte den Kopf.

»Dauert einen Monat, bis ich so viel zusammenspare. Billi-

82

ger geht es nicht?«

»Yvonne hat noch nie posiert, es wird mich viel Überredung kosten, bevor die Mutter mir das Kind anvertraut. Ihrem Freund Sidney würde es auch nicht schaden, seine träge Seele anzuregen, sein kleines Talent anzustrengen — er sollte mitmachen.«

Am Abend erzählte ich Sid davon, doch zunächst war er nicht interessiert. Aber ich redete ihm so lange zu, bis er einverstanden war. Wir besorgten uns in unserer Einheit Zigaretten, erzählten allen, wir hätten ein ›tolles Wochenende‹ vor und verpfändeten unsere PX-Zuteilungen für die nächsten zwei Monate.

Am Donnerstagabend langten wir in Bonards Scheune an, beladen mit den geforderten Zigaretten und Verpflegungskonserven, mit Schokoladeriegeln, ein paar Colaflaschen und einer Flasche, auf deren Etikett ›Cognac‹ stand.

Bonard brachte bald ein warmes Essen auf den Tisch und natürlich seine unvermeidliche Weinflasche. Yvonne war eine Enttäuschung. Sie war ein mürrisches, pferdegesichtiges Mädchen von etwa fünfzehn Jahren, trug ihr fadenscheiniges bestes Kleid, aß gierig und sprach kein Wort.

Nach dem Abendessen legte sie sich in einer Kammer an einem Ende der Scheune sofort schlafen, während uns Bonard unsere Strohlager zeigte. Dann stellte er die Arbeitstische auf und half uns, zwei kleine Drahtgerüste anzufertigen. Es war ihm gelungen, etwa sieben Kilo rohen Ton aufzutreiben, der in ein schmutziges, nasses Tuch eingewickelt war.

Der alte Mann war wieder einmal in redseliger Stimmung. Zum zehntenmal erzählte er uns von seiner einzigen wahren Liebe: einer Wäscherin, die die beste Cancantänzerin auf dem Montmartre gewesen war. Er prahlte ein wenig mit seinen Liebeskünsten, während Sid und ich uns mit dem Kognak betäubten, der wie minderwertiger Schellack schmeckte.

Als Sid zu gähnen anfing, brüllte Bonard: »Schlafen Sie

nur, Sie Idiot! Es ist schade um jedes Wort, das man an die heutige Generation verschwendet! Vielleicht erlangen Ihre Finger morgen Geschicklichkeit durch den Schlaf — bestimmt durch sonst nichts!«

Sid stand auf. Er war ein bißchen wütend.

»Die Zeit glorifiziert alles, auch Ihre Liebesabenteuer. Wer weiß, ob Sie die Wäscherin überhaupt bezahlen konnten.«

Bonard erhob sich schwankend und schaute sich wild nach etwas zum Werfen um. Als er nach dem Drahtgerüst auf meinem Tisch griff, packte ich ihn und sagte: »Langsam, er macht nur Witze.«

»Witze!« Bonard schlug sich an den wallenden Bart, deutete plötzlich mit dem dicken Zeigefinger auf uns. »Ich will Ihnen etwas sagen, und das ist kein Witz — ich war nie ein Zuhälter!«

»Sie haben zuviel Wein getrunken, Alterchen«, beschwichtigte ich. »Niemand hat behauptet, daß Sie . . .«

Er zeigte auf Yvonnes Kammer.

»Ich dulde keine Techtelmechtel mit ihr, verstanden? Ich bin für sie verantwortlich.«

Sid lachte laut heraus.

»Sie haben keinen Grund zur Besorgnis, nicht bei der!« Ich grinste.

»Sie haben ja selbst gesagt, sie ist nur ein Kind mit einem Gesicht, das viel zu wünschen übrig läßt.«

»Ich warne Sie in Ihrem eigenen Interesse, die Kleine ist durchaus imstande, ihre Ehre zu verteidigen.« Bonard nahm einen letzten Schluck Wein, wobei er sich den Bart befleckte und die Flasche leerte. »Und nun wollen wir schön schlafen.«

Sid und ich lagen auf unseren Strohbetten, hörten den alten Mann schnarchen und die Mäuse herumhuschen — und bedauerten, daß wir keine Matratzenüberzüge mitgenommen hatten. Zu meiner Verwunderung schlief ich gut, ohne von Ungeziefer geplagt zu werden.

Am Morgen war es schwül, und nach einem schnellen

Frühstück begannen wir mit dem Modellieren. Bonard nickte Yvonne zu, sie stieg auf eine Kiste, nestelte an ihrem Kleid und ließ es um ihre Füße fallen.

Da stand sie, ein bißchen rot im Gesicht, und war noch immer ein unentwickelter Backfisch, aber die Linien ihrer Schenkel waren weich, und ihre winzigen Brüste waren zwei zarte Knospen. Sie stieg aus dem Kleid und reichte es Bonard, der es anständig zusammenfalten mußte. Dann ließ er sie eine Pose einnehmen, die sie fünf bis zehn Minuten lang beibehalten konnte.

Wir arbeiteten angestrengt. Bonard flatterte um uns herum und stichelte dauernd, was für ungewöhnliche Männer wir seien — nämlich mit zwei linken Händen geboren. Gegen Mittag hatten wir jeder eine etwa dreißig Zentimeter hohe Figur in der Rohfassung fertig. Während Yvonne — nun wieder bekleidet — ihr Mittagessen verzehrte, ließ Sid sie nicht aus den Augen.

Er sagte: »Je länger ich sie ansehe, desto hübscher finde ich sie.«

»Ich weiß. Das kommt davon, daß wir so lange keine Frau gehabt haben.«

Sid warnte mich: »Laß die Finger von ihr, Kleiner. Sie ist noch ein Kind, und schließlich erweist uns Bonard einen Gefallen.«

»Hör auf. Was denkst du denn, daß ich bin — ein Trottel?«

Sid kniff die Augen zu.

»Ich denke lediglich, du bist so wie ich — nicht aus Stein gemacht.«

Am Nachmittag hatte ich Freude an meiner Arbeit. Sids Figur war steif und starr, aber meine zeigte eine gewisse fließende Bewegung — der Ton schien unter meinen Händen Leben anzunehmen.

Als es dunkel wurde und wir Schluß machten, sagte Bonard zu Sid: »Ihre Arbeit sieht wie ein menschliches Wesen aus, nicht wie eine Kuh. Das kann man als Fortschritt bezeichnen, nehme ich an.« Meine Figur betrachtend, fügte er hinzu: »Sie haben die Linien der Beine sehr gut herausgebracht.«

»Marshal Rodin junior«, knurrte Sid.

Zum Schlafen war es in der Nacht zu heiß. Die verdammte Scheune war erfüllt vom Geraschel der Mäuse und dem muffigen Geruch des Heus. Bonard schnarchte wie ein Motor, und mitten in der Nacht hörte ich Sid aufstehen und hinausgehen. Als er zurückkam, weckte er mich ungewollt, und ich fragte: »Kühler draußen?«

»Ja«, antwortete er schläfrig.

Ich zog mir Hose und Schuhe an und trat hinaus. Um die Scheune herum wuchs hohes Gras und Unkraut. Es war leicht zu erkennen, wo Sid gegangen war: Das Gras war bis vor Yvonnes Fenster niedergetreten. Das Mondlicht war hell genug, daß ich sie sehen konnte. Sie lag, mit einem dünnen Hemd bekleidet, auf dem Stroh ausgestreckt, die Augen offen. Sie kaute langsam an einem Schokoriegel. Sid war vorbereitet gekommen. Wir starrten einander eine Weile an, dann kam sie geräuschlos ans Fenster. Ich flüsterte in meinem besten Französisch, sie sei schön.

»Merci.«

Ein winziges Lächeln verlieh ihrem Gesicht etwas Madonnenhaftes.

Ich riß sie plötzlich in die Arme, und sie küßte mich fest, dann wich sie zurück, schüttelte den Kopf und sagte: »Fini, fini.«

Ich warf ihr wie ein Narr eine Kußhand zu und ging, voll Neid auf Sid, der sie vielleicht gehabt hatte, was ich als eine Gemeinheit empfand — und dabei hatte ich selbst heftiges Verlangen nach ihr.

Am Samstag konnte ich mich nicht aufs Modellieren konzentrieren. Yvonnes magerer Körper schien sinnliche Formen anzunehmen. Meine Finger waren ungeschickt, und Bonard schrie und tobte. Sid schnitt besser ab, er hatte Glück mit dem Kopf und dem Gesicht. Yvonne trug dieselbe gleichgültige Miene zur Schau, obwohl Sid und ich beim Mittagessen versuchten, mit ihr zu scherzen.

Nach dem Abendessen schaute ich in der Proviantasche nach, die wir mitgebracht hatten, und alle Schokoladeriegel waren weg. Als ich Sid danach fragte, tat er verwundert.

»Ich habe Hunger gekrigt und sie gegessen. Warum?«

»Du Dreckskerl!« schäumte ich und verließ die Scheune.

Ich war so wütend, daß ich nicht einschlafen konnte. Sid stand auf, als Bonard zu schnarchen begann. Ich wartete eine Weile, dann folgte ich ihm.

Er stand vor dem Fenster und reichte Yvonne fünf Riegel, als ich sagte: »Verdammt noch mal, sie ist doch noch ein Kind!«

Er fuhr herum.

»Deshalb gebe ich ihr die Süßigkeiten. Ich habe sie nicht angerührt ...«

»Quatsch! Bonards Urenkelin, und du benimmst dich wie ein Schweinehund!«

»Reg dich ab, Marsh. Ich habe überhaupt nichts getan. Aber was willst denn du hier draußen? Wozu hast denn du die Schokolade gebraucht, Kleiner?«

Yvonne aß die Schokolade und betrachtete uns gleichgültig.

»Ich bin gekommen, um das Kind zu schützen.«

»So siehst du aus!«

Yvonne hielt sich einen Finger an die Lippen, uns zur Ruhe mahnend.

Ich flüsterte: »Ich schlage dich grün und blau! Vergehst dich an diesem ...«

»Hör auf mit dem Blödsinn. Fang keine Schlägerei an, es ist ja nichts passiert«, sagte Sid. »Gehen wir lieber weg von hier, bevor wir den alten Herrn aufwecken.«

Wir gingen auf die Straße, und ich drehte mich plötzlich

um, maß Sid und holte aus.

Die Nacht wurde sehr finster, und als ich wieder zu mir kam, sah ich Sids schmales Gesicht, ganz naß von Tränen, über mir. Ich lag mit dem Kopf in seinem Schoß da.

Er stöhnte: »Marsh! Gottlob, du lebst!«

Ich setzte mich benommen auf, betastete mein Kinn. Ich hatte vergessen, wie er zuschlagen konnte.

Sid weinte noch immer.

»Ich könnte mir die Hand abhacken! Marsh, du bist mein bester Freund, und ich habe dich niedergeschlagen, dich mit deiner Gehirnerschütterung . . .«

»Das ist Jahre her.«

Ich stand auf und staubte mich ab.

Sid sprang in die Höhe.

»Marsh, ehrlich, fühlst du dich okay?«

»Klar.« Ich rieb mir das Kinn. »War reiner Wahnsinn, auf dich loszugehen, so wie du zuschlagen kannst.«

Sid begann so krampfhaft zu lachen, daß er wieder zu weinen anfing.

»Marsh, hast du mir einen Schrecken eingejagt! Ich habe gedacht, du bist tot. Und hör mal, ich habe mit der Kleinen nichts gehabt. Ehrenwort.«

»Ich weiß. Ich habe gestern abend auch nichts bei ihr erreicht. Und jetzt gehen wir schlafen und vergessen das Ganze.«

Am Sonntag arbeiteten wir bis zum späten Nachmittag, und Bonard war mit meinem Werk ziemlich zufrieden. Ich hielt es für großartig.

Als wir uns anzogen, um ins Hotel zurückzukehren, sagte er: »Bezüglich Yvonne — ich bin froh, daß Sie sich wie Ehrenmänner betragen haben. Um meiner Familie und Ihrer Gesundheit willen. Passen Sie auf.«

Wir schlürften den Rest des angeblichen Kognaks, und Yvonne knabberte an dem schauderhaften Kommißzwieback, der wie Hundekuchen schmeckte. Bonard klappte ein kleines, goldenes Taschenmesser auf und reichte es ihr. Dann warf er ein Stück Zwieback in eine Ecke der Scheune. Er hob Schweigen gebietend die Hand.

Ich dachte, er sei übergeschnappt, aber nach ein paar Minuten erschien eine graue Ratte und schnupperte an dem Zwieback. Plötzlich schleuderte Yvonne das Messer mit einer sicheren, geübten Bewegung, und die Klinge bohrte sich in die Ratte und nagelte sie am morschen Fußboden fest.

Wir starrten die winzige Blutlache an, die sich unter der Ratte bildete. Das Tier zuckte noch ein wenig und verendete dann. Das war ein Messerwurf! Ich streifte Sid mit einem Blick. Er schwitzte ebenfalls.

Ich murmelte: »Das ist ein rauher Krieg.«

Sid stammelte: »M-Marsh, du hast mir das Leben gerettet... Wir hätten beide tot sein können!«

Als es nach Deutschland ging, verließen auch wir Paris und waren wieder eine Zeitlang Soldaten, schliefen in Zelten und aßen aus Kochgeschirren. An Kampfhandlungen nahmen wir kaum teil.

Nachdem der Krieg aus war, wußte ich nicht genau, was ich tun sollte. Am liebsten wäre ich so lange wie möglich in Europa geblieben, aber da ich mich nicht für die Besatzungsarmee entschließen konnte, wurde ich in ein Nachschubdepot in Südfrankreich versetzt, und es gab kaum Aussicht, nach Paris zu gelangen. Ich unternahm einen Versuch, als Lastwagenfahrer beim Roten Kreuz unterzukommen, damit ich in Europa entlassen werden konnte, aber daraus wurde nichts.

Das Nachschubdepot war überfüllt, laut und ungemütlich, und zwischen Frontkämpfern zu sein, genierte mich ein bißchen. Sid wurde im Oktober 1945 in die Staaten zurückgeschickt. Obwohl ich gute Chancen hatte, loszukommen — ich war länger dabei als die anderen Männer —, bemühte ich mich weiterhin um eine Versetzung nach Paris. Es ging das Gerücht um, man könnte aufgrund des Förderungsgesetzes für entlassene Soldaten eine französische Hochschule beziehen, aber niemand im Lager wußte, wie man sich bewerben sollte, und zum Schluß blieb es nur ein Latrinengerücht. Man war nie für sich allein, und deshalb war es nichts mit dem Modellieren. Im Dezember hatte ich die feuchte Kälte satt, drückte mich nicht mehr vorm Heimtransport und kehrte in die Staaten zurück. Ich verzichtete auf einen Urlaub, wurde nach Fort Dix geschickt und entlassen.

Ich war kein Soldat gewesen, sondern nur ein Tourist mit Korporalsstreifen.

Mary Jane lebte in einer großen Vierzimmerwohnung in Flushing. Sie hatte mehrere Jahre lang in einer Flugzeugfabrik gearbeitet und besaß nun außer einer Menge neuer Möbel über zweitausend Dollar auf der Bank. Sie sah prima aus, schlank und sogar ein bißchen mondän. Ein paar Wochen lang amüsierten wir uns in der Wohnung bei Alkohol und im Bett. Eine Zeitlang dachte ich, wir könnten doch noch etwas aus unsere Ehe machen, aber die Dinge verloren wieder ihren Glanz. Wir paßten einfach nicht zueinander.

Einmal traf ich mich so zum Spaß mit der Kimball, aber es wurde ein enttäuschender Abend. Sie war nun eine ältere Frau mit Runzeln und gefärbtem Haar, die sich verzweifelt anstrengte, jung und munter zu sein. New York war während der Kriegsjahre eine einzige große Bonbonniere für sie gewesen, und sie erzählte mit Begeisterung von all den Soldaten, die sie vernascht hatte. Mir kamen diese Geschichten vor wie ein alter Hut.

Viele Monate lang tat ich nichts außer ausgiebig schlafen; ich trödelte in der Wohnung herum, schrieb mal an Bonard und redete mir ein, morgen würde ich Skizzen machen, vielleicht auch Ton kaufen . . .

Mary Jane betrachtete mich mit wissenden, gönnerhaften Blicken, wie wenn ich eben aus der Klapsmühle entlassen worden wäre und nachsichtig behandelt werden müßte. Damals wurde allgemein angenommen, ein Soldat brauche Zeit zur ›Umstellung‹. Es stimmte zwar, daß ich versuchte, mich zu finden, aber das hatte nichts mit dem Krieg zu tun.

Sid sah ich eine Zeitlang nicht, und als wir uns dann trafen, war er ganz verändert und hatte alle Lust verloren, jemanden nach ein paar Glas niederzuboxen, um seine Schlagkraft vorzuführen. Er hatte die Absicht, ein ›nettes‹ junges Mädchen zu heiraten und im Eisenwarenhandel seines Schwiegervaters zu arbeiten. Er hatte für eine kleine Wohnung in Greenwich Village unter der Hand tausend Dollar gezahlt, besuchte abends die Kunstakademie und schlug mir vor, das Förderungsgesetz in Anspruch zu nehmen und das gleiche zu tun.

Endlich kaufte ich mir Ton und Werkzeug, versuchte mich im Holzschnitzen — ich weiß nicht, warum — und wurde gründlich entmutigt. Ich konnte überhaupt keine Sache durchhalten. Ich schickte Bonard CARE-Pakete, und er schrieb mir auch einmal, aber ich konnte sein Gekritzel nicht entziffern.

1946 verstrich, und wir waren pleite. Im Jahr darauf bewarb sich Mary um Arbeit in einer Flugzeugfabrik, aber es wurden keine Frauen mehr eingestellt. Sie ertränkte ihre Enttäuschung in Alkohol und kehrte dann zur Büroarbeit zurück. Sie begann über mein Nichtstun Bemerkungen zu machen — von ihrem Gehalt konnten wir nicht leben —, und sie hatte natürlich recht.

Die Kimball eröffnete ihre eigene Werbeagentur, nachdem sie Barrett seine zwei besten Kunden abspenstig gemacht hatte, und gab mir einen Posten als Zeichner. Kleinigkeiten ärgerten mich, wie zum Beispiel, daß ich mich jeden Morgen rasieren und täglich ein frisches Hemd mit Krawatte anziehen mußte ... Der ganze Konkurrenzkampf war mir einfach zuviel. Nach einem Monat gab ich es auf, kehrte zu meiner alten Immobilienfirma zurück und kassierte fortan wieder gemütlich Mietgelder ein. Da Wohnungen so selten und kostbar waren wie Uran, zahlten die Leute ihre Miete pünktlich und verlangten keine Reparaturen, daher schob ich auf dem Posten eine noch ruhigere Kugel als vorher. Andererseits entfielen mit den Reparaturen auch die kleinen Nebeneinnahmen.

Viel Zeit verbrachte ich bei Sid, manchmal wurde ich geradezu lästig. Sie hatten schließlich nur eine Zweizimmerwohnung. Und selbst wenn ich erst am frühen Morgen heimkam oder die ganze Nacht wegblieb, machte mir Mary Jane keine Vorwürfe; das bedrückte mich. Manchmal bemühte ich mich, ihr ein guter Ehemann zu sein, aber es ging nicht. Ich hatte immer so ein Gefühl der Unruhe, als müßte etwas geschehen. Und wenn ich die Schlagzeilen sah, wurde mir auch nicht wohler. Mir schien, der Krieg sei reine Zeitverschwendung gewesen, da die Nazis entlassen wurden, als ob tausendfacher Mord nichts Schlimmeres gewesen wäre als das Überfahren eines Rotlichts. Alles war bis jetzt Zeitverschwendung gewesen, besonders mein Leben.

Plötzlich bekam ich Sehnsucht, nach Hause zu fahren. Zu meiner Überraschung fand Mary die Idee gut, und als ich Urlaub bekam, fuhr ich nach Kentucky.

Aber dadurch wurde nichts besser.

Ich hatte mit einer großen Veränderung gerechnet, aber es hatte sich nichts verändert, es war wie eine Rückkehr in mein altes Leben. Mutter sah aus wie immer, als sei sie schon in ihrer Jugend so alt geworden, wie sie jemals werden würde. Vater machte noch immer den Eindruck, als könnte ihn ein Windhauch davontragen. Ich hatte eine Schwester bekommen, die fünf Jahre alt war, die Fabrik war die Fabrik geblieben. ›Zu Hause‹ war noch immer eine Baracke — eine Baracke mit Radio und einem elektrischen Toaströster und sogar einem Elektroheizofen. Mein ältester Bruder hatte einen Teil seiner Zehen in der Eiseskälte von Dutch Harbor verloren, und ein anderer Bruder hatte sich entschlossen, beim Militär zu bleiben, und befand sich in Japan.

Ich war froh, wieder von zu Hause wegzukommen.

Nachdem ich nach New York zurückgekehrt war, erzählte mir Sid, er habe von einem Freund in Paris erfahren, Bonard sei gestorben. Das war ein Schock, ein Tiefschlag. Der Tod dieses alten Säufers, dieses Aufschneiders ging mir wirklich zu Herzen. Bei einem Whisky machte ich Bestandsaufnahme von einem gewissen Marshal Jameson, aber es kam nicht viel dabei heraus. Bonards Tod brachte mir zu Bewußtsein, daß das Leben vorbeiraste und ich noch immer nicht das tat, was ich wollte, was mir etwas bedeutete. Ich war bald kein ›junger Mann‹ mehr, und es wurde allmählich Zeit für mich, mit der Bummelei aufzuhören.

Gegen drei Uhr früh torkelte ich nach Hause, setzte mich aufs Bett und weckte Mary Jane.

Ich sagte zu ihr: »Baby, ist doch alles Quatsch — hat von Anfang an keine Zukunft gehabt. Hat keinen Sinn, an einem Nichts festzuhalten. Ich will weg.«

»Du meinst, wir sollen uns trennen?«

»Genau.«

»Läßt du dich von mir scheiden?«

»Klar. Das ist das Beste, was ich für dich tun kann.«

»Marsh«, sagte sie langsam. »Weißt du genau, daß es dir nicht — weh tun wird?«

»Die Medizin wird uns beiden nicht schaden. Wann gehst du zu einem Anwalt und kurbelst das an, damit . . .«

»Morgen.«

Mary muß mir die Überraschung angesehen haben. Ich hatte eigentlich Tränen und Geschrei erwartet. Aber es war sonderbar: Mary Jane wirkte auch jetzt so hilflos, daß ich es nicht über mich brachte, ihr weh zu tun.

Nun sagte sie, und ihre Stimme klang leise, doch klar in dem stillen Raum: »Ich weiß, wir waren nicht glücklich. Aber ich wollte nicht diejenige sein, die die Sache auf die Spitze treibt. Ich weiß, daß du im Krieg viel durchgemacht hast, und ich habe gespürt . . .«

»Sei still, ich war kein Held. Der Krieg war ein Ausflug für mich.«

»Marsh, bist du sicher, daß du zurechtkommst — allein? Wenigstens das bin ich dir schuldig.«

»Mach dir wegen mir keine Sorgen. Mein Gott, du bist mir gar nichts schuldig. Ich bin derjenige, der Schulden hat. Was wirst du machen?«

»Ich gehe morgen zum Anwalt. Ich finde, du solltest von jetzt an auf der Couch schlafen.«

»Klar. Du kannst die Wohnung behalten, alles, was wir haben. Und danke, daß du alles so — so tapfer hinnimmst.«

»Marsh, warum soll ich es dir nicht gleich sagen? Ich wollte es dir sowieso sagen, nichts verheimlichen, verstehst du. Ich habe während des Krieges einen Mann kennengelernt. Alfred . . .«

»Was?«

»Sei nicht bös, ich war so allein und voll Angst und . . . Na ja, und da ist Alfred gekommen. Ich sehe ihn noch vor mir. Er will mich heiraten. Er ist Automechaniker, hat jetzt eine eigene Werkstatt drüben in Queens. Ich hätte es dir schon früher gesagt, aber zuerst warst du gerade aus Europa gekommen, und ich konnte es dir nicht sagen, und dann warst du immer so — so unruhig, und da wollte ich dich nicht noch mehr durcheinanderbringen. Marsh, ich weiß, es war falsch, aber . . .«

»Es war nicht falsch. Was wir getan haben, war falsch — die ganze Heuchelei. Heirate diesen Alfred, Mary. Ich wünsche dir ein Haus voller Kinder und viel Glück.«

Ich stand auf.

»Marsh, es macht dir wirklich nichts aus?«

»Es ist alles in Ordnung.«

In dieser Nacht schlief ich auf der Couch, so fest wie nach einem Schlafmittel, den besten Schlaf seit Jahren.

Vier Monate später waren wir geschieden, und Mary heiratete. Alfred war ein gedrungener Strebertyp von rund fünfunddreißig und ziemlich ansehnlich, trotz seiner Stirnglatze.

Auf einer von Sids Partys hatte ich eine Mexikanerin namens Ofelia kennengelernt, die Marionetten basteln und zum Fernsehen wollte. Sie hatte eine gute Singstimme, war überhaupt keine schlechte Schauspielerin. Ich sollte die Marionetten anfertigen. Ofelia war auf eine nervöse Art aufregend — ich wußte nie, was sie als nächstes tun würde. Sie hatte ein unbändiges Temperament und hackte dauernd auf mich ein. Unser zweites Zusammentreffen endete unter der Bettdecke, und auch da war sie nervös. Sie erklärte sich bereit, als Scheidungsgrund meiner Ehe zu fungieren, und wir fanden es sogar amüsant, an Mary Janes Hochzeitsfeier teilzunehmen, wo Ofelia Aufmerksamkeit erregte, indem sie sich bis zur Bewußtlosigkeit betrank.

Ich kündigte bei der Immobilienfirma und zog in einen Dachboden, den Ofelia ohne viel Erfolg zu einer Wohnung umgestaltet hatte. Ich experimentierte dort die ganze Zeit an Marionetten herum, aber sie gelangen mir nicht. Sie sahen entweder fürchterlich aus, waren disproportioniert, oder funktionierten nicht. Ofelia und ich begannen einander wegen Geld anzubrüllen und alle unsere Freunde anzupumpen. Schließlich waren wir bankrott, gingen in eine Fabrik arbeiten, und Ofelia besuchte regelmäßig einen Psychoanalytiker, der ihr riet, mich zum Teufel zu jagen.

Ich fand ein schäbiges Zimmer. Die Fabrikarbeit langweilte mich. Ich beschloß, nun doch von dem Stipendium für entlassene Soldaten Gebrauch zu machen, und ging auf die New York University. Ich hielt es ein Jahr lang aus, aber von monatlich 75 Dollar leben zu müssen, war hart, und außerdem hatte ich nie viel vom Studium gehalten. Irgendwie erschien es mir albern, wenn sich ein Achtundzwanzigjähriger wie ein Schuljunge benahm. Und was hatte ich schon davon, wenn ich mich ›magister artium‹ nennen durfte?

Ich versuchte, zur Kunstakademie überzuwechseln, die vernünftiger gewesen wäre, aber die war voll belegt. Ich blieb also weiter an der Uni und erwog, wieder mit Ton anzufangen, raffte mich aber nie dazu auf. Ich konnte das erforderliche Geld nämlich nicht erübrigen. Ich bemühte mich, Sid nicht zu oft auf die Bude zu rücken. Manchmal traf ich die Kimball, vor allem dann, wenn ich etwas Anständiges essen wollte. Die Kimball war in Ordnung, sie schenkte mir sogar öfter stillschweigend einen Zehner, wenn ich gar zu elend aussah.

Im darauffolgenden Sommer beschloß ich, Ferien von der Uni zu machen, was bedeutete, daß der Unterhaltsbeitrag wegfiel. Ich ließ mir von der Kimball ein paar Hemden kaufen und trat einen Posten als Verkäufer in einem großen Kaufhaus an. Das Gebäude hatte eine Klimaanlage und war nicht der schlechteste Ort für einen Sommeraufenthalt. Ich klaute Farben und Pinsel aus der Abteilung Künstlerbedarf und machte mich ans Werk.

Sid hatte die Hütte in Sandyhook gekauft, und als ich einmal übers Wochenende dort war, verliebte ich mich in den Ort. Es war eine richtige Künstlerkolonie, sogar roter Ton kam dort vor, und er konnte benutzt werden, wenn man ihn feucht hielt. In der Nähe war ein Strand, ideal zum Fischen und Schwimmen, und abends stellten sich alle möglichen Typen ein, die zu jeder Schandtat bereit waren.

Dieses Wochenende weckte mich aus meiner Betäubung. Ich beschloß, Bildhauer zu werden, egal, ob ich dabei verhungerte. Ich aß ohnehin nicht regelmäßig. Skulpturen machen war das einzige auf der Welt, was ich wollte, ich mußte es einmal ernsthaft in Angriff nehmen und dem Dahintreiben ein Ende machen. Sid kehrte im September in die Stadt zurück, und als ich ihn fragte, ob er mich in der Hütte wohnen lassen würde, sagte er: »Herzlich gern, Marsh, bloß — es wird ungemütlich sein. Keine Heizung, kein warmes Wasser. Ich weiß nicht einmal, ob nicht der Strom für diese Hütten im Winter gesperrt wird.«

»Ich schaffe es schon. Ich schätze, ich kann von einem Dollar täglich leben. Ich möchte es ein halbes Jahr lang ausprobieren. Ich werde im Sommer wie verrückt sparen und mir vielleicht noch einen Nachtjob suchen. Dann gehe ich einen Monat lang auf die Uni, damit ich die fünfundsiebzig Dollar kriege. Falls ich zweihundertfünfzig Dollar als Startkapital zusammenbekomme, dann kann mich nichts mehr abhalten.«

Ich fand eine Abendbeschäftigung als Aushilfskellner, was bedeutete, daß ich umsonst zu essen bekam. Den ganzen Sommer rackerte ich mich ab, schwitzte, sparte, schlief wenig. Aber es gefiel mir, ich war glücklich, ich arbeitete ja auf ein Ziel hin. Während des Septembers hatte ich nicht nur zwei Arbeitsstellen, ich ging auch wieder aufs College — allerdings ließ ich die meisten Vorlesungen aus —, so daß ich, als ich in der ersten Oktoberwoche wieder nach Sandyhook hinausfuhr, an die 300 Dollar besaß.

Davon gab ich 70 Dollar aus für einen kleinen Ölofen, eine Kochplatte, Bleirohre für Stützgerüste, einen Proportionszirkel und andere Geräte, für ein Buch über Anatomie und für eine weibliche Gipsfigur zu Studienzwecken.

Der Oktober war ein milder Monat; ich schaufelte einige Eimer voll Ton und machte mich an die Arbeit. Ich trieb mich an, wollte beim ersten Versuch gleich ein großes Werk schaffen — mit dem Ergebnis, daß ich auf eine sehr banale Idee verfiel. Ich versuchte mich an einer kleinen Skulptur — vorgesehener Titel: ›Menschheit‹ —, die als Basis eine auf dem Bauch liegende, sich aufrichtende Frau haben sollte, auf deren Rücken ein Mann trat, dann der Teil eines Beines und ein hochhackiger Schuh auf seinem Rücken, und ein Stück eines Männerfußes auf dem Knie dieses Beins. Klar, es war eindeutig, ein kitschiges Stück Zynismus, aber mir gefiel die Idee, und ich arbeitete mit Feuereifer an ihrer Verwirklichung. Ich hielt mich nicht mit Skizzen oder Modellen auf, ich begann einfach mit der Arbeit an etwas, wovon ich überzeugt war, daß es ein ›Meisterwerk‹ werden würde.

Der Oktober war ein guter Monat. Ich holte all den Schlaf nach, den ich im Sommer versäumt hatte, blieb bis zum Mittag im Bett. Dann arbeitete ich den ganzen Nachmittag durch — solange es hell war —, und anschließend ging ich an den Strand zum Fischen. Abends hörte ich Radio, oder ich besuchte die Alvins'.

Tony und Alice Alvins waren Einheimische, die sich von den allsommerlich herbeiströmenden Künstlern beeindrukken ließen. Tony begann ziemlich schlecht abstrakte Aquarelle zu malen, während Alice sich der Schriftstellerei zuwandte, und nachdem sie einen Schundroman geschrieben hatte, warf sie ihn fort und begann ein dickes Buch über die Indianer auf Long Island, das stellenweise recht gut war. Die beiden besaßen ein komfortables, winterfestes Haus, Tony arbeitete in den Grumman-Flugzeugwerken und verdiente nicht schlecht.

Ich glaube, sie waren froh, daß ich da war. Sandyhook ist im Winter ziemlich trostlos und einsam. Ich besuchte sie öfter, unterhielt mich mit ihnen über Kunst, Paris, Greenwich Village und die Welt im allgemeinen. Tony war an der Front gewesen, besaß das Verwundetenabzeichen, und wir sprachen oft von den europäischen Städten, die wir beide gesehen hatten. Es kam so weit, daß ich bei ihnen eintrat ohne zu läuten, mir ein Bier aus dem Kühlschrank holte, ihre Zeitungen und Illustrierten durchblätterte und sogar Alice über die Schulter schaute, während sie an ihrem Roman tippte. Ich brachte ihnen Fisch mit und manchmal eine Flasche Whisky.

Es gibt so etwas wie allzu große Vertraulichkeit, und zwei Kleinigkeiten ergaben sich, die unsere Freundschaft ruinierten — für mich jedenfalls. Eines Tages, als ich mich in ihrem Haus aufhielt, während Alice beim Einkaufen und Tony in der Arbeit war, suchte ich in seinem Schreibtisch einen Pfeifenreiniger und fand dabei in einer Schublade eine Luger. Ich bewunderte die tödliche Schönheit der Waffe, ließ sie aber liegen, wo sie war. Später, als ich sie Tony gegenüber gesprächsweise erwähnte, wurde er wütend und schnauzte mich an.

»Ich dachte, sie ist gut versteckt. Was brauchst du herum-zuschnüffeln und ...«

»Entschuldige. Ich habe nicht herumgeschnüffelt«, vertei-digte ich mich eingeschnappt.

»Ich möchte nicht, daß jemand von der Pistole erfährt.«

»Ich werde es bestimmt nicht hinausposaunen. Ich weiß, daß es verboten ist, eine ...«

»Ich habe einen Waffenschein«, sagte Tony. »Es — die Pi-stole erinnert mich an unangenehme Dinge. Ich habe sie ei-nem toten Nazi abgenommen — nachdem ich ihn erschossen hatte. Ich hätte den Mann auch lebend fangen können, aber es war mein erster Fronteinsatz und — nun ja, lassen wir das. Die Waffe bedeutet mir etwas, was andere Leute nicht verste-hen können und ... Denk nicht mehr daran.«

»Schon gut, ich habe sie nie gesehen«, versicherte ich, noch immer wütend. Mehrere Wochen später saßen wir eines Abends um den Tisch herum, nachdem ich mitgeholfen hatte, einen Entenbraten zu vertilgen, und Alice sprach über die Sommerkolonie — einige der Leute hatten ihr Ansichts-karten aus Mexiko geschickt.

Sie sagte: »Für Reisen haben sie Geld, aber hier sind sie knickerig. Die essen einem das Haus leer und denken über-haupt nicht daran, sich zu revanchieren.«

Ich bin überzeugt, daß das nicht auf mich gemünzt war, aber es verursachte mir Unbehagen, als hätte ich ihre Gast-freundschaft arg strapaziert. Von da an sah ich sie nur noch ein-, zweimal die Woche anstatt täglich, ich blieb nie zum Abendessen und nahm auch keinen Drink. Tony und Alice schienen nichts zu merken, also war es vielleicht doch ein Wink mit dem Zaunpfahl gewesen.

Meine Sorgen begannen im November, als mir die Natur die kalte Schulter zeigte. Es fror so, daß die Wasserrohre platzten. Die Reparatur kostete mich zwanzig Dollar. Da-nach mußte ich die ganze Zeit das Wasser laufen lassen, und das Geräusch machte mich halb wahnsinnig. Ich hatte viel zuviel Geld verbraucht — ich besaß keine ganzen hundert Dollar mehr —, daher begann ich an allem zu sparen und ernährte mich hauptsächlich von Kohlenhydraten und Fisch. In einem der leerstehenden Sommerhäuschen fand ich eine Petroleumlampe und benutzte diese, um Strom zu sparen. Mein Radio ging kaputt, und ich machte mir nicht die Mühe, es zu reparieren. Als die Kälte zunahm, wurde ich zum Einsiedler. Am Morgen beim Aufstehen mußte ich mich zwingen, aus den warmen Decken zu steigen. Da ich kein Öl kaufen wollte, hatte ich mir einen Ofen aus ein paar Blechbüchsen gebaut und rannte auf dem Strand umher, um Treibholz und etwaige gefrorene Fische zu sammeln, dann flitzte ich in meine Hütte zurück und machte Feuer.

Ich verstopfte die Tür- und Fensterritzen mit Papier, um das Eindringen der Kälte zu verhindern. Am frühen Nachmittag war es schließlich wohlig warm, und ich begann mit der Arbeit. Wenn es gegen sechs dunkel wurde, machte ich Feierabend. Aber ich blieb brav zu Hause, denn hätte ich die Tür geöffnet, wäre meine ganze kostbare Wärme futsch gewesen. Ich aß gewöhnlich Fisch und Büchsenbohnen, dann setzte ich mich zur Petroleumlampe und las alles, was ich finden konnte — meistens diesen alten ›Welt-Almanach‹, anschließend ging ich zu Bett mit einem Brummschädel von der stickigen Luft.

Im Grunde ödete ich mich selbst an. Ich wußte, daß mein ›Meisterwerk‹ nichts taugte, aber ich wollte es vollenden. Das einzige, was mir einige Zuversicht verlieh, war eine Darstellung zweier Hunde bei der Paarung. Ich hatte sie eines Tages am Strand gesehen, hatte sie rasch skizziert und später in Ton geformt, nur so zum Spaß. Ich hatte ihre Bewegungen richtig eingefangen, und wie sich herausstellte, war diese Plastik das beste Werk, das ich während dieser Monate fertigstellte.

Dann wurde das elende Wetter immer kälter. Der Ton gefror, und ich mußte ihn mit heißen, feuchten Tüchern bearbeiten, bevor er geschmeidig wurde. In der zweiten Dezemberwoche zerbrach das Stützgerüst, und die Figur fiel zu Boden. Da sie hart gefroren war, zerbarst der Ton in tausend Stücke — und aus war's.

Ich fühlte mich gefangen. Nach New York konnte ich nicht zurück — ich besaß nicht genügend Geld für die Fahrt und ein Zimmer, also begann ich wieder zu arbeiten, aber alles ging schief. Meistens war ich so hungrig, daß ich an nichts anderes denken konnte als an Essen. Wie eine schwangere Frau bekam ich einen Heißhunger auf Steak, saure Gurken, auf Sodawasser oder Whisky, und manchmal wurde ich schwach — ging ins Gasthaus, trank ein paar Gläschen, saß vor dem Fernsehgerät, genoß die Wärme und fühlte mich fast wieder als Mensch.

Zu Weihnachten besaß ich keine zwanzig Dollar mehr. Ich verbrachte viel Zeit am Strand, eingemummt in meine sämtlichen Kleidungsstücke, und sammelte gefrorene Fische ein. Ich habe Fisch und Bohnen auf alle möglichen Arten gegessen, einschließlich einiger, die ich selbst erfand. Ich hatte alles satt — Fische, die Kälte, mich selbst, das Alleinsein. Die Alvins' luden mich zum Weihnachtsessen ein, aber ich ging nicht hin — und freute mich darüber.

Ich lebte in meiner Hütte wie in einem Gefängnis. Ich war völlig niedergeschlagen, weil ich nicht vorwärtskam. Manchmal sagte ich mir, ich müßte ganz von vorn anfangen, entsann mich der langen Vorträge Bonards, daß ein Bildhauer so viel vom menschlichen Körper wissen sollte wie ein Arzt. Ich las in meinem Anatomiebuch, dann studierte ich im Spiegel stundenlang meine Gesichtsmuskeln oder betastete die Muskeln meiner Arme und Beine — und fragte mich oft, ob ich nicht allmählich den Verstand verlor.

Ich hatte mein Geld auf ein Postsparkonto eingezahlt, um es nicht zu verplempern. Am 31. Dezember hatte ich einen Dollar und siebzig Cent in bar und sieben Dollar auf dem Sparkonto. Es war regnerisch und windig, das Wasser, das aus dem Hahn in den Ausguß floß, schien durch mein Gehirn zu strömen, und die verdammte Hütte war nicht warmzukriegen. Als ich zum Treibholzsammeln draußen war, ging ich ein paar Bier trinken. Dann trank ich von dem Rosinenwein, den ich angesetzt hatte, aber der nützte auch nichts. Ich nahm mir einen Tonklumpen vor, aber es war zu kalt zum Arbeiten. Ich war soweit, mir einzugestehen, daß ich geschlagen war. Ich war kein Bildhauer, ich war gar nichts, nur ein Trottel.

Während ich eine Schüssel Wasser wärmte, damit ich mich waschen und rasieren und abhauen konnte, redete mir eine innere Stimme ins Gewissen, daß ich durchhalten mußte, daß ich immer vor allem davongelaufen war — daß ich noch gar nicht richtig ausprobiert hatte, ob ich Talent hatte.

Aber ich wußte, daß ich es nicht länger aushalten konnte, jedenfalls an dem Abend nicht. Silvester hatte für mich nie eine besondere Bedeutung gehabt, doch nun hatte ich eine ungeheure Sehnsucht nach Menschen, nach Lärm und Lichtern, und ich wußte, daß ich wirklich überschnappen würde, wenn ich noch eine einzige Stunde in der düsteren Hütte zubrachte. Ich wusch mich und kleidete mich an, und als ich zur Straße ging, traf ich Tony, der mit Päckchen beladen nach Hause kam.

Er fragte: »Wann kommst du heute abend herüber?«

»Kann leider nicht. Habe in der Stadt etwas vor.«

»Ach. Wir hatten eigentlich mit dir gerechnet — sollten uns zu dritt einen antrinken. Was macht die Arbeit?«

»Sie macht sich. Glückliches Neues Jahr!« wünschte ich und ging weiter. Der verdammte Wind zerfetzte mich beinahe, als ich zur Chaussee marschierte. Dort stand ich dann, gegen den Wind gestemmt, als ich den schnittigen Sportwagen kommen sah und das Daumenzeichen gab.

Zu meiner Überraschung hielt der Wagen an. Der Fahrer war ein junger Mann im Smoking, ich setzte mich neben ihn und fuhr nach New York — ins Nichts.

Ich hatte das Bewußtsein verloren. Als ich jetzt die Augen öff-
nete, wußte ich eine Zeitlang nicht, wo ich war. Ich starrte empor
zu dem alten, schachtelförmigen Holzhaus und der kleinen Ga-
rage mit dem winkligen Dach. Ich sah weiter nichts als das häßli-
che Quadrat des Hauses, das scharfe Dach der Garage. Ich wollte
weiche Kurven sehen ... Die furchtbare Vorstellung quälte
mich, diese tristen, konventionellen Formen, diese eintönige Sze-
nerie könnte mein letzter Eindruck von unserer Erde sein.

Der Schmerz war so übermächtig, daß er alles andere ver-
drängte. Ich spürte ihn nicht — ich spürte überhaupt nichts. Die
brennende Einschußwunde in meinem Leib schien zu einem an-
deren Körper zu gehören, der mit mir nur ganz locker verbunden
war. Ich wußte, daß ich stark blutete, daß mein Leben nur an ei-
nem Faden hing, mag es auch abgedroschen klingen. Aber wenn
man stirbt, erscheint einem nichts platt oder wirklich, alles ver-
liert an Bedeutung. Es fällt einem überhaupt schwer, zu glauben,
daß man stirbt ...

Logan fragte: »Was soll das?«

Ich schloß die Augen.

Zuerst das quadratische Haus und nun sein Gesicht im Blick-
feld — ein Gesicht, so durchschnittlich, daß es die ganze Häßlich-
keit des Lebens darstellte, ein Memorandum aller banalen Dinge.
Es war lachhaft — nach all den mühevollen Jahren sollte ich in
einem Hinterhof in der Bronx elend zugrundegehen.

Ich mußte aber noch einiges fertigbringen — Elma wiederse-
hen, ihr alles erklären. Elma, Liebes, ich habe mein möglichstes
getan, aber das war nicht genug, bei weitem nicht genug, um ...

Ich hörte Stoff rascheln und öffnete die Augen. Logan hatte
Gürtel und Krawatte abgenommen, beugte sich über mich und
verdeckte den Himmel. Mir war, als machte er sich an meinem
Leib zu schaffen.

»Ich versuche, Ihnen die Schenkel abzubinden«, sagte er. »Sie
müssen am Leben bleiben, bis die Polizei kommt, damit Sie er-
klären können ...«

»Hören Sie«, sagte ich, und das Sprechen kostete mich große

Anstrengung. »Keine Polizei. Holen Sie meine — meine Frau. Telefon — Sandyhook — 7 — 3 — 6. Amt Riverhead — Long Island. Mrs. Elma Jameson. Schnell.«

Er richtete sich auf. Sein Gesicht wirkte übergroß, als er langsam den Kopf schüttelte und wiederholte: »Mrs. Elma Jameson, Sandyhook, Long Island?«

Ich versuchte zu nicken, gab es auf.

Er stand auf und sagte: »Verdammt, das ist doch . . .«

»Los — beeilen Sie sich . . .«

Er sagte: »Ja, das ist das beste«, und ging.

Woran denkt ein sterbender Mann? Über dem Haus sah ich den Himmel ganz klar blau, und irgendwo dahinter die Sonne. Elma wird am Strand sein, braucht mit dem Wagen mindestens eine Stunde, bevor sie hier ist. Wie soll ich ihr das alles erklären? Was werde ich sagen, wie mache ich es ihr begreiflich? Elma, weil ich dich so besinnungslos liebe, habe ich einen Mann getötet, habe ich beinahe diesen Privatdetektiv ermordet . . .

Das war so melodramatisch, daß ich am liebsten gelacht hätte. Ach Gott, meine arme Elma, von der Presse durch den Schmutz gezogen. Wenn ich sie bloß davor bewahren könnte, oder . . .

Der Detektiv schaute wieder auf mich herab, dieses klar geschnittene Gesicht mit den uninteressanten Zügen. Der Ausdruck seiner Augen hatte sich verändert, er hatte nun eine andere Art von Ratlosigkeit im Blick.

Er sagte: »Bin ins Haus da eingedrungen, habe ein Telefon gefunden. Ihre Frau ist unterwegs. Verdammt noch mal, warum haben Sie Ihre Pistole gezogen? Schießeisen sind meine Spezialität, da bin ich nicht zu schlagen — Sie hatten keine Chance, Mr. Jameson.«

Mister Jameson! Ein manierlicher Privatdetektiv, dieser gottverdammte Schweinehund, der die letzten Monate in meinem Leben herumgeschnüffelt hatte. Was die Leute nicht alles tun, für Geld, von Berufs wegen.

»Wenn Sie bloß die Pistole nicht gezogen hätten . . .«

»Mußte ja«, sagte ich, und meine Stimme klang wie ein fernes

Echo. »Sie haben mir die Schlinge um den Hals zugezogen. Habe — oft Schlingen gelegt — als Kind in Kentucky. Gefangen habe ich immer . . . Halte ich durch, bis Elma hier ist?«

»Sie verlieren viel Blut, aber die Aderklemme scheint doch etwas zu nützen. Ich will schwer hoffen, daß Sie durchhalten, Mr. Jameson — bis sie herkommt, oder die Polizei. Mein Gott, die Polizei!«

Er begann zu schwitzen, der Schweiß rann ihm in großen, glänzenden Tropfen über das magere Gesicht.

Sein nasses Gesicht verschwand aus meiner Sicht. Ich starrte zum tiefblauen Himmel. Alles war so still und friedlich — das einzige Geräusch war das gleichmäßige Pochen meines Herzens, und auch das kaum wahrnehmbar.

Mein Leben wurde aus mir herausgepumpt in dieser vergessenen Gasse in der Bronx . . . Mir machte es nichts aus . . . Wenn bloß Elma da war, bevor die wunderbare kleine Maschine, die man Herz nennt, stehenblieb.

Der Gedanke traf mich schwer . . . Was, wenn ich nicht starb? Das wäre noch schlimmer — der Prozeß, der elektrische Stuhl — alles so sinnlos. Vielleicht, wenn ich die Aderklemme lockerte . . .

Ich versuchte, mich aufzusetzen, versuchte, die Arme zu heben . . . Eine dicke schwarze Welle spülte über mich hin.

Spülte immer wieder über mich hin, als ob ich auf einem finsteren Strand läge . . .

Ich hörte jemanden fluchen, kurz und abgehackt. Ich hörte es deutlich, weil alles andere so still war . . . Aber es klang wie durch ein dichtes Tuch gefiltert.

Langsam machte ich die Augen auf. Die Luft schien ein bißchen dick zu sein, dunstig, roch widerlich süß. Ich bekam Logan in den Blick. Er beugte sich über mich — fummelte an meinem Handgelenk — dann schlug er es samt meiner Armbanduhr gegen die kalten Steine des Gehsteigs.

Er hockte sich neben mich, fragte: »Mr. Jameson, hören Sie mich?«

»Ja.«

»Passen Sie auf, ich gebe Ihnen eine Chance und riskiere selber Kopf und Kragen. Merken Sie sich, Mr. Jameson, Sie sind erst jetzt niedergeschossen worden, haben im Falle Ihre Uhr zerbrochen. Verstehen Sie — nicht vor einer halben Stunde, sondern jetzt, Mr. Jameson?«

»Ja.«

Ich mußte ein paarmal schlucken, um den dicken Luftkloß aus der Kehle zu bekommen. Es war eine absurde Komödie — da hatte er mich niedergeschossen und war so überaus höflich.

»Vergessen Sie das nicht! Ich rufe jetzt die Polizei, einen Krankenwagen und —«

»Ich denke, Sie haben schon —«

»Mr. Jameson, ich glaube ja nicht, daß Sie in der Verfassung sein werden, viel zu reden, aber denken Sie immer daran, daß Sie erst jetzt niedergeschossen worden sind. Ich werde der Polizei etwas vorschwindeln. Nachdem ich Mrs. Jameson angerufen habe, bin ich in der Aufregung vom Stuhl gefallen und habe die Telefondrähte aus der Wand gerissen. Das klingt so verdreht, daß sie es mir abnehmen werden. Ein Tölpel, ein dummer Zufall, klar? Ich weiß nicht, wo ich hier in der Gegend ein anderes Telefon finde, wird seine Zeit brauchen. Aber ich gehe jetzt die Polizei rufen. Ich gebe Ihnen eine Chance. Ich will, daß Ihre Frau noch vor der Polizei herkommt. Dann sehen wir weiter. Mr. Jameson, Kamerad, Sie begreifen doch, was ich dabei riskiere. Ich kann mich schwer in die Tinte setzen, aber ich tu's für Sie. Verstehen Sie?«

»Danke«, sagte ich, ohne eine blasse Ahnung, wovon er redete.

»Sie brauchen nichts weiter zu tun als durchzuhalten, zu leben, bis Mrs. Jameson kommt. Übers Telefon konnte ich ja nicht viel sagen und —«

»Ich werde leben — bis Elma kommt.«

Warum ging er denn nicht endlich! Wenn man nur noch Minuten zu leben hat, dann verschwendet man sie doch nicht mit Reden zu einem Fremden!

Irgend etwas stimmte mit Logan nicht, er sah bedrückt aus,

schwitzte noch immer. Ich sah ihn recht deutlich durch die breiige Luft. Er brauchte doch keine Angst zu haben, er hatte in Notwehr gehandelt . . . Dieser sperrige, lange Pistolenlauf.

Ich konnte die Augen nicht länger offen halten, meine Lider waren zu schwer. Als ich sie schloß, sagte er etwas. Ich spürte, daß er wegging, spürte jede Erschütterung des Steins unter seinen Schritten.

Ich fühlte mich ganz weich und schwach, furchtbar träge. Das einzige, was mich daran hinderte, auf der schwarzen Woge wegzutreiben, war das Pochen meines Herzens, das mich an Ort und Stelle zu bannen schien.

Ich hätte gern gewußt, wie lange es mich festhalten würde. »Elma, Elma«, sagte ich vor mich hin, und wie schön war allein der Klang ihres Namens! »Liebes — beeil dich — bitte.«

Kapitel
4

Der Neujahrstag war hell und frisch.

Als ich aufwachte, fiel Sonnenschein über unser Bett. Ich setzte mich auf und schaute auf meine Uhr — es war elf. Warum ich zuallererst auf die Uhr sah, weiß ich nicht. Gewohnheit ist keine Erklärung — ich hatte mich nie beeilt, irgendwo hinzukommen. Es dauerte eine Sekunde, bis ich merkte, daß Elma nicht neben mir lag. Ich rief sie beim Namen und tastete rasch unter das Kissen. Dann schämte ich mich — das Geld war noch da.

»Ich bade, Marsh«, antwortete sie.

Ich hätte wissen müssen, daß sie nicht fort war — ihre Kleider lagen noch immer auf dem Stuhl, wo ich sie hingeworfen hatte. Ich stieg aus dem Bett, streckte mich und ging zum Fenster. Es war ein feines Gefühl, nackt dazustehen und auf New York hinunterzuschauen. Ich fragte mich, warum noch niemand versucht hatte, die Wolkenkratzer in Draht nachzubilden. Vielleicht würde ich es eines Tages versuchen, obwohl ich noch nicht viel mit Draht gearbeitet hatte.

Der Regen hatte sich während der Nacht in Schnee verwandelt, und auf den Dächern lag noch ein bißchen reiner, weißer Schnee. Die Straßen waren sicherlich naß und matschig. Vielleicht fand ich ein Schuhgeschäft, das offen hatte — oder ich kaufte mir Galoschen in einem Drugstore.

Ich schob die Badezimmertür auf, winkte Elma und setzte mich auf die Toilette. Ich betrachtete die graziöse Linie, die das Wasser an ihren Brüsten bildete, die Kurven ihrer Hüften und Beine unter dem Seifenschaum, ihre Knie, die wie kleine Inseln aufragten; und natürlich das wundervolle Gesicht, die seltsamen Augen, das dunkle Haar — und das Lächeln ihres großen Mundes.

Elma sagte: »Einen guten Neujahrsmorgen, Lieber.«

Ich ging und küßte sie, und sie legte mir ihre heißen, nassen Arme um den Hals.

Ich flüsterte: »Elma, wir haben eine Menge zu besprechen.«

Sie lächelte.

»Doch nicht in der Badewanne.«

Mit den Zehen zog sie den Abflußstöpsel heraus und streckte die Hand aus.

Ich half ihr beim Aufstehen, nahm ein Handtuch und begann sie abzureiben. Wahrscheinlich hatte ich ihren Magen angestarrt, der mir normal gerundet zu sein schien, denn sie sagte: »Mach nicht solche Röntgenaugen. Er oder sie ist da drin. Bald werde ich nicht mehr so schlank sein.«

Ich küßte die kühle, glatte Haut ihres Leibes.

»Hallo, du da drin. Du wirst unser Kind sein«, sagte ich, mit der Betonung auf ›unser‹, und ich meinte es ernst.

Ich weiß nicht, warum, aber ich freute mich beinahe, daß sie ein Kind erwartete, als sei es ein unzerreißbares Band zwischen uns.

Elma rieb ihren Magen an meiner Nase und sagte: »Ich bin

halb verhungert. Zuerst essen wir, dann sprechen wir uns aus.«

Sie stieg aus der Badewanne. Ihre langen Beine machten sie ein Stückchen größer, als ich war.

Nachdem ich sie abgetrocknet hatte, drückte ich sie behutsam an mich.

»Elma, ich weiß selbst nicht, wie das kommt: Wir kennen einander erst seit vierundzwanzig Stunden, aber ich liebe dich. Ich liebe dich sehr und ganz aufrichtig.«

»Ich weiß, Marsh, und es ist mir ganz egal, wie das kommt. Hauptsache, wir haben einander. Ich bin so glücklich und zufrieden bei dir. Das muß Liebe sein.«

»Wer weiß, was Liebe ist? Wer fragt danach? Jedenfalls ist das, was wir fühlen, großartig. Elma . . .«

Gegen Mittag gingen wir aus und verzehrten ein ungeheures Frühstück. Draußen war es sonnig, aber kalt; die Straßen waren nicht allzu naß.

»Gehen wir bummeln — auf der Fifth Avenue«, schlug Elma vor. »Oder machen wir eine Busfahrt!«

Wir spazierten die Avenue entlang, und nach einer Weile begann Elma, von ihrem Mann zu sprechen, sehr ruhig und gelassen.

Sie sagte: »Ich bin Norwegerin — habe auch ein bißchen Lappenblut in mir —, daher die Augen. Mein . . .«

»Ein Hoch den Lappen!«

»Mein Vater brachte mich nach Kanada, als ich noch ganz klein war — nach dem Tod meiner Mutter. Er hatte eine Schwester in Toronto. Er kam bei einem Verkehrsunfall ums Leben, als ich schon größer war. Ich habe bei meiner Tante gelebt und bin vor ein paar Jahren in die Staaten gekommen, um Arbeit zu finden, mein Studium zu beenden. Ich habe mich immer für eine kanadische Staatsangehörige gehalten, aber das bin ich gar nicht. Aus irgendeinem Grund hat Vater nie die Staatsbürgerschaft bekommen und . . .«

»Das ist nebensächlich. Was ist mit deinem Mann?« fragte

ich ungeduldig.

»Aber das gehört alles dazu! Ein Jahr lang habe ich in Detroit gearbeitet, dann bin ich nach New York gekommen und habe die Stellung bei der Schallplattenfirma gefunden. Mac — mein Mann heißt Maxwell — ist kein schlechter Mensch. Aber er ist schwach. Er stammt aus einer reichen — nicht direkt reichen, aber wohlhabenden — Familie. Macs Vater ist schon lange tot, und er ist seiner Mutter ein und alles. Seiner Mama gehört in New Jersey eine Kette von Schmuckgeschäften und Modeboutiquen. Mac begann schon als Kind Klarinette zu spielen, war auf dem Konservatorium, hat aber keine Abschlußprüfung gemacht. Er hat es mit klassischer Musik versucht, aber das ist kein Honiglecken. Dann hat er bei einigen unbekannten Jazzorchestern mitgewirkt. Als ich ihn kennenlernte, war er gerade Arrangeur geworden. Er . . .«

»Was war er geworden?«

»Er schrieb Arrangements für ein paar kleinere Bands. Das ist auch so ein Beruf, in dem man sich durchboxen muß. Mac hat den Fehler, daß er nicht ein einfacher Musiker sein kann, aber leider hat er auch nicht die Energie, ernsthaft zu studieren und zu arbeiten, um ein überdurchschnittlicher Musiker zu werden. Nun ja, die Schallplattenfirma hatte ein Hausorchester, das die weniger bekannten Sänger begleitete. Mac trieb sich da herum, machte ihnen ein paar Arrangements. Er mußte sich billig verkaufen — die Firma knauserte an allen Ecken und Enden. So haben wir uns kennengelernt. Wahrscheinlich tat er mir leid — er hat sich so bemüht, von seiner Mutter unabhängig zu sein und auf eigenen Füßen zu stehen, sich sein Leben selbst einzurichten. Aber es war ein vergeblicher Kampf. Die Firma zahlte schlecht und verdiente gut, und wir organisierten uns zu einer Gewerkschaft. Es gab einen Streik, wir verloren, und ich wurde an die Luft gesetzt. An dem Tag, als wir den Streik verloren, haben Mac und ich geheiratet. Unsere Flitterwochen waren kurz. Wir waren glücklich, glaube ich, aber als er mich nach New Jersey zu

Mama brachte, krachte alles zusammen. Mama mochte mich nicht — gelinde ausgedrückt. Sie haßte mich wie die Pest.«

»Die muß ja verrückt sein.«

Elma zuckte die Achseln.

»Ich glaube, die wäre mit überhaupt keiner Frau von Mac einverstanden. Für sie war er noch immer der kleine Junge, der ihr allein gehörte. In ...«

»Den Typ kenne ich.«

»In meinem Fall hat sie sich darauf hinausgeredet, daß wir verschiedenen Glaubens sind. Mama war den Großteil ihres Lebens einsam gewesen, hatte sich der Religion zugewandt und war so etwas wie eine Fanatikerin geworden. Jedenfalls hat sie auf dieser Basis unsere Ehe unterminiert. Ich für meine Person bin ja der Meinung, man kann zu Gott beten, auf welche Art man will, daher liegt mir nicht so sehr an einem bestimmten Bekenntnis, und ich wäre gern zu ihrem Glauben übergetreten, aber nach der Ansicht der alten Dame hätte das nicht viel geändert. Übrigens hat sich Mac in diesem Punkt unnachgiebig erwiesen, er hat sich richtig auf die Hinterbeine gestellt.«

»Nett von ihm.«

»Nein, das war seine Art, dem eigentlichen Problem — nämlich Mama — auszuweichen. Mac gehört zu den Menschen, die wegen Kleinigkeiten auf die Barrikaden gehen und vor den großen Dingen davonlaufen. Sag mal, Marsh, bist du religiös?«

»Ja, ich bete dich an.«

»Nein, im Ernst, wir sollten das lieber gleich klarstellen, bevor ...«

»Beruhige dich, Elma, ich empfinde genau wie du — jeder Mensch soll sich an Gott — oder an seinen Gott — wenden, wie er will. Und wenn ein Mensch nicht an ein göttliches Wesen glaubt, dann ist das seine Sache. Ich verlange von einem Menschen nur, daß er nicht heuchelt. Aber erzähl doch weiter von dir und dem lieben Maxwell!«

Elma starrte mich eine Weile verwirrt an.

»Marsh, wir kennen uns erst seit ein paar Stunden, und da weiß ich nicht, wann du mich auf den Arm nimmst, und wann nicht.«

Ich drückte ihre Hand.

»Liebes, auf eines kannst du dich immer verlassen — ich werde nie etwas tun, was dich kränkt. Und du willst mir bestimmt auch nichts Böses antun.« Plötzlich lachte ich aus lauter Verlegenheit über meine Freimütigkeit. »Wir führen uns auf wie zwei Kindsköpfe«, fügte ich hinzu. »Ich rede und rede, und dabei will ich doch zuhören.«

»Na schön, ich werde also reden, bis dir Hören und Sehen vergeht«, sagte Elma. »Zuerst habe ich Macs Mutter nicht allzu ernstgenommen, ich dachte, das ist bloß der übliche Ärger mit der Schwiegermutter. Und Mac war so weit, daß er Mama bei seiner hitzigen Verteidigung der Religionsfreiheit beinahe widersprach — zum erstenmal in seinem Leben. Wir lebten mehrere Monate zusammen, und ich nahm an, Mama habe den Schock überwunden, daß ihr kleiner Junge nun Ehemann war. Wir lebten in New York und sahen sie sowieso nicht oft. Aber die Alte hatte noch nicht aufgegeben. Da Mac arbeitslos war und ich auch, hatten wir Geldschwierigkeiten. Aber ich bekam eine Stellung als Verkäuferin, und Mac hatte noch seine Gewerkschaftskarte und verschaffte sich ein paar Plattenaufnahmen. Zu essen hatten wir also. Eines Sonntags kam Mama überraschend zu Besuch und war schockiert, weil wir in einem möblierten Zimmer wohnten. Sie sagte, Mac könne heimkommen und den Laden in Newark übernehmen, und ich könne ja auch dort arbeiten. Sie hatte sogar eine große möblierte Wohnung für uns bereit. Wir nahmen an. Das war ein großer Fehler.«

»Wieso? Klingt doch recht akzeptabel.«

»Es war von Anfang an verfahren. Mama hatte Mac wieder in den Klauen, noch fester als vorher, weil er jetzt auch finanziell von ihr abhängig war. Und der arme Mac verlor den letzten Rest seines Selbstvertrauens. Er hatte nie Kaufmann werden wollen, hatte sich immer eingebildet, ein Künstler zu sein, und lauter so hochtrabendes Zeug. Und als wir dann unsere schicke Wohnung in New Bergen bekamen, und ein Auto, und uns ins Geschäftsleben einzugewöhnen begannen, da ... Tja, je besser wir es hatten, desto niedergeschlagener wurde Mac. Für ihn war das alles eine Niederlage, die ihn als Mann erledigte. Vielleicht kannst du dir das nicht vorstellen, weil du Mac nicht kennst.«

Ich sagte: »Mir scheint, er weiß nicht, wie gut es ihm geht.«

Elma zuckte wieder die Schultern.

»Kann sein, ich vereinfache alles, um mich vor mir selbst herauszustreichen, mir das Scheitern meiner Ehe zu erklären. Nun gut. Inzwischen hatte ich bemerkt, was für ein Schwächling Mac war — sofern es sich um Mama handelte —, aber ich dachte, ich könnte ihn bekehren. Aber je mehr er im Geschäft arbeitete, desto verbitterter wurde er, fing an zu trinken. Der Laden ging gut, und da meinte ich, ich sei imstande, den Laden allein zu führen, er könne wieder zum Arrangieren zurückkehren. Das wäre vielleicht eine Lösung gewesen, aber das Kind hat alles verändert.«

Sie verstummte, und nachdem wir einen Block weitergegangen waren und sie geradeaus starrte, als sei ich gar nicht da, fragte ich schließlich: »Wie war das mit dem Kind?«

»Ich weiß nicht recht, wie das mit Mac und dem Kind war. Entweder hat er sich davor gefürchtet, Vater zu werden — er war immer jeder ›Verantwortung‹ ausgewichen, ›Verantwortung‹ war eine vornehme Bezeichnung für alles, was er nicht tun wollte —, oder vielleicht hatte er mich satt — oder den ewigen Kampf mit Mama. Ich habe versucht, mir darüber klarzuwerden, aber es ist mir nicht gelungen. Anscheinend hat er Mama täglich besucht, hinter meinem Rücken. Nun ja, als ich glaubte, ich bekäme ein Kind, schien Mac sich darüber zu freuen, aber eine Woche später, als mir der Arzt bestätigte, daß ich tatsächlich ein Kind bekomme, da sagte Mac plötzlich, ich sollte es wegmachen lassen, weil Mama ein Kind von einer Person anderen Glaubens nicht dulden würde. Mac bestand auf einer Abtreibung, und als ich mich weigerte, wurde er grob, er schlug mich sogar. Aber auch das half ihm nichts. Ich habe ihm einen Tiegel Coldcream an den Kopf geworfen und bin gegangen. Ich . . .«

»Wann war das?«

»Vor mehr als zwei Monaten. Ich hatte ein paar Dollar erspart, verkaufte einige Schmuckstücke . . . Ich bin in ein möbliertes Zimmer gezogen und habe versucht, so billig wie möglich zu leben. Aus diesem Grund war ich gestern bei dem Radioquiz, ich wollte mich gratis unterhalten. Das ist meine Geschichte, und manchmal kommt sie mir vor wie ein schwerer Traum, so dumm und melodramatisch, daß ich sie selber kaum für wahr halte.«

»Bis auf ein paar Schnörkel ist das eine sehr alte Geschichte. Wir werden das schleunigst in Ordnung bringen«, sagte ich, insgeheim überlegend, ob sie die Wahrheit sprach. Ich konnte mir kaum vorstellen, daß ein Mann ein derart hübsches und intelligentes Mädchen wie Elma aufgab, bloß wegen Mama. Noch dazu, wo sie sein Kind trug. »Was ich möchte, ist, daß wir beide nach Sandyhook gehen. Dort ist es im Winter sehr still und friedlich. Wenn wir unser Geld zusammenlegen und davon fünfhundert Dollar für Klinikaufenthalt und Geburtshilfe abziehen, bleiben uns tausendneunhundert Dollar. Wir können schon für unter sechzig Dollar monatlich ein Haus mieten — die Saison ist vorbei —, für weitere paar hundert Möbel kaufen. Ich möchte das Modellieren nicht aufgeben, ich muß herausfinden, ob ich das Zeug dazu habe oder nicht. Was meinst du, sollen wir es miteinander probieren, so sechs, sieben Monate, bis das Kind kommt?«

»Tut mir leid, Marsh, so einfach ist das nicht.«

»Schau, Elma, verdienen werde ich nichts, das weiß ich. Aber wenn die sechs Monate herum sind, ob ich nun von mir überzeugt sein werde oder nicht, haben wir noch immer ein paar Dollar übrig, und ich suche mir eine Arbeit. Inzwischen verlangen wir von Mac die Scheidung, wir heiraten und . . .«

»Marsh, du kannst so lange versuchen, ein Bildhauer zu werden, wie du willst. Wegen Geld habe ich mir noch nie Sorgen gemacht. Ich bin eine gute Bürokraft, ich finde immer Arbeit. Daran liegt es nicht.«

»Ich habe natürlich angenommen, du willst mich heiraten, aber wenn . . .«

»Ach, Marsh, du weißt doch, daß ich will!«

»Also, was ist dann los? Will Mac sich nicht scheiden lassen?«

»Er möchte es nur gar zu gern«, antwortete Elma mit zitternder Stimme. »Aber . . .« Sie begann, zu weinen.

Ich hielt ein Taxi an und nannte dem Fahrer die Adresse des Hotels. Ich drückte Elma fest an mich, aber sie weinte noch immer.

»Liebes«, fragte ich, »was fehlt dir? Er läßt sich bestimmt von dir scheiden, und wir werden . . .«

»Marsh, er — er will das Kind!«

»Er hat doch gewollt, du sollst es wegmachen lassen.«

»Das ist es ja, er verlangt, ich soll es entweder wegmachen lassen — und das tue ich nicht! —, oder ich muß ihm das Kind geben! Verstehst du, das tut er auch nur, um sein Selbstbewußtsein zu stärken, um sich zu beweisen, daß er auch jemand ist. Aber es ist mein Kind, ich werde es weder umbringen noch hergeben!«

Ich küßte sie und lachte.

»Ist das alles, worüber du dich aufregst? Wenn du vor Gericht gehst und sagst, daß er eine Abtreibung von dir verlangt hat, und was seine Mutter für Unsinn geredet hat, dann behältst du das Kind.«

Sie schüttelte den Kopf, Schmerz im Gesicht.

»Nein, Marsh, ich würde vor Gericht verlieren. Da hat er mich nämlich in der Hand. Ich bin keine Staatsangehörige der USA. Ich bin illegal im Land. Er könnte mir nicht nur das Kind nehmen, sondern mich auch ausweisen lassen.«

»Das ist doch lächerlich! Jeder Richter . . .«

»Wenn es nur lächerlich wäre! Sie haben noch etwas gegen mich — meine Gewerkschaftstätigkeit. Als Nicht-Staatsangehörige — alles weitere kannst du dir denken. Mama hat sich diesen Schachzug ausgedacht, hat wahrscheinlich auch einen Anwalt konsultiert. Mac hat so etwas angedeutet. Und die Tatsache, daß ich auch nicht kanadische Staatsangehörige bin . . .«

»Das hat dich doch nicht gehindert, in die Staaten einzureisen«, sagte ich, als ob damit etwas bewiesen wäre.

»Das war einfach — damals. Ich habe ausgesehen und geredet wie eine Kanadierin, und ich habe gesagt, ich bin in Toronto geboren, was ich zu der Zeit wirklich geglaubt habe. Ich bin dort sogar zur Wahl gegangen! Nein, jetzt könnten sie mich nach dem McCarran-Gesetz auf Ellis Island einsperren und den Schlüssel wegwerfen.«

»Sprich nicht so. Großer Gott, wir sind in den USA, nicht in einem . . .«

»Rede du nicht wie ein Blinder von der Farbe, Marsh. Mac hat mir gesagt, man könnte mich sogar wegen unsittlichen Lebenswandels anzeigen, weil ich mit Mac vor der Hochzeit eine Woche zusammengelebt hatte. Als Nicht-Staatsangehörige, als illegale Einwanderin können sie mir so gut wie alles antun, und ich bin machtlos. Und stell dir vor, sie erfahren etwas von uns — da würden sie erst . . .«

Ich legte ihr die Hand auf den Mund.

»Ich will kein solches Zeug mehr hören.«

»Das mag sein, aber . . .« brabbelte sie unter meiner Hand.

»Zuerst reden wir mit einem Rechtsanwalt, dann sehen wir weiter.«

»Ich habe meinen Fall bereits mit einer Institution besprochen, die Nicht-Staatsangehörige berät. Die Leute dort meinen, daß ich einen Prozeß verlieren würde — heutzutage.«

Ihre Lippen berührten beim Sprechen meine Handfläche.

»Ich habe eine Bekannte, die einige prominente Anwälte kennt. Die fragen wir um Rat. Weißt du, ich denke mir, wenn du diesem Mac sagst, daß du heiraten willst, wird er froh sein, dich billig loszuwerden, und . . .«

Sie schüttelte den Kopf.

»Marsh, glaub mir, ich habe alles versucht, jede Möglichkeit erschöpft . . .«

Ich nahm die Hand weg, verschloß ihr den Mund mit einem Kuß.

»Also gut, denken wir nicht mehr dran. Jetzt ist alles anders, Elma. Wir sind nun zwei, wir haben ein bißchen Geld. Hören wir mit dem Rätselraten auf, bis ich mit einem Anwalt gesprochen habe. Kein Wort mehr.«

Elma nickte, nahm ein Taschentuch aus der Handtasche und wischte sich das Gesicht. Als wir ins Hotel kamen, sagte sie, sie sei müde, und streckte sich auf dem Bett aus. Ich ging hinunter in die Halle und rief die Kimball an.

Ich fragte sie: »Kannst du mir einen guten Rechtsanwalt empfehlen, mit dem ich reden kann? Nicht umsonst, versteht sich.«

»Gern, Marsh. Warum bist du gestern abend nicht gekommen? Wir haben gefeiert bis . . . In was für einer Klemme steckst du? Bist du im Knast?«

»Nein. Ich will eine Frau heiraten, die ich gestern abend kennengelernt habe, und sie hat Schwierigkeiten mit ihrem Mann. Es geht auch noch um ein Kind, und ich möchte wissen, wo wir stehen.«

Ich hörte die Kimball durchs Telefon schlucken, und schließlich forderte sie mich auf: »Sag das noch mal!«

»Ich will eine Frau heiraten, die ich gestern abend kennengelernt habe, und sie hat einen Mann und ein Kind und . . . Ach, hör doch auf, Marion.«

Sie lachte, und mir war, als könnte ich ihren schalen, alkoholisierten Atem durchs Telefon riechen.

»Marsh, du bist großartig. Immer zu Späßen . . .«

»Marion, das ist nichts zum Lachen. Ich brauche einen Anwalt — sofort.«

»Am Neujahrstag?«

»Du hast Beziehungen. Kannst du etwas organisieren?«

»Ich sollte dich lieber verdreschen. Ich rufe dich an, sowie ich halbwegs zur Besinnung komme.«

Ich gab ihr die Telefonnummer des Hotels durch und legte auf. Ich kaufte mir Pfeifentabak und ging ins Zimmer hinauf. Elma schlief im Unterkleid auf dem gemachten Bett. Ich stand neben ihr und schaute sie lange an — und mir gefiel, was ich sah.

Ich glaube, der Gedanke war schon damals in meinem Kopf entstanden und wartete darauf, sich Bahn zu brechen. Denn ich wußte, ich hatte das Mädchen gefunden, das ich immer gesucht hatte, und ich wollte verdammt sein, wenn ich es mir von irgendeinem verzogenen Muttersöhnchen wegnehmen ließ!

Ich weiß nicht, ob ich an Schicksalsfügung glaubte oder an solchen Kram, aber ich hatte das Gefühl, daß Elma und ich füreinander bestimmt waren.

Ich berührte die glatte Haut ihrer Schultern, und sie öffnete langsam ihre Mandelaugen und sah mich an. Ich dachte, wie phantastisch es war, daß dieses Mädchen, dessen Mutter in der Arktis gelebt hatte, sich nun mit mir in einem Hotel hinter dem Times Square befand.

Elma fragte: »Woran denkst du, Marsh?«

»Daß ich nicht so verrückt bin und es zulasse, daß ein so verzogener Bengel wie dieser Mac sich zwischen uns drängt.«

Sie lächelte — diese vollen Lippen, die mich elektrisierten —, ich setzte mich aufs Bett und küßte sie immer wieder, und sie sagte: »Marsh, warum habe ich dich nicht schon früher kennengelernt, dann hättest du keinen Kummer mit mir.«

»Ich habe doch keinen Kummer mit dir. Ich liebe dich, ich bin froh, daß ich dich kenne — unter allen Umständen!«

Wir küßten uns und alberten herum, bis die Kimball anrief. Sie nannte mir einen Namen und eine Adresse am Central Park South und sagte: »Er wird mit dir sprechen. Kein Geld, aber kauf ihm eine Schachtel gute Zigarren — echte Havanna. Hast du wirklich Geld, Junge?«

»Ein paar Kröten. Danke, Marion.«

»Was du mir da vorhin erzählt hast, ist das wahr? Ich meine, du bist nicht betrunken oder so?«

»Ich bin stocknüchtern.«

»Klingt ja völlig irr, aber hoffentlich hast du diesmal mehr Glück, Marsh. Wirklich, ich wünsche es dir von Herzen, Marsh.«

Elma wollte mich zu dem Anwalt begleiten, aber ich hielt es für besser, allein zu gehen. Ich kaufte ein Kistchen Zigarren zu fünfzehn Dollar und ließ mich von einem Taxi hinfahren.

Die Wohnung war groß und prächtig. Ein Mädchen öffnete mir, und ich kam an einer müde aussehenden jungen Frau mit gefärbtem Haar vorbei, die in einem Zimmer vor dem Fernsehapparat saß. Sie trug einen durchsichtigen Morgenrock und hätte die Tochter des Anwalts sein können — obwohl ich gewettet hätte, daß sie es nicht war.

Er war ein korpulenter ältlicher Mann mit harten Gesichtszügen und einer Nase, die von dünnen, blaßblauen Äderchen durchzogen war. Sein gelblicher Teint kontrastierte unangenehm mit seinem blauseidenen Morgenrock. Er sah total verkatert aus. Er bedankte sich für die Zigarren, sprach über das Wetter. Ich hatte keine Ahnung, was die Kimball ihm gesagt hatte; jedenfalls schien er mich amüsant zu finden wie einen Komiker. Das ärgerte mich, aber ich erzählte ihm alles so gelassen wie möglich.

Er saß da — tief in seinen Polstersessel versenkt — und starrte halb schlafend die Wand an.

Als ich fertig war, rülpste er leise, tätschelte seinen Schmerbauch und fragte: »Warum reißen Sie sich um eine Frau, die nicht mehr ganz taufrisch ist?«

»Sind Sie ein Anwalt oder eine Briefkastentante?«

Er schaute mich eine Weile starr an, dann seufzte er ge-
langweilt.

»Na ja, das ist Ihr Bier. Ich sage Ihnen hiermit in meiner
Eigenschaft als Jurist: Mein lieber Mann, Sie sind den Leuten
hilflos ausgeliefert.«

»Er kann ihr also wirklich das Kind nehmen und sie ab-
schieben lassen? Aber das ist doch — das ist ja unglaublich!«

»Mann, lesen Sie keine Zeitungen, wissen Sie nicht, was
vorgeht? Früher hat ein Anwalt jeden Fall angenommen, der
sich ihm geboten hat, und so sollte man eigentlich die Juriste-
rei betreiben. Heutzutage wäre es reiner Zeitverlust für mich,
Ihre — Freundin zu vertreten. Als ich jung war, wollte ich ein
Staranwalt werden, von dem alle Welt spricht — aber das ist
schon sehr lange her.«

»Und unser Fall?«

Er schüttelte den Kopf. »Kein Anwalt würde damit vor Gericht gehen, weil keine Aussicht auf Erfolg besteht.«

»Wieso denn? Sie hat doch kein Verbrechen begangen!«

»Mann, Sie ist Nicht-Staatsangehörige, das heißt, sie kann
deportiert werden — einfach so . . .« Er wollte mit den Fin-
gern schnalzen, mußte aber wieder aufstoßen und fügte
hinzu: »Im Handumdrehen. Sie hat hundertprozentig recht,
man könnte ihr den Rest geben wegen unsittlichen Lebenswandels und illegalen Aufenthalts. Mein lieber Mann, wegen
so was müssen selbst große Tiere dran glauben. Rechnen Sie
sich also aus, was für Chancen Ihre Freundin hätte! Wäre
einfach lachhaft, mit so einem Fall vor Gericht zu gehen.«

»Was sollen wir also tun?«

»Ich rate zur . . .« Er rülpste wieder. »Verdammtes Ge-
saufe, bläht mich immer auf. — Ich rate zur Abtreibung.
Können ja später noch einen Haufen Kinder mit ihr haben.«

»Das tut sie nicht. Könnte sie sich jetzt scheiden lassen und
das Kind hinterher zugesprochen bekommen?«

»Nein. Da er das Kind will, würde er sich nur unter der Bedingung scheiden lassen, daß er es bekommt. Er könnte sie in jedem Fall ohne viel Aufhebens deportieren lassen. Mein Rat lautet: Lassen Sie die Sache bleiben.«

»Auf so einen Rat pfeife ich!«

»Ach, kommen Sie 'runter von der Palme. Ich bin sowieso wie gerädert. Schlagen Sie sich die Scheidung aus dem Kopf, die Heirat auch. Wie ich höre, leben Sie auf dem Land? Fein. Kehren Sie mit Ihrer Freundin dorthin zurück, geben Sie sie als Ihre frischangetraute Frau aus. Wenn das Kind da ist, geben Sie einfach an, Sie sind der Papa.«

»Wäre das denn rechtsgültig?«

Er lachte, wobei er eine Menge schlechter Zähne zeigte.

»Was heißt schon rechtsgültig? Mein lieber Mann, Gesetze sind dazu da, um gebrochen zu werden. Gäbe es keine Mörder, hätten wir keine Todesstrafe zu verhängen. Was ist ein Trauschein? Nichts als ein unbenütztes Stück Papier — in neunundneunzig Prozent aller Fälle. Begreifen Sie, worauf ich hinauswill?«

»Nein.«

»Teufel noch mal, gehen Sie aufs Land zurück, nehmen Sie das Mädchen mit, sagen Sie, Sie haben eben geheiratet. Wer wird daran zweifeln, wer wird sich darum kümmern? Der Mann Ihrer Freundin wird Sie nie finden, wenn Sie vorsichtig sind. Sie haben sie eben erst kennengelernt, sie wohnt in New Jersey, zuvor hat sie in Kanada gelebt — ich nehme an, Sie haben keine gemeinsamen Bekannten. Wenn Sie es richtig anfangen, kann nichts schiefgehen. Und sobald das Kind da ist, bekommt es einen Geburtsschein und alle anderen Papiere, die Sie als Vater ausweisen. In späteren Jahren könnte es mal Schwierigkeiten geben, falls Sie sterben sollten und es wegen des Testaments zu Auseinandersetzungen käme ... Aber auch das läßt sich regeln. Von nun an sind Sie beide Mann und Frau, und wer kann das Gegenteil behaupten?«

»Sie.«

Er zeigte auf meinen Anzug.

»Mein lieber Mann, Sie haben nicht genug Geld, um mein Interesse zu wecken. Ich weiß nicht einmal mehr, wie Sie heißen.« Er stand auf. »Noch etwas. Vergessen Sie nicht, was ich über die Gesetze gesagt habe — und vergessen Sie nicht: Gelegentlich bin ich stolz, Anwalt zu sein und achte mich. Gelegentlich. Daher bin ich nicht so gemein, jemanden zu erpressen — jedenfalls nicht wegen Lappalien.«

»Verzeihung, ich hatte nicht die Absicht . . .«

Wir schüttelten einander die Hand, und er sagte: »Apropos Erpressung — ich leugne jederzeit, Ihnen etwas Derartiges empfohlen zu haben. Ich erteile Ihnen einen praktischen Rat, nicht einen juristischen. Und noch etwas. Falls Sie es so machen, verhalten Sie sich vorsichtig. Erzählen Sie niemandem davon.«

»Danke.«

Als ich Elma alles berichtete, klang es hieb- und stichfest.

Sie sagte: »Wenn uns Mac aber eines Tages auf die Schliche kommt, kann er mir das Kind noch immer wegnehmen?«

»Wie sollte er uns finden? Er hat nie etwas von mir gehört, deine Freunde auch nicht. Von jetzt an bist du verschwunden und wirst Mrs. Elma Jameson aus Sandyhook Long Island. Sollte er uns doch aufspüren, dann erst nach Jahren, vielleicht haben sich die Zeiten bis dahin geändert. Außerdem, was sollen wir denn sonst tun?«

»Ich finde es schon ein bißchen — gemein, aber du hast recht: Was sollen wir sonst tun. Ich werde einen großen Bogen um Newark machen müssen und um Leute, die ich kenne.«

»Und keine Verbindung mehr mit Mac.«

»Mein Gott, das möchte ich am allerwenigsten.«

Ich zog sie vom Bett, küßte weich ihre vollen Lippen.

»Liebes, hiermit erkläre ich dich zur Mrs. Jameson. Und eines Tages heiraten wir wirklich. Es wird gutgehen, ich weiß es.«

»Marsh, wir lieben uns, und das macht unseren Bund genauso fest und echt wie eine Trauung«, sagte sie und küßte mich leidenschaftlich.

Zur Feier des Tages gingen wir ins Kino, groß essen und machten eine Taxifahrt durch den Park. Wir schliefen beide fest, und am Morgen schlug ich vor, nach Sandyhook zu fahren.

Elma sagte: »Ich habe ein paar Sachen in meinem Zimmer in New Jersey, die . . .«

»Pfeif auf deine alten Kleider. Wir fangen ganz neu an.«

»Ich habe eine Menge Schallplatten gesammelt, einige gute alte Nummern. Was schadet es schon, wenn ich sie einpacke und nach Long Island transportieren lassen? Außerdem muß ich etwas zum Anziehen haben, wenn ich dort draußen ankomme — sieht sonst verdächtig aus.«

»Na schön, aber dann fix. Sonst ist alles im Eimer, wenn dich dein Ex-Gatte mit mir sieht.«

»Er weiß nicht einmal, wo ich wohne. Und du kannst ja draußen warten, oder hier im Hotel.«

Wir fuhren mit dem Bus nach New Jersey. Während Elma packte, ging ich spazieren. Sie telefonierte mit einer Speditionsfirma, die daraufhin Packkisten schickte, in denen Elma vorsichtig ihre Schallplatten verstaute. Die Speditionsleute sagten, es könne zwei Wochen dauern, bis sie eine volle Ladung nach Long Island beisammen hätten.

Ich rief Alice Alvins an und ersuchte sie, sich um ein Haus für mich umzusehen, weil unverhofft eine alte Freundin geheiratet hätte.

Alice klebt immer so an Einzelheiten, und sie sagte: »Du meinst, ihr habt eine Heiratserlaubnis beantragt, jetzt müßt ihr drei Tage warten.«

»Eben. Wir sehen uns in ein paar Tagen, Alice. Aber ich überweise die Miete für zwei Monate, damit der Mietvertrag in Ordnung geht.«

»Ach, du meine Güte, das Mädchen hat auch noch Geld?«

»Klar, was glaubst du denn, warum ich sie heirate?« fragte ich und hängte ein.

Wir mußten also noch drei Tage in der Stadt bleiben, um den Schein zu wahren, und wir gingen ins Theater und ließen es uns gutgehen. Aber wir waren beide ein bißchen nervös — wir mußten immer damit rechnen, einem Bekannten von Mac zu begegnen.

Elma gefiel es in Sandyhook, obwohl wir beide bei einem schauderhaften Schneesturm dort eintrafen. Das Haus war ein Bungalow mit vier Räumen, unterkellert, und hatte Öl-heizung. Die erste Woche waren wir sehr beschäftigt. Ich fuhr hinüber zu Lens Garage, bei Smithtown, und kaufte für dreihundert Dollar einen gebrauchten Chevrolet. Len stand in dem Ruf, ein ehrlicher Händler zu sein, und er sagte, der Wagen sei sein Geld wert. Dann fuhren wir drei — Alice war wild aufs Einkaufen — in Long Island umher und kauften alte Möbel auf. Alles in allem gaben wir etwa 800 Dollar aus, aber das Haus war wirklich gemütlich geworden, und wenn der Wagen auch wie ein alter Klapperkasten aussah, so hatte er doch einen erstklassigen Motor.

Wir hatten eine verglaste Hinterveranda, die ich als Atelier benutzte. Ich begann so bald wie möglich zu arbeiten, holte meinen gesamten Kram aus der Hütte — einschließlich des alten Grabsteins, den ich vom Friedhof geklaut hatte, weil ich mich einmal an Marmor versuchen wollte, mit dem ich dann allerdings doch nicht zu Rande kam.

Die Alvins mochten Elma, und als ich einmal beiläufig er-wähnte, sie sei in anderen Umständen —, ich hielt es für das beste, so bald wie möglich damit herauszurücken — nahmen sie es ohne große Überraschung zur Kenntnis. Elma suchte den dortigen Arzt auf, und natürlich wußte bald der ganze Ort Bescheid. Aber wir hatten nichts zu befürchten. Ich war ein ›Künster‹ — daher war alles, was ich tat, ›verrückt‹.

Wir sahen Alice und Tony jeden Tag, und Elma erwies sich

als gute Köchin und Hausfrau. Ihre Schallplatten kamen an, und wir verbrachten lange, glückliche Abende mit dem Abspielen. Elma mochte vor allem Jazz — sie kannte alle Mitglieder der berühmten Bands, und sie sagte zum Beispiel: »Das ist eine von Artie Shaws besten Aufnahmen, die ist noch aus der Zeit, bevor er bekannt wurde und kommerziell spielen mußte . . .« Oder: »Bei dieser Billie-Holiday-Platte mußt du auf Frankie Newtons Trompete aufpassen . . .« Die Alvins kamen so oft zu uns wie wir zu ihnen, und ich fühlte mich völlig unbeschwert.

Ich studierte eifrig einige amerikanische Bildhauer — Cecil Howard, Paul Manship, die Frasers und Donald de Lue. Mir gefiel de Lues Omaha-Beach-Denkmal, ich fand jedoch, daß er das Gesicht des Soldaten ein bißchen idealisiert hatte. Ich kopierte das Denkmal in Ton, doch in das Gesicht legte ich mehr Bitterkeit und Beklemmung — die die Soldaten bei der Landung in Omaha Beach wahrscheinlich auch empfunden hatten. Die Plastik gelang gut und gab mir großen Auftrieb; Elma war ganz begeistert.

Und mit jeder Minute, die ich bei Elma verbrachte, liebte ich sie mehr. Alles, was wir taten, gelang. Wir lachten über dieselben Witze. Wir gingen am Strand spazieren, was sie sehr liebte; ich brachte ihr das Fischen bei, und wenn sie dann etwas fing, freute sie sich wie ein Kind. Mir gefiel alles an ihr, zum Beispiel, daß sie flache Schuhe trug und ihre schlanken Beine nicht durch hohe Absätze entstellte, es gefiel mir, wenn sie mich mitten in der Nacht aufweckte und fragte: »Marsh, schläfst du?«

»Jetzt nicht mehr.«

»Schau, der Vollmond scheint. Komm, fahren wir an den Strand — ich möchte sehen, wie das Mondlicht auf dem Wasser glitzert. Ja?«

»Liebes, mach eine Thermosflasche mit Kaffee, und wir fahren.«

Dann wieder machte sie an einem kalten Morgen ein Zelt

aus der Bettdecke, und wir alberten herum wie Kinder, trieben einer den anderen an, sich in die Kälte hinauszuwagen und die Heizung einzuschalten.

Und war dann die Küche mollig warm, frühstückten wir zur Musik von Chick Webb oder Lunceford oder ›Father‹ Hines. Wir aßen beide gern, und Elma sah blühend aus.

Ihr Körper, den die Schwangerschaft verändert hatte, kam mir so schön vor, daß ich sie bat, mir Modell zu stehen.

Ich beschloß, eine sechzig Zentimeter hohe Statue von Elma zu machen, aufrecht stehend und stolz. Ich hatte eine Rohfassung fertiggestellt, es war sehr anstrengend für sie, und als sie sich einmal in einem alten Schaukelstuhl, den wir besaßen, ausruhte, schlief sie ein — und ich hatte eine Idee. In dem Stuhl schlafend, bot Elma ein Bild der Ruhe, und ich skizzierte sie zunächst von allen Seiten und begann dann, in Ton zu arbeiten.

Es gelang mir, die Wärme und Persönlichkeit ihres Gesichts einzufangen, die weichen Linien ihres Körpers, und als ich die Arbeit vollendet hatte, war Elma überwältigt, und die Plastik bekam die Bezeichnung: ›Entspannt‹.

Ich war unbändig stolz auf die Arbeit und brachte sie nach New York, um mich zu erkundigen, ob sie sich brennen und kolorieren ließ. Sid staunte Bauklötze und ging damit sofort zu einem seiner Freunde, der in der 55. Straße eine Galerie hatte. Die Plastik ließ sich nicht brennen — ich hatte nicht nur für Terrakotta-Arbeiten ungeeigneten Ton verwendet, ich hatte auch noch Bleirohr als Stütze eingebaut, wodurch die Figur beim Brennen Risse bekommen hätte. Aber wir einigten uns auf einen Bronzeabguß.

Der Galeriebesitzer sollte als mein Agent fungieren, und ich ließ die Plastik in einer Werkstatt, die auf Bronzearbeiten spezialisiert war. Ich kehrte schleunigst nach Sandyhook zurück und begann, einen Kopf von Elma zu modellieren. Ihr Leib wurde jetzt so stark, daß ihr das Posieren zu anstrengend war. Innerhalb eines Monats war ›Entspannt‹ gegossen und ausgestellt. Elma und ich fuhren in die Stad, um die Figur anzusehen und zu knipsen. Der Kunsthändler hatte sie im Schaufenster stehen, und sie erregte viel Aufmerksamkeit. Sogar die Kimball hörte davon und schickte mir über die Adresse der Galerie einen Brief, in dem sie schrieb, es sei ein gelungenes Werk, und sie erkundigte sich, wie mir das Eheleben bekam.

Dem Galeriebesitzer gelang es, ein Bild meiner Arbeit in einer Sonntagszeitung unterzubringen. Mir wurde einen Moment lang bang bei dem Gedanken, Mac könnte es sehen und Elma erkennen — denn ich hatte ihr Gesicht sehr gut getroffen. Aber ich redete mir ein, es bestehe nicht viel Wahrscheinlichkeit, daß Mac die Kunstbeilage des Blattes las.

Der Kunsthändler räumte der Plastik große Verkaufschancen ein und sagte, er werde sie bei mehreren Wettbewerben einreichen. Er wollte noch weitere Arbeiten von mir sehen, aber ich konnte ihm nichts anderes vorzeigen als die beiden Hunde. Er bewunderte sie, fand jedoch, es wäre ›nicht zu meinem Vorteil, das jetzt zu zeigen. Später können wir das als Kuriosität anbieten‹.

Der März war feucht und windig, und der Arzt verordnete Elma viel Ruhe. Er befürchtete, sie könnte sich erkälten. Ansonsten ging es ihr glänzend. Das Kind wurde für Ende Mai erwartet. Das war günstig, denn es würde noch vor der Zeit sein, wenn die Sommergäste kamen und der Rummel in Sandyhook losging.

Unser Geld hielt bestens vor. In Sandyhook gab es nicht viel Möglichkeit zum Geldausgeben, und wir rechneten uns aus, daß ich mich erst im September um eine Anstellung kümmern mußte. »Und dann«, so meinte Elma im Spaß, »fahren wir nach New York, gewinnen bei einer Quizsendung wieder 2400 Dollar und kehren, Amerika preisend, aufs Land zurück.«

Doch unser Glück war nicht von langer Dauer.

*

Eines Morgens gab ich auf der Post einen Brief an meinen Agenten und einen an Sid auf, als mich der Postmeister, der auch Ladenbesitzer war, fragte: »Mr. Jameson, Ihre Frau heißt doch Elma, nicht?«

»Ja.«

»Seit ein paar Tagen liegt hier ein Brief für eine gewisse Mrs. Elma Morse. Wollte ihn schon zurückschicken — Adressat unbekannt —, als mir Ihre Frau einfiel. Wer heißt denn schon Elma, nicht wahr. Ist sie gemeint?«

Ich überlegte blitzschnell. Mac hatte meine Plastik also doch gesehen! Falls der Brief zurückging, tauchte Mac womöglich hier auf. Am besten, ich nahm ihn.

Ich sagte: »Vielen Dank. Ja, das — äh — war ihr Mädchenname. Kann mir nicht vorstellen, wo man das ›Mrs.‹ hergenommen hat.«

»Meine Frau hat gesagt, ich soll warten und Sie fragen. Weiß nicht, wieso die Weiber immer recht haben.«

Der Absender war Mac. Auf der Straße öffnete ich den Brief. Der elende Kerl hatte ihre Adresse von der Speditionsfirma erfahren, die ihre Schallplatten transportiert hatte. Mac wollte wissen, ob sie noch immer in anderen Umständen war, und falls ja, ob sie das Kind noch immer behalten wollte. Er schrieb, er lasse ihr eine Woche Bedenkzeit, bevor er die Sache den Anwälten seiner Mutter übergebe.

Ich ging am Strand entlang und überlegte mir, was ich tun sollte. Sie konnte ihm schreiben, daß sie eine Fehlgeburt gehabt hatte, aber damit würde er sich wahrscheinlich nicht zufriedengeben und Nachforschungen anstellen.

Ich wollte ihr nichts davon erzählen, aber die Woche, die er ihr Zeit ließ, war bald herum. Elma merkte, daß mich etwas bedrückte, und schließlich zeigte ich ihr am Abend den Brief. Sie wurde ohnmächtig. Ich holte den Arzt, und er gab ihr ein Schlafmittel.

Zu mir sagte er: »Ihre Frau hat anscheinend einen Schock erlitten. Sie ist gesund und kräftig, aber beim ersten Kind hat manche Frau . . . Sie darf sich nicht aufregen. Sie soll die nächste Woche im Bett bleiben. Sie braucht absolute Ruhe.«

Ich tat mein Bestes. Wir sprachen nicht einmal viel darüber, aber Elma lag da und weinte den ganzen Tag, und obwohl Alice herüberkam und sie pflegte, verschlimmerte sich ihr Befinden. Ihr Gesicht sah fast wie eine Totenmaske aus.

Der Arzt gab mir sieben Tabletten, sagte: »Sobald Mrs. Jameson sich aufregt, geben Sie ihr eine davon, aber nicht mehr als eine täglich. Ihre Frau befindet sich in einem schweren Erregungszustand. Hatten Sie Streit?«

»Nein.«

»Sie ist sehr krank. Ich will Sie nicht erschrecken, aber ihr Zustand ist besorgniserregend. Sie braucht unbedingt Ruhe. Hysterie kann so tödlich wirken wie Gift — in ihrem Zustand. Sie muß alle Aufregungen vermeiden.«

Nachdem er gegangen war, saß ich in meinem Atelier und starrte den Kopf an, den ich von Elma angefangen hatte. Mir war alles klar . . . Es bestand die Gefahr, daß ich Elma verlor. Auch wenn sie nicht starb, wenn der Dreckskerl ihr das Kind nahm und sie ausweisen ließ — was dann? Ich starrte das modellierte Gesicht an, das fast zu leben schien, und ich fand alles so verdammt ungerecht. Wir wollten doch nichts anderes als in Ruhe gelassen werden, ein bißchen glücklich sein, und dieser elende Lump mußte daherkommen und sie — uns — umbringen.

Ich ging ins Schlafzimmer. Alice saß neben der schlafenden Elma und arbeitete an ihrem Buch.

Sie erkundigte sich: »Was ist los, Marsh? Bis jetzt war Elma doch kerngesund, und auf einmal liegt sie auf der Nase. Etwas schiefgegangen?«

»Nein.«

»Man muß ja direkt für das Kind fürchten. Angeblich sind schwangere Frauen überhaupt unberechenbar. Den einen Tag gesund und munter, den nächsten . . .«

»Es wird schon werden«, sagte ich. »Bin gleich wieder da.«

Ich ging in den Dorfladen. Obwohl Mac Elmas Adresse kannte, wollte ich nicht unser Telefon benützen, falls er nachforschen ließ, von wo der Anruf kam. Ich ließ mich vom Newarker Amt mit seinem Geschäft verbinden.

Eine Männerstimme meldete sich, und ich fragte: »Mr. Maxwell Morse?«

»Ja.«

»Hier spricht Doktor Rogers. Es handelt sich um Ihre Frau. Ihr Brief hat sie dermaßen erregt, daß sie in Lebensgefahr schwebt.«

»Erwartet sie noch immer ein Kind?«

»Ja, und es geht ihr sehr schlecht. Falls Sie nicht Ihre Ansprüche auf das Kind aufgeben, lehne ich jede Verantwortung für ihr Befinden oder ihr Leben ab.«

»Ist sie im Krankenhaus?«

»Das ist nebensächlich. Falls Sie nicht aufhören, sie mit Ihren unvernünftigen Forderungen zu belästigen . . .«

»Sie ist alle Sorgen los, wenn sie mir das Kind gibt. Sie ist keine geeignete Mutter für . . .«

»Mr. Morse, Ihre Frau weiß nicht einmal von diesem Anruf. Begreifen Sie nicht, ihr Leben ist in Gefahr! Das . . .«

»Die Entscheidung liegt bei ihr. Schließlich ist sie ja noch jung und kann andere Kinder haben. Ich bin der Ansicht, ich habe genausoviel Anrecht auf mein Kind, ich kann ihm alle Vorteile bieten . . .«

Ich hängte ein.

Wir hatten alles versucht. Es gab nur noch eine einzige Möglichkeit, die eine, die ich tief in meinem Innern verschlossen hatte, von der ich manchmal sogar träumte, wenn der Gedanke sich befreite und heraufstieg. Wie einfach wäre alles, wenn Elma Witwe wäre!

Mir graute bei dem Gedanken, daß ich diesen Mac umbringen sollte. Aber ich wußte, das war der einzige Ausweg.

Mac mußte sterben.

Ich mußte töten — mir den perfekten Mord ausdenken.

In der Nacht mußte ich dauernd hinaus, so nervös war ich.

Und wenn ich nicht hinaus mußte, dann schwitzte ich. Ich lag neben Elma, hörte sie ab und zu im Schlaf ächzen und versuchte mir zurechtzulegen, wie ich ihren Mann ermorden konnte.

Comic-Strips und moderne Literatur behaupten gern das Gegenteil, aber Morden ist ein widerwärtiger, wahnwitziger Einfall — die Reflexion einer kranken Welt. Allein mit dem Gedanken zu spielen, als ein Mensch den Hoffnungen und Wünschen, dem Lachen und der Traurigkeit eines anderen Menschen ein Ende zu setzen, ist der Gipfel unsinniger Anmaßung. So sehr ich Mac haßte — töten wollte ich ihn nicht. Doch ich hatte keine andere Wahl: Entweder er starb, oder ich verlor Elma — und das hätte meinen eigenen Tod bedeutet.

Aber vor Mord schreckte ich angstvoll zurück. Ich hatte mich noch nie so geängstigt. Ich überlegte krampfhaft . . . Wie begeht man einen Mord? Ich war ein Laie, der reinste Anfänger, und ich mußte das größte aller Verbrechen planen — den perfekten Mord. Eines war sicher: Geschnappt zu werden, war genauso schlimm wie Elma zu verlieren.

Meine Gedanken taumelten im Kreis herum. Sowie Mac tot war, würde die Polizei bei Elma als seiner Witwe erscheinen, und ich würde der Verdächtige Nr. 1 sein. Zuallererst brauchte ich ein gutes Alibi. Ich dachte an alle möglichen kindischen Sachen — zum Beispiel ein Ruderboot zu nehmen und zu sagen, ich fahre zum Fischen, dann irgendwo anlegen, in die Stadt fahren und ihn umbringen, anschließend zum Boot zurückkehren und am Abend heimrudern. Aber ich wußte sehr wohl, das war ein fadenscheiniges Alibi — bei der Polizei gab es besser trainierte Gehirne als meines, die würden das gleich durchschauen.

Und ich wußte, je mehr ich plante, desto größer wurde die Gefahr, daß ich Fehler beging. Was ich brauchte, war eine ganz simple Methode. Ich hatte einen Vorteil: Mac hatte mich nie gesehen, ich konnte mich ihm also nähern, ohne seinen Verdacht zu erwecken. Aber wann, wo? Sollte ich ihn auf der Straße töten, ihn im Schlaf erwürgen?

Ich erwog dies und das, meistens Dinge, die ich gelesen oder im Kino gesehen hatte, bis ich Kopfschmerzen bekam, und noch immer zeichnete sich kein Plan ab. Bei Mord darf es kein Versagen geben.

Gegen Morgen ließ die Wirkung des Schlafmittels, das Elma genommen hatte, nach, und sie begann leise zu weinen. Dieses Weinen schnitt mir ins Herz. Ich nahm sie behutsam in die Arme, versuchte sie zu beruhigen.

Sie schluchzte: »Marsh, das hast du nicht verdient. Wenn ich mich bloß überwinden könnte, ich weiß, ich bin egoistisch, aber ich kann das Kind nicht einfach hergeben!«

»Liebes, laß es erst mal da sein. Wenn du nicht aufhörst, dir Sorgen zu machen, hast du womöglich eine Frühgeburt, und das wäre schlimmer, als das Kleine an Mac zu verlieren. Du mußt ganz fest daran glauben, daß alles gut wird. Wir dürfen nicht klein beigeben, wir müssen unser Glück festhalten.«

»Aber vielleicht war unser Zusammentreffen, unser Glück zu schön, als daß es dauern könnte.«

»So etwas darfst du nicht sagen — es wird dauern, es muß! Elma, ich habe so das Gefühl, alles wird sich einrenken. Aber du mußt aufhören, dich zu quälen, dich krank zu machen.«

»Marsh, in deinem Arm fühle ich mich so geborgen«, seufzte Elma.

Ich ließ die Muskeln spielen wie ein kleiner Junge.

»Wenn ich bloß Mac einmal zu fassen kriegte! Liebes, wir überlisten ihn. Schließlich sind wir zwei gegen einen — gegen diesen mickrigen kleinen Krämer . . .«

Man kennt das ja — da sinniert man tagelang, und es fällt

einem nichts ein, dann genügt ein Wort, und alles ist klar. Kaum hatte ich ›Krämer‹ gesagt, war auch schon der Groschen gefallen. Die ganze Zeit hatte ich überlegt, wie ich Mac umbringen sollte, und nun ... Wie sterben Ladenbesitzer, wenn sie nicht sanft in ihrem Bett entschlafen? Was ist für sie beinahe ein Berufsrisiko? Ein Raubüberfall!

»Marsh, ich bin so eine Plage, und du bist so lieb und ...«

»Schlaf jetzt, Liebes, ruh dich aus.« Ich küßte sie. Ich war so hellwach, daß ich am liebsten aus dem Bett gesprungen wäre.

Elma streckte sich bequem aus und begann regelmäßig zu atmen. Ich starrte in die Dunkelheit. Ein Überfall war ganz einfach — und niemand würde mich damit in Verbindung bringen.

Ein ›unbekannter Ganove‹ betritt das Geschäft und erschießt Mac bei einem Raubüberfall. Ich konnte ja einen Ganoven mieten, fand das aber zu riskant, und außerdem wußte ich nicht, wie man so etwas macht. Nein, der Ganove mußte ich sein — in Verkleidung. In guter Verkleidung, so daß er, falls er gesehen wurde — ich wollte sogar, daß er gesehen wurde —, nicht die geringste Ähnlichkeit mit mir hatte.

Nun hatte ich einen Plan. Zuerst die Verkleidung. Größer machen konnte ich mich leider nicht, aber wenn ich mich gut ausstopfte, fielen meine Schultern nicht mehr auf, ich würde bloß wie ein kleiner, dicker Pummel aussehen. Die Haare würde ich mir mit einer dieser neuen Tönungen schwarz färben. Das war's. Ich wollte dafür sorgen, daß Elma erst spät abends eine Tablette nahm, dann so um vier Uhr früh hier aufbrechen. Sie würde bis Mittag schlafen. Ich konnte um acht Uhr drüben in Newark sein, Mac erschießen, sobald er den Laden geöffnet hatte, und wieder da...

Erschießen? Wo sollte ich eine Pistole hernehmen?

Wie verschafft man sich bloß eine Pistole? In New York gab es bestimmt mindestens hundert Geschäfte, wo man unter der Hand eine Pistole kaufen konnte — man las ja dauernd von bewaffneten Halbstarkenbanden . . . Aber wo? Ich konnte ihn erstechen, aber das hielt ich für zu umständlich, und vielleicht brachte ich auch gar nicht den Mut dazu auf. Kleinigkeit, ein Gewehr zu kaufen, den Lauf abzusägen. Ich hatte eine stumpfe Metallsäge . . . Tony hatte eine bessere, die . . . Ich lächelte in die Dunkelheit . . .

Tonys Luger!

Die würde ich heimlich nehmen, würde Mac erschießen und die Pistole wieder an ihren Platz legen. Tony würde nichts merken. Dann, nach ein, zwei Tagen würde ich sie mir von ihm ausleihen — als Vorlage für eine Arbeit oder so. Dann würde ich das verdammte Ding verlieren, ins Meer schmeißen oder so. Er würde toben, ich würde mich entschuldigen, ihm Geld für eine neue Pistole anbieten.

Ich seufzte. Die Pistolenbeschaffung war also einfach.

Das Schwierige war das Wegkommen nach der Tat. Ich legte mir zurecht: Ich parke das Auto in der Nähe des Ladens, und nachdem ich Mac erschossen und einen Raubmord vorgetäuscht habe, fahre ich weg, halte irgendwo an, um meinen ausgestopften Anzug auszuziehen und mir die Farbe aus dem Haar zu waschen. Ich stecke mir Tampons in die Nase und Watte in die Backen, um meine Gesichtsform zu verändern, klebe mir eine Warze an . . . Ich muß gesehen werden — damit die Polizei einen dicken, dunkelhaarigen Mann mit breiter Nase und einer Warze im Gesicht sucht.

So würde es richtig sein. Aber es gab viele schwache Stellen in meinem Plan. Was, wenn Tony dahinterkam, daß die Pistole weg war? Was, wenn Alice am Morgen herüberkam, um nach Elma zu sehen, und feststellte, daß ich nicht da war? Was, wenn ich nicht rasch genug flüchten konnte und mir den Weg erst freischießen mußte? Was, wenn mich jemand in den Wagen steigen sah, sich die Zulassungsnummer merkte? Großer Gott, vielleicht hatte Mac eine Angestellte? Vielleicht hatte Mac eine Pistole und erschoß mich!

Ich fand keine Lösung für diese Probleme. Ein perfektes

Verbrechen hängt zum Großteil vom Glück ab — und entweder hatte ich Glück, oder ich hatte keines. Ich konnte nur hoffen, daß ich welches hatte.

Als die Nacht langsam in den Morgen überging, war ich im Badezimmer und überlegte fieberhaft. Ich hatte mir noch einiges ausgedacht. Ich wollte mir eine Dose wasserlösliche Anstrichfarbe kaufen, einen Kotflügel anstreichen, um den Wagen auffällig zu machen, und dann die Farbe abwaschen, bevor ich nach New York zurückfuhr. Sollte ich vielleicht auch New Jersey-Nummernschilder klauen? Nein, das wäre zu riskant . . . Lieber wollte ich meine eigenen verschmutzen.

Ich zog mich an und trank Kaffee. Elma schlief noch. Um neun ging ich zu den Alvins hinüber. Alice stand, einen Morgenrock über dem Nachthemd, in der Küche.

Sie sagte zu mir: »Du siehst aus, als ob du einen Kater hättest, Marsh.«

»Habe kaum geschlafen. Elma hatte eine unruhige Nacht. Hör mal, ich muß in die Stadt. Könntest du heute vormittag auf Elma aufpassen?«

»Natürlich. Ich kann ja drüben schreiben. Dieses eine Kapitel habe ich jetzt dreimal umgearbeitet. Die arme Elma! Ich verstehe das nicht — sie hat immer so ruhig und gesund gewirkt, und dann . . .«

»Der Doktor sagt, manche Frauen haben beim ersten Kind Schwierigkeiten. Und dann habe ich gestern abend vergessen, ihr eine Tablette zu geben. Heute abend werde ich aber bestimmt daran denken. Du brauchst morgen vormittag also nicht herüberzukommen.«

Mein Herz schlug schneller, denn nun hatte ich beschlossen, daß es morgen sein sollte! Innerhalb von vierundzwanzig Stunden würde ich ein Menschenleben auslöschen.

Ich kehrte nach Hause zurück und vertauschte meine Freizeitkleidung mit einem ordentlichen Anzug. Eine Stunde später kam Alice herüber. Elma schlief noch immer. Ich trug Alice auf, Elma auszurichten, ich müsse zu meinem Agenten und würde vor dem Abendessen wieder da sein.

Ich fuhr weg, dann kurvte ich schnell zum Haus der Alvins zurück. In Sandyhook sperrte niemand seine Türen zu. In einer Schublade fand ich die Luger und ein volles Patronenmagazin. Auch da mußte ich vorsichtig sein. Tony durfte nicht merken, daß eine oder auch mehrere Patronen leergeschossen waren — falls er sich die Pistole ansehen sollte. Ich hatte während der militärischen Grundausbildung eine 45er auseinandergenommen und hoffte inständig, daß es mir auch mit der Luger gelang, damit ich den Gestank des Kordits aus ihr wegbrachte.

Als ich nach New York fuhr, überfiel mich ein neuer Schreck. Was, wenn ich in New Jersey einen Platten hatte, oder der Motor machte Scherereien? Die einzige Vorsorge, die sich da treffen ließ, war, den Wagen Len zur Inspektion zu geben.

Ab und zu tastete ich nach der Luger in meiner Tasche. Schon die Berührung der Waffe verlieh mir eine gewisse Zuversicht. Die Tatsache, daß ich den Tod in der Tasche hatte, gab mir ein Gefühl der Stärke, der Macht. Es war unbegreiflich — ich besaß eine Pistole in einer Welt voller Pistolen, und doch war mir fast so, als sei meine die einzige.

Ich fuhr direkt nach Newark hinüber und machte Macs Geschäft ausfindig. Es war ein kleiner Laden in einer Nebenstraße. Ich ging mehrmals langsam daran vorbei und sah durchs Schaufenster nur einen großen, dicken Mann hinterm Pult. Nach Elmas Beschreibung mußte das Mac sein. Ich stieg in den Wagen und fuhr durch die Gegend, bis ich mehrere Plätze gefunden hatte — einen davon weit vom Laden entfernt —, wo ich parken konnte. Dann fuhr ich die Strecke zur Schnellstraße ab und prägte mir die Route genau ein. Der Gedanke ließ mich nicht los, daß mir irgendein kleines Versehen zum Verhängnis werden könnte.

Vor ein paar Wochen hatte ich in der Zeitung einen Bericht über einige Typen gelesen, die Gold geschmuggelt hat-

ten. Viel Geld war dabei im Spiel, und sie hatten nach ausge-
tüftelten Plänen gearbeitet, hier und im Ausland. Sie wurden
geschnappt, als sie in einer Parkverbotszone in Manhatten
geparkt hatten, um das Geld zu teilen. Ein Schutzmann kam
nachsehen, warum sie da parkten — und aus war's!

Nachdem ich an der 34. Straße aus dem Lincoln-Tunnel
herausgekommen war, hielt ich vor dem Kaufhaus Macy's,
wo ich mir eine Haarfarbe kaufte, die man mit einem dazuge-
hörigen Kamm aufträgt. Außerdem erstand ich eine Dose
blaue Tünche. Ich fuhr zur Bowery und kaufte einen getrage-
nen Anzug in der passenden Größe für einen kleinen, korpu-
lenten Mann, besorgte mir bei einem Trödler eine alte Steppdecke. Der Anzug war blau mit Nadelstreifen, genau richtig
— auffällig und fadenscheinig.

Als ich an einem Eisenwarenladen vorbeikam, hatte ich
eine glänzende Idee — ich trat ein und kaufte mir so einen
Handhaken, wie ihn die Hafenarbeiter benützen. Am Times
Square ging ich in einen Drugstore, gab mich als Angehöri-
ger einer kleinen Theatergruppe aus und kaufte eine
Schminkausrüstung einschließlich einer großen künstlichen
Warze, in der zwei borstige schwarze Haare steckten. Ich be-
hielt nur die Warze und warf den Rest der Schminkutensilien
in verschiedene Abfalltonnen, als ich zu meinem parkenden
Wagen zurückging.

Auf dem Weg nach Sandyhook machte ich in Lens Garage
Station, ließ Benzin und Öl nachfüllen, sagte zu Len, der
Motor spuckt, und er brauchte eine Stunde, um ihn zu über-
prüfen. Ich ging mittlerweile zu Mittag essen. Ich hatte Ver-
trauen zu Len, er war einer von diesen langsamen, aber
gründlichen Mechanikern, die ein Auto behandeln wie eine
Geliebte.

Es war fast vier, als ich zurückkam. Alice und Elma unterhielten sich im Schlafzimmer. Ich schwindelte ihnen vor, daß
ich meinen Agenten nicht angetroffen hatte und warten
mußte, und daß ich dann in Dayton, wo es ein tolles Kunst-

zentrum gibt, eine Ausstellung besucht hätte, von der ich gehört hatte.

Elma wirkte ausgeruht, und als Alice endlich gegangen war, gab ich Elma die Zeitung zu lesen und verzog mich in mein Atelier. Ich schnitt die Steppdecke in Stücke und nähte sie mit groben Stichen in die Jacke und die Hose des Anzugs. Ich verknautschte die Jacke noch zusätzlich, und als ich sie über mein eigenes Anzugjackett anzog, kam ich mir vor wie in einer Zwangsjacke, aber ich sah aus wie ein wandelndes Bierfaß. Ich kämmte mir ein bißchen Farbe ins Haar, klebte mir die Warze an, stopfte mir Watte in die Nase, malte mir Schatten unter die Augen — und steckte mir zum Schluß noch den Handhaken hinter den Gürtel. Ich setzte eine alte Mütze auf und betrachtete mich aufmerksam im Spiegel.

Ich sah aus wie ein kleiner, auf den Hund gekommener Ganove. Ich steckte mir noch eine Wattekugel in die linke Backentasche — und das veränderte die Kontur meiner Wange völlig. Ich kramte eines meiner schlechtesten Hemden und eine verschossene, knallige Krawatte heraus und entfernte alle Wäschereizeichen. Dann zog ich mich aus und übte das Verstauen des Anzugs in zwei großen Einkaufstüten. Als nächstes füllte ich einen Fünfliterkanister mit Wasser. In zwei Minuten hatte ich mir die Farbe aus dem Haar gewaschen und war wieder blond. Ich probierte die blaue Tünche auf einem Stück Metall aus — sie ließ sich leicht abwaschen. Ich wiederholte das Haarwaschen — es dauerte genau zwei Minuten.

Ich war soweit.

Mit dem Hemd zuerst das Haar abtrocknen, dann die Farbe vom Kotflügel wischen, die Nummernschilder säubern. Den Kanister wegwerfen, die Tüten mit den Anzugteilen loswerden — und ich war wieder ein gewöhnlicher Mann in einem alten Chevrolet; es bestand kein Grund, mich anzuhalten.

Doch wo sollte ich die Kleidungsstücke loswerden? Im

Wagen konnte ich sie nicht behalten — falls ich doch angehalten werden wollte. Ich konnte sie verbrennen, aber das würde sicherlich Aufmerksamkeit erregen.

Ich ließ die Kleiderfrage vorläufig sein und nahm mir die Luger vor. Einen experimentellen Schuß abzugeben, kam nicht in Frage, aber ich nahm die Waffe auseinander und setzte sie wieder zusammen — dann wußte ich über sie Bescheid. Ich wusch ein paar alte Glacéhandschuhe, spülte sie sorgfältig aus, damit ihnen keine Tonpartikel anhafteten, und hängte sie zum Trocknen auf. Das war gut gegen Fingerabdrücke.

Ich stellte alles in eine Ecke des Ateliers, füllte sogar den Kanister mit Wasser, damit ich mich am Morgen nicht aufzuhalten brauchte. Ich bereitete das Abendessen für Elma, und anschließend hörten wir Schallplatten. Ich zermarterte mir dauernd das Gehirn, was ich denn bloß mit dem verdammten Anzug machen sollte.

Ich gab es auf — beschloß, ihn irgendwo in Manhatten in einen Abfallkorb zu werfen. Das war eine schwache Stelle in meinem Plan, aber mir fiel nichts anderes ein — obwohl ich dabei dauernd an die Goldschmuggler in der Parkverbotszone denken mußte. Wäre doch typisch, die Tüten wegzuwerfen und dann wegen Verunreinigung der Straße festgenommen zu werden!

Elma schien in guter Stimmung zu sein, und wir spielten sogar ein bißchen Karten. Ich brachte sie um zehn Uhr zu Bett und ging dann auf einen Sprung zu den Alvins. Tony verlor kein Wort darüber, daß die Pistole weg war. Ich sagte ihnen, Elma sei sehr müde, ich habe ihr eben eine Tablette gegeben, und sie sollten uns am Morgen nicht stören. Alice sagte, sie habe allerhand abzutippen und eine Menge Hausarbeit, werde aber am Nachmittag herüberkommen.

Als ich zurückkam, hörte Elma Radio. Ich setzte mich in einen Sessel und schlief ein — was ich nicht für möglich gehalten hätte. Ich war wohl so nervös, daß ich ganz erschöpft war. Ich erwachte, als Elma rief: »Marsh, es ist Mitternacht. Komm ins Bett. Letzte Nacht bist du wegen mir ja kaum zum Schlafen gekommen.«

Als ich im Bett lag, döste Elma ein. Ich lag da und fürchtete mich, einzuschlafen. Was, wenn ich verschlief? Aber ich war viel zu aufgekratzt, um einzuschlafen. Um vier Uhr holte ich die Tablette und ein Glas Wasser, dann rüttelte ich Elma sacht wach.

»Liebes, du hast deine Tablette vergessen.«

»Wie spät ist es?«

»Kurz nach eins. Nun . . .«

»Erst? Ich fühle mich, als hätte ich Stunden geschlafen.«

Sie nahm die Tablette ein, und um halb fünf schlief sie fest. Ich zog mich schnell an, trank einen Schluck Whisky, dann trug ich meine Sachen zum Wagen. Das Dorf schlief noch, und ich sah beim Wegfahren keine Menschenseele.

Der Morgen war trüb und kalt, so richtig geeignet fürs Töten, könnte man sagen, aber für meine Nerven war es nicht gut. Ich trat das Gaspedal durch, doch dann dachte ich daran, daß es mir gerade noch fehlen würde, wegen zu schnellen Fahrens angehalten zu werden, und verringerte das Tempo. Um fünf vor sechs kam ich über die Brücke an der 59. Straße und ging einen Kaffee trinken. Das schäbige Lokal war voll von schläfrigen Männern auf dem Weg zur oder von der Arbeit. Wie ich mir wünschte, einer von ihnen zu sein, und nicht auf dem Weg, einen Mord zu verüben!

Dem Kaffee gelang, was der Whisky nicht zustandegebracht hatte: mich zu beruhigen. Ich trank noch eine Tasse, aß einen Krapfen und war in Ordnung. Nachdem ich die Gebühr bezahlt hatte und durch den Tunnel fuhr, überlegte ich, ob ich Mac sagen sollte, wer ich sei, bevor ich ihn niederknallte. Das hatte etwas für sich, aber wenn er zufällig nicht gleich starb, würde er es der Polizei weitersagen.

Eines hatte ich nicht bedacht — wo ich ihn treffen sollte.

Der Magen war die größte Zielscheibe — seinen Kopf verfehlte ich vielleicht, sogar aus kurzem Abstand.

In New Jersey verließ ich die Schnellstraße an einem Punkt, den ich mir tags zuvor ausgesucht hatte, und parkte an einer bewaldeten Stelle. Ich vergewisserte mich durch einen Rundblick, daß ich allein war, dann strich ich schnell einen der Kotflügel an, rührte ein bißchen Kot an und verschmierte die Nummernschilder. Ich zog mir das Hemd mit der knalligen Krawatte an, streifte den wattierten Anzug über, färbte mir das Haar und klebte mir die Warze auf die Wange. Ich hängte mir den Handhaken an den Gürtel und setzte die Mütze auf, als mein Haar trocken war. Ich stopfte mir Watte ins rechte Nasenloch und steckte mir einen Bausch in die rechte Backe.

Ich überprüfte meine Aufmachung und fuhr in Richtung Newark.

Um acht Uhr erreichte ich den Laden, der selbstverständlich geschlossen war. Das war die erste Panne — ich mußte eine halbe Stunde warten. Plötzlich bekam ich es mit der Angst zu tun, sagte mir, es wäre gescheiter, heimzukehren, es erst morgen zu versuchen ...

Aber jetzt hatte ich mich dazu durchgerungen, und morgen war es vielleicht schon zu spät. Ich fuhr in der Gegend herum, und als ich wieder an dem Geschäft vorbeikam, war es halb neun, und der verdammte Laden war noch immer geschlossen. Aber einige andere Geschäfte hatten schon geöffnet.

Ich parkte den Wagen und wartete.

Viertel vor neun stieg ich aus und wanderte an dem Geschäft vorbei. Er hatte eben geöffnet, stand noch in Hut und Mantel hinter dem Ladenpult und las die Post.

Auf der Straße waren ein paar Leute. Polizei sah ich keine.

Ich wartete mit zitternden Knien. Ich wartete und wartete ... Dann ging ich entschlossen hinein, ging wie ein Mann auf dem Weg zur Hinrichtung. Ich wollte es hinter mich bringen.

Mac lächelte berufsmäßig, als er sagte: »Guten Morgen. Womit kann ich dienen?«

Er musterte meinen billigen Anzug, und seine Miene verriet, daß er sich von mir als Kunden nicht viel erwartete.

»Haben Sie Medaillons?« hörte ich mich mit fremder Stimme fragen. Ich redete mit einem Akzent, den ich für italienisch hielt. Ich weiß nicht, warum ich mich ausgerechnet für einen Italiener ausgab.

»Gewiß, jede Menge. An ungefähr welche Preislage hatten Sie gedacht?«

Ich stand direkt vor ihm, als ich die Luger herausriß; mein Körper verdeckte die Waffe vor etwaigen Straßenpassanten.

»Überfall!« sagte ich heiser. »Pfoten aufs Pult legen — nicht in die Luft strecken! Verhalten Sie sich ruhig, dann passiert Ihnen nichts.«

»Selbstverständlich«, würgte er heraus, aschgrau im Gesicht. »M-ein ganzes G-eld ist in der Registrierkasse. Bitte, tun Sie mir nichts.«

»Kommen Sie mit — zur Kasse.«

Wir schoben uns beide seitlich zur Kasse, bewegten uns wie ein ungelenkes Tanzpaar. Ich schwenkte die Pistole.

»Aufmachen!«

Er drückte auf einen Knopf, und die Schublade schnellte vor; ich zuckte erschrocken zurück. Mit der Linken raffte ich eine Handvoll Geld zusammen, dann forderte ich seine Brieftasche von ihm. Geld und Brieftasche stopfte ich dann in meine linke Tasche.

Auf dem Pult lag ein Tablett mit Modeschmuck, den ich auch nahm und in die Tasche steckte.

Ich riet ihm: »Mister, zehn Minuten lang rufen Sie niemanden. Verstanden, Mister?«

»J-ja.«

Er war keinen halben Meter von mir entfernt, und ich zielte mit der Luger auf sein Herz. Mein eigenes Herz schlug wie ein Hammer, als ich den Abzug durchzog.

Ein winziger Riß, ein Schlitz, der zu einem Loch wurde, erschien in seinem Mantel. Das war alles.

Verblüffung zeigte sich auf seinem Gesicht, als er zurücktaumelte, die Augen fassunglos aufgerissen. Dann fiel er langsam und lautlos unter das Pult.

Eine Sekunde lang blieb es still, dann schien der ganze Laden vom Donner des Schusses widerzuhallen. Ich steckte die Pistole in die Tasche und ging hinaus — zwang mich, nicht zu laufen.

Die Straße sah normal aus. Zwei Männer standen drei Türen weiter im Eingang eines Herrenausstattungsgeschäfts und unterhielten sich. Sie warfen mir einen Blick zu, als ich vorüberging, aber das war alles. Auf der Straße hatte man von dem Schuß nichts gehört. Ich steckte die Hände nicht in die Taschen, mußte auf das Gefühl der Sicherheit verzichten, das die Pistole mir verliehen hätte. Ich bog um die Ecke, stieg in meinen Wagen und fuhr — direkt in ein rotes Lichtsignal.

Die Spannung war furchtbar. Am liebsten hätte ich geschrien, mir die Lunge aus dem Leib gebrüllt — weil ich im Wagen sitzen mußte, keine dreißig Schritt von dem Laden entfernt. Ich schaute mich beklommen um, bemerkte einen Paketzustellwagen der Post auf der gegenüberliegenden Straßenseite. Falls auch ein Päckchen für Mac dabei war, entdeckten sie die Leiche in ein paar Minuten — vielleicht in ein paar Sekunden ... Verdammtes Rotlicht, da saß ich und wartete auf ...

Als das ersehnte Grün kam, fuhr ich weiter, darauf bedacht, die zulässige Höchstgeschwindigkeit nicht zu überschreiten. Ich spuckte den Watteknubbel aus dem Mund, zog den Tampon aus der Nase, riß mir die Warze vom Gesicht.

Dann warf ich einen Blick aufs Lenkrad — und wurde fast ohnmächtig. Ich hatte keinen Handschuh an der rechten Hand!

Fieberhaft suchte ich in meinen Taschen nach dem rechten

Handschuh. Er war nicht da ... Dann sah ich ihn auf dem Sitz neben mir. Das war eine Erleichterung ... Wenn ich ihn im Laden verloren hätte ... Großer Gott, ich hatte wahrscheinlich vergessen, ihn anzuziehen! Man würde Fingerabdrücke finden — der Laden mußte ja ganz voll davon sein! Ich versuchte mir einzureden, daß ich nichts mit der rechten Hand berührt hatte, daß ich bloß die behandschuhte Linke benützt hatte ... Aber stimmte das?«

Ich erreichte die Schnellstraße, gewärtig, jeden Moment Polizeisirenen hinter mir zu hören. Mir barst fast der Kopf, als ich mir jede Bewegung ins Gedächtnis zurückzurufen versuchte, die ich im Laden gemacht hatte. Habe ich die Tür mit der rechten Hand aufgestoßen und dabei Fingerabdrücke hinterlassen, die mit denjenigen im Militärarchiv verglichen werden können? Nein, die Tür war offen — ich glaube, sie war offen — ich bin so gut wie sicher, daß sie offen war. Wie war das mit dem Pult ... Habe ich die rechte Hand daraufgelegt? Diese verdammte unbehandschuhte rechte Hand! Vielleicht, aber ich hatte doch die Pistole in der rechten Hand ... Ja, ich hatte die rechte Hand in der Tasche, die ganze Zeit, und hielt die Pistole. Kein Grund zur Aufregung, meine rechte Hand war ... Wirklich? O Gott, habe ich Fingerabdrücke hinterlassen?

Ich bog von der Straße ab, fuhr wieder zu der bewaldeten Stelle und schaltete den Motor aus. Ich schwitzte in meinem ausgestopften Anzug wie ein Schwein. Ich musterte prüfend die Bäume und Büsche, dann zog ich mich schnell aus, steckte die Kleidungsstücke in zwei Papiertüten. Der Modeschmuck fiel dabei aus den Taschen, und ich schleuderte das Zeug ins Gras. Ich hatte dreiunddreißig Dollar aus seiner Registrierkasse genommen, in seiner Brieftasche befanden sich weitere fünfzehn. Ich schob das Geld samt der Brieftasche in meine hintere Hosentasche, legte die Pistole und den Handhaken unter den Wagensitz. Ich wusch mir gründlich das Haar. Die Farbe löste sich gleich auf, ich trocknete mich mit dem Hemd ab, dann nahm ich mir den Wagen vor. Es dauerte länger, als ich erwartet hatte, bis die Farbe von dem Kotflügel abgewaschen war. Ich hätte mehr Wasser gebraucht, aber endlich bekam ich das Blau doch herunter.

Auf der Fahrt zum Tunnel warf ich den Kanister weg, bemühte mich, einen klaren Kopf zu behalten — und konnte an nichts anderes denken als an die Fingerabdrücke, die ich hinterlassen haben konnte.

Ein Polizist auf einem Motorrad überholte mich, und mir wurde schwarz vor den Augen. Aber er stoppte nicht, und um genau 9.32 Uhr kam ich aus dem Tunnel heraus und schlug die Richtung zur Brücke an der 59. Straße ein. Als ich vor einem Rotlicht halten mußte, stieg ich aus und schob eine der Tüten mit meinen Kleidern unter die anderen Papiertüten mit Abfall in einem Drahtkorb.

In der Second Avenue kam ich an der Müllabfuhr vorbei, fragte, ob ich auch etwas hineinwerfen dürfte, und einer der Männer sagte »Klar«, und es war mir eine große Erleichterung, als die zweite Tüte unter dem Metallgreifer verschwand, als ob der Wagen sie verschluckt hätte.

Ich begann wieder freier zu atmen, obwohl mich der Gedanke an die Fingerabdrücke nicht losließ. Als ich vor der Brückeneinfahrt vor einem Rotlicht halten mußte, drohte mir ein bulliger Verkehrspolizist mit dem Finger, und ich hätte beinahe geschrien.

Er kam ein paar Schritte näher und sagte: »He, waschen Sie mal bei nächster Gelegenheit Ihre Nummernschilder, Mann!«

Ich sagte »Selbstverständlich« und fuhr weiter, und als ich über die Brücke war, zog ich ein Taschentuch heraus, befeuchtete es mit meinem Schweiß und säuberte die Nummernschilder. Als ich die Autobahn erreichte, trat ich aufs Gaspedal. Ich brauste an Sandyhook vorbei, zum Meer, hielt kurz an, um den Handhaken ins Wasser zu werfen, dann kehrte ich nach Hause zurück, ohne das Dorf zu berühren.

Ich sah keinen Menschen. Es war elf Uhr, und die meisten Leute befanden sich wohl in der Arbeit oder noch in den Häusern.

Ich nahm die Pistole und ging leise ins Haus. Alles war ruhig, Elma schlief noch. Ich zog mich rasch aus, versteckte Pistole und Brieftasche in meinem Atelier, dann legte ich mich ins Bett. Zu meiner Überraschung schlief ich sofort ein.

Ich hatte einen Alptraum.

Ich befand mich wieder im Laden, doch diesmal ging alles schief. Ich sah die ganze Szene durch eine Art Netzwerk hindurch, das wie rotes Neonlicht zu leuchten schien. Mac lachte mich wie ein Idiot an, zückte plötzlich eine Pistole und durchsiebte mich mit Geschossen. Aber ich spürte keinen Schmerz. Eine elektrische Alarmanlage schrillte, und als ich mich zur Flucht wandte, landete ich in den Armen eines hünenhaften Polizisten, der mich festhielt, während Mac mir die Warze und den ausgestopften Anzug abriß und dabei vor Lachen brüllte. Dann deutete er auf das Neonnetzwerk, und ich erkannte plötzlich, was es war — ein riesiger Fingerabdruck. Der Polizist begann, mir mit dem Gummiknüppel auf den Kopf zu schlagen ...

Ich erwachte mit einem Ruck, in Schweiß gebadet. Elma stöhnte.

Als ich sie fragte, wie sie sich fühlte, sagte sie: »Mir ist sehr übel.«

»Nur keine Aufregung. Soll ich den Doktor rufen?«

Sie nickte.

Es war ein Uhr nachmittags: Mein Alibi war perfekt. Als ich mich anzog, meinte ich, sie habe vielleicht Hunger, aber schon bei der Erwähnung von Essen wurde sie blaß. Ich rief den Arzt an, dann ging ich nachsehen, ob Alice zu Hause war — sie schien auf Elma eine beruhigende Wirkung auszuüben.

Alice stand unter der Haustür, als ich den Pfad heraufkam. Die Pistole hielt ich versteckt hinter dem Rücken. Alice starrte mir neugierig entgegen.

»Die elenden Mücken haben mich die ganze Nacht gebissen«, sagte ich, mich kratzend; die Pistole zeigte ich nicht her.

Ihr Gesicht verzog sich zu einem Lächeln.

»Mich auch, Marsh. Wie geht es Elma?«

»Nicht besonders. Könntest du nicht einmal nach ihr sehen?«

Sie hatte nichts dagegen, und kaum war sie gegangen, putzte ich die Luger mit einem improvisierten Reiniger und Feuerzeugbenzin, dann legte ich sie in Tonys Schublade zurück.

Der Mord erschien mir wie etwas, was vor einer Ewigkeit passiert war. Sogar die Fingerabdrücke machten mir keine Sorgen mehr; irgendwie war ich überzeugt, daß ich die rechte Hand nicht von der Pistole genommen hatte.

Drüben bei uns informierte Alice Elma gerade über den neuesten Dorfklatsch. Ich versuchte etwas zu essen, mußte mich aber übergeben. Ein Schluck Whisky blieb unten, wärmte mein Inneres.

Der Doktor verbrachte lange Zeit bei Elma.

Alice und ich saßen in der Küche, und Alice sagte. »Ich mache mir Sorgen. Sie sieht heute wirklich krank aus.«

»Sie hat dauernd Brechreiz — daher kommt das wahrscheinlich.«

Der Doktor kam mir sorgenvoller Miene in die Küche.

Er sagte: »Ich habe ihr eine Vitaminspritze gegeben. Ich verstehe nicht, was sie beunruhigt. Vor der Geburt hat sie anscheinend keine Angst . . .«

»Es geht ihr schlechter?«

»Schwer zu sagen. Jameson, Sie haben doch nicht etwa Streit mit Ihrer Frau? Selbst das kleinste Vorkommnis kann eine Frau in ihrem Zustand erschüttern. Sie wollen das Kind doch wirklich, oder?«

»Sie haben keine Ahnung, wie sehr ich es will!« Es hätte nicht viel gefehlt, und meine Stimme wäre gebrochen, als ich daran dachte, wie mir daran gelegen war, daß Elma ihr Kind behielt ... Ich hatte für Elma und das Kind sogar gemordet!

»Tja, mehr kann ich nicht tun. Sie braucht unbedingt Ausgeglichenheit. Und Sie sollten sich auch schonen. Sie klingen ein bißchen hysterisch.«

Elma schien im Laufe des Tages schwächer und apathischer zu werden. Es war drückend schwül, und sie litt darunter. Ich wusch sie mit dem Schwamm, wechselte mehrmals die Bettwäsche, um ihr Kühlung zu verschaffen. Alice und ich ließen sie keine Sekunde allein, spielten ihre Lieblingsplatten, lasen ihr vor, sprachen über Alices Buch — doch Elma lag da, als hätte sie mit dem Leben abgeschlossen.

Nachdem die Spätausgaben der New Yorker Blätter mit dem Abendzug gekommen waren, las ich jede Zeile, aber von dem Mord stand nichts drin. In den Newarker Zeitungen war bestimmt eine Meldung darüber, aber die konnte ich mir nicht besorgen ...

Dann traf es mich wie ein Schlag — die Ironie des Ganzen, die absurde Zwickmühle, in der ich mich befand: Es gab keine Möglichkeit, Elma zu sagen, daß Mac tot war, ohne daß ich mich selbst bloßstellte!

Was, wenn sie vor lauter Kummer eine Frühgeburt erlitt oder starb, bevor sie von Macs Tod erfuhr? Dann wäre ich ganz umsonst zum Mörder geworden! Es war furchtbar, so neben Elma zu sitzen, zu sehen, wie sie litt, und ihr nicht sagen zu können, daß die Ursache ihrer Krankheit nicht mehr existierte, daß das Kind ihr allein gehörte — uns allein. Doch ich mußte dasitzen, zuschauen und schweigen. Der Doktor riet, ihr an diesem Tag keine Beruhigungsmittel mehr zu geben, und ihr leises, jammervolles Weinen brachte mich fast um den Verstand.

Ich redete ihr zu, bat sie, sich zusammenzunehmen. Aber sie schluchzte nur: »Du hast recht, Marsh ... Es ist so eine Zumutung für dich. Ich bemühe mich ja, wirklich, aber — aber ...« Und ihre Stimme erstickte wieder im Schluchzen.

Der Doktor rief an und versprach, noch einmal vorbeizukommen, bevor er ins Bett ging, und da wußte ich, daß es mit
Elma schlecht stehen mußte. Alice und Tony schauten nach
dem Abendbrot herein, erkundigten sich, ob ich gegessen
hatte. Ich sagte ja, aber das war gelogen. Ich war halb betrunken, denn ich hatte mich den ganzen Tag über aus der Flasche gestärkt. Ich ging noch eine Flasche kaufen, und es war
ein schwerer Schock für mich, als mir bewußt wurde, daß ich
mit ›seinem‹ Geld zahlte.

Seine Brieftasche enthielt nicht viel — einen Führerschein,
die Mitgliedskarte eines Einzelhändlervereins, einen Mahn-
brief, einige Blankoschecks. Ich ging zu unserer selbstgebau-
ten Müllverbrennungsanlage hinter dem Haus, übergoß die
Brieftasche mit Feuerzeugbenzin und schaute zu, wie sie ver-
brannte.

Alice und Tony gingen heim. Elma starrte mit leeren Augen zur Zimmerdecke. Ich saß neben ihrem Bett wie ein
trauernder Hinterbliebener. Im Radio versuchte ein Schallplattenjockei, sich selbst zu überbieten. Es war beinahe neun
Uhr. Ich mußte es entweder riskieren, Elma einzuweihen —
was sie wahrscheinlich umbringen würde — oder am Morgen
nach New York fahren und eine Newarker Zeitung holen,
falls Elma die Nacht überlebte. Aber das würde verdächtig
aussehen; ich hatte noch nie eine Newarker Zeitung gekauft.
Aber irgend etwas mußte ich schließlich tun — Mord war anscheinend noch nicht genug.

Ich zündete meine Pfeife an, fragte Elma, ob ihr der Rauch
nicht lästig sei.

»Nein.«

»Das ist deine Lieblingsmarke — höchst aromatisch.«

»So? Ich rieche nichts.«

»Möchtest du Karten spielen?«

»Nein, Lieber.«

»Soll ich dir vorlesen?«

»Nein.«

Der Schallplattenjockei verlas einen Werbetext, und als die Neun-Uhr-Nachrichten gesendet wurden, schaltete ich eine andere Station ein, um wieder Musik hereinzubekommen. Eine spröde Sprecherstimme sagte: »Und hier noch ein weiteres, aus dem Leben gegriffenes Beispiel, daß Verbrechen sich nicht lohnt. Heute wurde der Newarker Geschäftsmann Maxwell Morse bei einem Überfall erschossen. Der unbekannte Täter vernichtete ein Menschenleben für fünfzig Dollar Bargeld und eine Handvoll Schmuck . . .«

Ich drehte die Lautstärke voll auf und fragte: »Elma, hast du gehört?«

Sie saß aufrecht im Bett und bedeutete mir, zu schweigen. Ihr Gesicht schien mit allen Poren zu lauschen — eine Pose, die ich gern zeichnen, gern modellieren wollte.

»Am Nachmittag fanden Kinder die Schmuckstücke abseits der Schnellstraße, wo sie der Täter vermutlich weggeworfen hatte. Ein Mensch verlor sein Leben wegen ein paar Dollar und einer Handvoll Schmucksachen im Wert von knapp zehn Dollar. — Und nun eine Meldung aus Denver . . .«

Ich schaltete das Radio aus. Elma fiel in die Kissen zurück und begann wieder zu weinen.

Ich streichelte ihr Haar, hätte sie aber am liebsten geschüttelt.

»Elma, vielleicht klingt es ein bißchen grob, aber — schau, wir sind unsere Sorgen los! Das Kind gehört uns, wir können morgen heiraten — du bist Witwe!«

»So einen Tod hat der arme Mac nicht verdient . . . Er hat den Laden immer gehaßt und . . .«

»Was heißt hier der ›arme‹ Mac? Hat er sich darum geschert, ob er dir das Leben zur Hölle macht, ob er dich in Gefahr bringt . . . ›Armer‹ Mac, daß ich nicht lache!«

Elma streckte die Arme aus, und ich küßte ihr nasses Gesicht, während sie flehte: »Marsh, sprich nicht so. Er war so ein Schwächling, er konnte sich so schlecht behaupten. Er hat kein solches Glück gekannt wie wir, und jetzt ist er tot und . . .«

»Liebes, nicht weinen. Du weißt ja, was der Doktor gesagt hat. Nicht schluchzen, das tut dir nicht gut.«

»Ich bin ganz in Ordnung Marsh, wirklich. Jetzt ist es anders . . . Er tut mir bloß leid, weil er aus seinem Leben nichts gemacht hat.«

Als ich sie festhielt, merkte ich die Veränderung in ihrem Weinen. Das waren jetzt die sozusagen abstrakten Tränen, die ein Mensch vergießt, wenn er ein trauriges Bild sieht oder einen kleinen, überfahrenen Hund. Ich drückte Elma zärtlich an mich und wußte, daß alles gut werden würde. Ich begann ebenfalls zu weinen — weil ich immer noch große Angst hatte.

Elma fragte: »Soll ich seine Mutter anrufen?«

»Wozu?«

»Sie wird ganz krank sein und —«

»Ich würde sie jetzt nicht anrufen. Sie ist bestimmt viel zu erschüttert für Gespräche.«

Als ich meine eigenen Worte hörte, die so unbeteiligt und sachlich klangen, war ich von meiner eigenen Härte überrascht. Denn sobald Elma einmal seine Mutter anrief, war dadurch womöglich ein Bindeglied hergestellt zwischen mir und dem Mordfall — und der Polizei.

In dieser Nacht schlief Elma tief und fest — ohne Tabletten. Als der Arzt kam, sagte er, das sei ein ›gesunder Schlaf‹.

Ich hatte den gleichen Alptraum, doch diesmal mit einem knalligen Effekt: Ich rannte aus dem Laden, und ein Motorradpolizist verfolgte mich. Mac saß auf dem Rücksitz, zeigte auf mich und schrie lachend: »Mörder, Mörder!« Dann lief ich in ein riesiges Spinnennetz und verfing mich darin. Das Spinnengewebe verwandelte sich in meinen Fingerabdruck, und Macs Zeigefinger wurde zu einem Pistolenlauf, der Flammen spie, ich spürte das heiße Blei in mich eindringen, ein furchtbarer Schmerz zerriß mich, und ich erwachte mit einem Aufschrei. Mein Kissen war schweißnaß.

Am Morgen aß Elma ein großes Frühstück, und ich brachte es fertig, Kaffee und Toast im Magen zu behalten. Sie beschloß, ihre Schwiegermutter anzurufen. Ich machte Einwände, aber sie ließ sich nicht davon abbringen. Sie führte ein langes Gespräch mit der alten Frau, die sich ihrem Schmerz hemmungslos hingab. Ich hielt das Ohr dicht an den Hörer.

Die Alte sagte: »Elma, wir haben ihn verloren. Gott hat mir alles genommen, was ich auf der Welt hatte. Vielleicht war es falsch von mir, daß ich ihn so geliebt habe, daß ich sein Leben und das deine lenken wollte. Elma, verzeihst du mir?«

»Natürlich.«

»Die Beerdigung ist — morgen. O Gott, morgen wird mein Sohn begraben, morgen!« Als sie schließlich mit dem Schluchzen aufgehört hatte, sagte sie: »In der Blüte seiner Jahre mußte er sterben! Ich frage mich immer wieder: Warum? Warum hat mir das zustoßen müssen, mir und meinem Fleisch und Blut? Immer hat er den Laden gehaßt — er hat ihn ernährt und gekleidet, und er hat ihn getötet. Elma, du mußt zur Beerdigung kommen. Ich habe so wenige Freunde, und ich kenne kaum welche von den seinen . . .«

Ich schüttelte den Kopf. Bei dem Gedanken, ich sollte Elma an den Tatort, dann zum Friedhof fahren, krampfte sich in mir alles zusammen. Das Gestammel der Alten regte mich nicht auf — wahrscheinlich hatte sie mit dem gleichen Gefühlsaufwand Mac eingeredet, er solle das Kind verlangen.

Elma sagte: »Ich fühle mich nicht besonders wohl. Und ich bin ziemlich weit weg von Newark. Ich kann nicht reisen. Ich erwarte nämlich das Kind in ein paar . . .«

»Ach, das Kind! Mein Gott, strafst du mich für das, was ich Elma angetan habe? Elma . . .«

»Ja?«

»Kannst du es über dich bringen, einer alten, eifersüchti-

gen Mutter zu vergeben? O meine Tochter, niemand hat das
Recht, einer Mutter ihr Kind wegzunehmen — wie ich das
eingesehen habe! Wie ich . . .«

Die Alte schnatterte weiter. Ich hörte nicht länger zu und
zündete mir die Pfeife an. Ich dachte, wie gut es war, daß sie
nicht versuchen würde, das Kind an sich zu bringen. Sie hätte
zwar keine so guten Aussichten gehabt wie Mac, aber es wäre
doch sehr unangenehm gewesen, wenn sie es versucht hätte
— und ich hätte Mac umsonst getötet.

Elma unterhielt sich fast eine Stunde lang mit ihr, sprach
ihr Trost zu. Es schien auch Elma gutzutun.

Als der Doktor kam und eine Weile mit ihr allein geblieben
war, machte er mir ein Zeichen, ihn zur Tür zu begleiten, und
sagte dann: »Also, Jameson, Ihrer Frau geht es bedeutend
besser. Ich glaube, sie hat sich gefangen. Die jungen Frauen
heutzutage, die lesen zuviel. Früher wußten sie nichts übers
Kinderkriegen und konnten sich nicht so viel sorgen. Jetzt
liest eine Frau ein paar dieser pseudo-medizinischen Bücher
und ängstigt sich zu Tode. Ich bin froh, daß sie überwunden
hat, was sie gegrämt hat. Sie wird sich erholen und die Geburt bestimmt gut überstehen.«

Der Doktor sollte recht behalten — nach zwei Tagen verließ Elma das Bett und zwar ziemlich munter. Sie rief täglich
die alte Dame an, um sie zu trösten, und die Alte schien Elma
plötzlich wie eine Tochter zu lieben — was ich mit einiger
Skepsis zur Kenntnis nahm.

Ich fuhr nach New York und kaufte alle verfügbaren Newarker Zeitungen, einschließlich derer, die am Mordtag er-
schienen waren. Die Polizei gestand, man habe nicht die geringste Ahnung bezüglich der Identität des Täters, und in
einem Bericht stand sogar, es seien keine Fingerabdrücke gefunden worden. Ich war erleichtert, dachte mir aber, es
könnte auch bloß Journalistengefasel sein. Zwei Ladeninha-
ber sagten aus, sie erinnerten sich an einen dunkelhaarigen,
kleinen, dicken Mann, der zur Tatzeit aus dem Geschäft ge-

kommen war. Einer von ihnen erinnerte sich sogar an den Handhaken, und der andere meinte: »Er sah aus wie ein Gewohnheitsverbrecher.« Die Zeitungen schrieben, die Polizei fahnde in den New-Jersey-Docks nach dem Mann.

Auf der Rückfahrt nach Sandyhook wurde mir einen Moment lang ganz mulmig, als ich überlegte, was ich tun würde, wenn man irgendwen festnahm und ihm die Tat zur Last legte ... Aber ich gab das Nachdenken bald auf.

Als ich Elma sagte, daß wir nun rechtmäßig heiraten konnten, schrie sie vor Lachen — zum erstenmal seit Monaten.

»Ich, mit einer Figur, als hätte ich eine Wassermelone verschluckt? Marsh, der Standesbeamte könnte nicht ernst bleiben. Das wäre ja direkt eine Situation wie in einem dieser alten Witze!«

»Würdest du dich genieren?«

»Ein bißchen. Können wir nicht warten, bis das Kind da ist?«

»Das können wir. Ich habe bloß gedacht, dadurch wird alles einfacher. Aber du hast schon recht, es macht nichts, wenn wir später heiraten. Wir müssen eben in der Klinik schwindeln, daß wir ein Ehepaar sind.« Die nächsten Wochen waren herrlich — wenn auch nicht ganz. Elma strahlte wieder Gesundheit und Glück aus. Wir führten lange, alberne Debatten darüber, wie wir das Kind nennen sollten, je nachdem, ob es ein Junge oder ein Mädchen wurde.

Ich hatte noch immer Alpträume und einen nervösen Magen. Ohne einen ordentlichen Schluck Whisky vor dem Zubettgehen konnte ich nicht einschlafen. Ich fuhr alle paar Tage nach New York und verfolgte die Berichte in den Newarker Zeitungen. Wer behauptet hat, nichts sei so alt wie die Schlagzeilen von gestern, der hatte nicht gewitzelt — der Fall war vergessen. Sogar Macs Mutter sagte zu Elma übers Telefon, die Polizei habe aufgegeben, da keine Hoffnung bestehe, den Täter zu finden — also mich. Die alte Dame war wütend; sie fand, die Polizei strenge sich nicht genug an.

Genau sieben Wochen und drei Tage, nachdem ich Mac erschossen hatte, brachte Elma ein knapp drei Kilo schweres Mädchen zur Welt, das wir Joan nannten. Es kam eine Woche früher als erwartet, aber das Kind war gesund und immer hungrig. Es klingt vielleicht verrückt, oder vielleicht schauen alle neugeborenen Kinder gleich aus, aber die Kleine sah mir ähnlich! Sie hatte Elmas großen Mund, aber das bißchen Haar, das sie hatte, war blond, und sie hatte die gleiche Stupsnase und die gleiche Augenpartie wie ich. Elma und ich lachten schallend über die Ähnlichkeit. Als wir aus der Klinik nach Hause kamen, fanden wir ein unerwartetes Geschenk für das Kind — einen Brief von einem Newarker Anwalt.

Er verwaltete Macs ›Hinterlassenschaft‹, und als Macs rechtmäßige Ehefrau sollte Elma 10 000 Dollar aufgrund einer Lebensversicherung bekommen, die Mac aus irgendeinem Grunde nicht auf seine Mama hatte überschreiben lassen. Dann war da noch eine Unfallversicherungspolice über 5000 Dollar, die Mama in ihrer Eigenschaft als Chefin des Unternehmens für Mac abgeschlossen hatte. Da war ein Privatkonto von 700 Dollar, eine voll möblierte Wohnung und ein Gebrauchtwagen.

Elma und ich berieten lange, ob sie das Geld annehmen sollte. Unser beim Quiz gewonnener Betrag war auf weniger als 400 Dollar zusammengeschrumpft, und das Geld wäre uns wie gerufen gekommen. Aber Elma hatte Bedenken, das Geld anzunehmen, da sie wußte, daß Mac es nicht ihr zugedacht hatte. Doch wenn sie es nicht annahm, dann bekam Mama es, und Mama war bereits gut versorgt. Endlich beschlossen wir, es doch zu nehmen und fünftausend für Joan auf die Bank zu tragen.

Dann begann sich einiges zu tun. Ich traf Sid in der Stadt; ihm schwebten Reproduktionen aus Kunststoff vor, die leichter und billiger herzustellen waren als Gipsabgüsse, und vor allem die Kosten für ein Werk so senkten, daß es für jeden erschwinglich wurde. Als ich mal zu meinem Agenten unterwegs war, aß ich mit Sid zu Mittag, und er war so begeistert von seiner Idee, daß ich mich bereiterklärte, gegen eine Drittelbeteiligung 500 Dollar vorzuschießen.

Mein Kunsthändler überraschte mich mit einer tollen Nachricht: Meine Bronze war für 900 Dollar an eine Privatsammlung im Mittelwesten verkauft worden. Sonderbar, mein erster Verkauf machte mich traurig. Irgendwie paßte es mir nicht, daß meine Leistung nun einem reichen Mann gehören sollte, der kein Talent besaß, außer zum Geldverdienen. Nun ja, aber es war doch eine feine Sache — seine Sammlung wurde immer in diesem oder jenem Museum ausgestellt, und der alte Geldsack bildete sich allerhand darauf ein, als Mäzen zu gelten, und platzte vor Stolz fast aus den Nähten, wenn er irgendwo las: ›Aus der Privatsammlung von Mr. Joe Blow‹.

Der Kunsthändler erkundigte sich, woran ich gerade arbeitete. Zwar hatte ich von Elma und der Kleinen mehrere Skizzen gemacht — die ich dann als zu oberflächlich verwarf —, aber als Arbeit konnte man das nicht bezeichnen. Zum richtigen Arbeiten war ich noch viel zu nervös und beunruhigt. Abgesehen von meinen Alpträumen war da noch etwas sehr Reales, was mit dem Mord zusammenhing.

An dem Tag, als Elma mit Joan nach Newark fuhr, um den Anwalt zu sprechen und Macs Mutter deren Enkelkind zu zeigen, besuchte ich Alice und fragte sie: »Darf ich mir Tonys Pistole ausleihen? Ich habe eine Idee für eine Figur — soll ›Der Gangster‹ heißen. Die Pistole möchte ich als Modell verwenden.«

»Ein ungewöhnlicher Einfall.«

»Ich weiß, aber Verbrechen spielt in Amerika eine große Rolle und ist noch nie in Ton dargestellt worden.«

»Moment mal, wo hat er die Pistole hingetan?« sagte Alice, während sie in mehreren Schubladen suchte. »Habe das scheußliche Ding seit Monaten nicht gesehen.«

Ich schaute Alice beim Suchen zu und hütete mich, ihr zu

verraten, wo die Pistole versteckt war. Alice fand sie schließlich in einer Schublade voller Badeanzüge.

In mein Atelier zurückgekehrt, untersuchte ich das Magazin — es fehlte immer noch eine Patrone. Tony hatte die Pistole offenbar nicht angesehen, oder es war ihm nichts aufgefallen. Ich warf schnell ein paar Skizzen aufs Papier — alle ausgesprochen effekthascherisch —, murkste sogar noch aus Ton einen Gangster zusammen, mit der Pistole als Hintergrund. Dann stieg ich in den Wagen und fuhr zum Meer.

Die See war rauh, die Wogen prallten ans Ufer, und mir kam plötzlich die Befürchtung, die verdammte Pistole könnte an Land gespült werden. Etwa dreißig Kilometer hinter Sandyhook, in Richtung Riverhead, gibt es einen kleinen, tiefen See, der als Wasserreservoir benutzt wird. Nachdem ich mich vergewissert hatte, daß ich allein war, warf ich die Pistole so weit hinaus, wie ich konnte, und als sie unter der glatten Wasserfläche verschwand, überflutete mich ein Gefühl großer Erleichterung, als hätte das Wasser, das die Luger verbarg, auch die letzten Spuren des Mordes von mir abgewaschen.

Als Elma nach Hause kam, sagte sie: »In ein paar Tagen bekomme ich einen Scheck über fünfzehntausend Dollar. Ich habe eine Verzichterklärung unterschrieben, in der steht, daß ich auf die Läden, den Wagen und die Möbel keinen Anspruch erhebe. Mama Morse war ziemlich nett zu mir und natürlich ganz hingerissen von der Kleinen. Aber ich habe ihr in aller Freundlichkeit klargemacht, daß ich es für das beste halte, wenn sie Joan nicht wiedersieht. Ich habe ihr auch von dir erzählt — ohne deinen Namen zu nennen —, und daß wir bald heiraten werden.«

»Wie hat sie das aufgenommen?«

»Mit Fassung. Die arme Frau ist erschreckend gealtert. Sie gibt sich die Schuld an dem, was Mac passiert ist, weil sie darauf bestanden hat, daß er einen der Läden übernimmt.«

»Hat man — äh — noch etwas über den Täter herausgebracht?« fragte ich mit beinahe ruhiger Stimme.

»Sie war über die Polizei sehr erbost, weil die Polizei den Fall angeblich ad acta gelegt hat. Ich habe mit dem Anwalt darüber gesprochen, und der hat mir gesagt, die Polizei hat die einheimischen Spitzel verhört und ist überzeugt, daß der Täter ein auswärtiger Ganove gewesen sein muß.«

»Keine Fingerabdrücke oder andere Spuren?«

Elma schüttelte den Kopf.

»Nichts. Die Polizei hat zu Mama Morse gesagt, daß der Täter früher oder später bei einem anderen Raubüberfall geschnappt werden und diesen hier dann auch zugeben wird.«

»Ja, die Polizei wird schon wissen, was sie tut«, meinte ich. Falls jemand erwartete, daß ich einen zweiten Raubüberfall verübte — der konnte bis in alle Ewigkeit warten!

»Das habe ich Mrs. Morse auch klarzumachen versucht, aber sie hat nichts anderes im Sinn, als Mac zu rächen, und redet dauernd davon, daß nichts getan wird — und daß Gott sie straft, und so.«

»Und dabei hat sie noch ein gutes Geschäft gemacht — hat dafür gesorgt, daß du nicht Macs ganze Hinterlassenschaft bekommst.«

»Wie kannst du so sprechen? Die Hälfte der Sachen habe ich sowieso nicht gewollt. Ich habe bloß die Policen genommen, die Kleinigkeit auf dem Konto habe ich ihr quasi — na ja, zum Geschenk gemacht. Hörst du, wie ich rede? Beinahe ein Tausender, und das nenne ich eine Kleinigkeit!«

»Du redest wie eine vermögende Witwe«, neckte ich sie.

Elma gähnte.

»Und wie eine müde. Seit Monaten war ich zum erstenmal in New York. War nett, aber hier ist es besser.«

»Ich habe mir heute einen guten Tag gemacht«, sagte ich. »Habe mir Tonys Pistole ausgeborgt, als Modell für ein paar Skizzen. Draußen war es so schön, da habe ich mir gedacht, ich gehe auf Kaninchenjagd. Ich —«

»Auf die Jagd?«

»Ja, plötzlich ist es über mich gekommen. Ich bin aber nicht dazugekommen, welche zu schießen — habe die Pistole irgendwo im Wald verloren. Hoffentlich ist Tony nicht wütend. Er soll sich eine neue kaufen und mir die Rechnung schicken.«

Doch als ich es Tony sagte, ging er in die Luft. Ich dachte, er regt sich so auf, weil die Pistole ein Kriegsandenken war, aber er sagte: »Mensch, Marsh, du hättest ein Jahr im Knast absitzen können, wenn man dich ohne Waffenschein erwischt hätte, und ich wäre mit daran schuld.«

»Ich habe bloß so herumgeblödelt, und dabei muß sie mir aus der Tasche gefallen sein.«

»Pistolen sind nicht zum Herumblödeln bestimmt«, schnauzte Tony. »Los gehen wir mal nachschauen, wo du herumgegangen bist. Sonst findet irgendein Kind das Schießeisen, und ich könnte mir das nie verzeihen.«

Tony und ich ›durchsuchten‹ den Wald an diesem Nachmittag, am nächsten und am übernächsten. Ich gab ihm zu bedenken, daß die Pistole wahrscheinlich irgendwo unter dem Unkraut im Schlamm lag und nie gefunden werden würde, und nachdem ich mit ihm nach Riverhead gefahren war und ihm die Scheibenpistole gekauft hatte, die er sich wünschte, beruhigte er sich allmählich.

In der Nacht, nachdem ich die Luger in den See geworfen hatte, quälten mich keine Alpträume; ich schlief wie ein Murmeltier. Am Morgen fühlte ich mich so wohl, daß ich wieder zu arbeiten begann — an einem Kopf von Elma, den ich vor Monaten angefangen hatte. Elma ließ mich immer zuschauen, wenn sie die Kleine stillte, und als ich wieder einmal dabei war, kam mir eine Idee: Kopf eines Kindes, das an einer Brust saugt — aber nur die Nase und einen Teil des Gesichts, und nur einen Teil der Brust . . . Hauptsächlich die Lippen, die sich gierig festsaugten.

Den Rest des Nachmittags machte ich Skizzen; die Idee gefiel mir. Elma fand sie ausgezeichnet, und ich versuchte, ein Drahtgerüst auszutüfteln, das die knifflige Plastik stützen sollte.

Ich arbeitete angestrengt, studierte Elma beim Stillen des Kindes und wußte, daß ich es genau hinbringen mußte, sonst war es nichts. Ich mußte wirklich das Wesen des Stillens einfangen — falls es so etwas überhaupt gibt.

Zwei Wochen später erhielt Elma einen eingeschriebenen Brief mit einem Scheck über 15 000 Dollar in der Anlage, den sie auf unserem gemeinsamen Konto deponierte.

Als ich eine Bemerkung über Steuern machte, lächelte sie unverschämt und sagte: »Du kennst uns ja, die ›Steuerfreien‹. Mamas Anwalt hat das geregelt. Eigentlich hätte ich von Rechts wegen Anspruch auf einen Teil der Läden gehabt, aber wir haben uns dahingehend geeinigt, daß ich darauf verzichte und sie als Gegenleistung für etwaige Steuern und das Anwaltshonorar aufkommt. Da war . . .«

»Hör mal, wann . . .«

»— Diverses im Wert von rund tausend Dollar, das habe ich Mama gegeben, als . . .«

»Schenk dir die Details. Wann wirst du Joan entwöhnen?«

»Interessiert dich denn gar nicht, was ich für Mama getan habe?«

»Laß mich endlich mit Mama in Ruhe«, sagte ich fast böse. »Vergiß die alte Hexe. Wie ist das mit Joan?«

»Sie ist über einen Monat alt, ich kann jederzeit aufhören. Warum?«

»Ich habe mir gedacht, wir könnten für einige Tage ein Kindermädchen nehmen, nach Maryland fliegen und ganz regulär ein Ehepaar werden. Wir könnten noch einmal Flitterwochen machen, diesmal mit staatlicher Sanktionierung.«

Ihr hinreißender großer Mund schenkte mir zuerst ein Lächeln, dann einen Kuß, und Elma flüsterte: »Marsh, das wäre schön, das wäre wunderschön, Lieber.«

»Du weißt doch, daß ich dich nur wegen deines Geldes heirate«, witzelte ich auf meine übliche alberne Tour, als ich sie an mich zog.

»Das ist mir völlig klar. Ihr seid wahrscheinlich so ein Erzschurke, Sir, daß Ihr sogar meinen Mann umgebracht habt, Ihr Scheusal«, lachte Elma.

»Ja, so ein Schurke bin ich«, sagte ich und preßte sie an mich. Meine Stimme klang hohl, als Angst in mir aufstieg und jedes andere Gefühl verdrängte.

Kapitel
6

Der Sommer ließ sich schön an. Wir machten eine siebentägige Hochzeitsreise durch Maryland und flogen auch einmal für ein paar Stunden nach Kentucky, um meine Eltern zu besuchen. Beim Abschied drückte ich meinem Vater hundert Dollar in die magere Hand. Er bedankte sich, starrte das Geld an und fragte: »Was machst du denn jetzt so, Marsh?«

»Ich bin Bildhauer. Ich mache Statuen und Büsten und solche Sachen.«

»Na so was.« Mein Alter befingerte die fünf Zwanzigdollarscheine und sagte: »Mußt ja ganz schön dabei verdienen.«

»Einige tun's, ich nicht.«

»Warum machst du's dann?«

»Ich weiß nicht. Wahrscheinlich, weil es mir gefällt.«

»Hm. Junge, Junge, weißt du denn nicht, daß ›Leben‹ was anderes bedeutet, als das zu tun, was einem gefällt?«

»Nein, Paps, Elma und ich, wir versuchen, soviel wie möglich von dem zu tun, was uns gefällt. Das nennt man Glücklichsein.«

Mein Alter schüttelte den Kopf und steckte das Geld ein.

»Marsh, das kann man sich bloß erlauben, wenn man Geld hat. Und du hast anscheinend welches.«

*

Die Künstlerkolonie von Sandyhook bevölkerte sich wieder; es gab die üblichen Fachsimpeleien und die üblichen Saufereien, und alles war lustig und interessant. Wir nahmen daran teil, und zusätzlich noch an dem Wunder, das ein kleines Kind darstellt. Meine Statue von Elma — ›Entspannt‹ — hatte viel Anerkennung gefunden, und die neue Plastik, die ich ›Hunger‹ nannte, war so fragil, daß ich sie in einzelnen Teilen gießen lassen mußte, und es kostete mich allerhand Mühe, bevor sie endlich fertig war. Sie machte viel von sich reden, besonders, nachdem ein Kritiker fand, sie sei obszön und eine Beleidigung der ›Mutterschaft‹, als mein Kunsthändler sie in seiner Galerie ausstellte.

Damit es keine Mißverständnisse gibt: Ich war kein Schoßkind der Kunstclique, kein Mensch posaunte meinen Namen in der 57. Straße hinaus, aber ich wurde allmählich bekannt. In manchen der faden Sonntagsfeuilletons bezeichneten mich die Kritiker als ›vielversprechend‹ oder als einen ›jüngeren‹ Künstler. Jedenfalls merkte ich, daß ich doch auch jemand war — an der Art, wie Sid und andere zu mir sprachen, meine Meinung einholten —, und ich genoß das Gefühl. Es war nicht das, was sie sagten, sondern wie sie es sagten, was mir wohltat.

Elma und ich waren sehr verliebt, und Joan war ein gesundes, quicklebendiges Kind. Wir beschlossen, sie zum Ballettunterricht zu schicken, sobald sie alt genug war — nicht etwa, weil wir unbedingt eine Tänzerin aus ihr machen wollten, sondern weil Tanzen einen so schönen Körper macht.

Elma steckte voller kleiner Überraschungen. Sie konnte schwimmen wie ein Fisch und liebte das Meer. Sie verbrachte mit Joan, die gern im Wasser plantschte, ganze Tage am Strand. Sie waren beide dunkelbraun gebrannt, und ich beschloß, eine Terrakottafigur von Elma zu machen — eine ›Nackte Badende‹ —, und machte mehrere Aquarellskizzen. Mein Agent war begeistert von der Idee, aber irgendwie war ich immer viel zu beschäftigt mit Schwimmen und Partybesuchen, so daß mir zum Arbeiten keine Zeit blieb. Die Skizzen hatte ich, und das Modellieren hob ich mir für den Winter auf.

Elma erfreute sich großer Beliebtheit bei den Sommergästen. Da sie noch nie eine Lappländerin gesehen hatten, waren sie geradezu glückselig über Elmas Abstammung. Sie versammelten sich in unserem Haus, hörten Elmas alte Schallplatten, führten hitzige, weitschweifige Streitgespräche über King Oliver, Bix Beiderbecke, Bunny Berrigan, die Atombombe und über alles, was ihnen gerade in den Sinn kam. Wir nahmen für Joan ein Kindermädchen, kauften aus zweiter Hand ein Boot mit Außenbordmotor und komische Matrosenmützen und fuhren oft zum Fischen.

Wir lebten einfach herrlich und in Freuden.

Elma und ich hatten natürlich auch kleine Meinungsverschiedenheiten. Sie fand, wir sollten ins Ausland reisen, solange wir das Geld dazu hatten, wohingegen ich auf Sicherheit aus war — ich wollte, unsere Barschaft sollte so lange wie möglich vorhalten.

Elma warf mir vor: »Du selbst hast zu deinem Vater gesagt, Glücklichsein heißt, zu tun, was einem gefällt. Wie die Dinge liegen, mit all den Gerüchten von Krieg, sollten wir das Leben genießen. Joan hat ihr eigenes Geld. Und enden wir nach einem oder zwei Jahren als hungernde Künstler — na, wenn schon! Dann gehe ich eben wieder ins Büro.«

Sie verzichtete auf Europa — nachdem sie alle Reiseprospekte gelesen hatte —, als ich sie darauf hinwies, daß sie bei der Paßbeschaffung Schwierigkeiten haben würde. Als Kompromißlösung einigten wir uns auf eine Fahrt nach Kalifornien und vielleicht auch Mexiko im Winter. Im großen und ganzen lebten wir billig, Geld gaben wir nur für Lebensmittel und Miete aus.

Sid und ein kunstbegeisterter Spielzeugfabrikant arbeiteten an der Verwirklichung der Kunststoffreproduktionen. Sie strengten sich sehr an, erlitten jedoch einige Rückschläge.

Sie erzeugten einige transparente Köpfe, aber die Transparenz nahm ihnen alle Substanz, und als wir mit Farben experimentierten — mit nebligem Grau, Weiß, Blau —, erinnerten uns die Figuren an Sparschweinchen. Aber wir alle hofften dennoch, eines Tages unser Glück zu machen.

Alles in allem war ich noch nie im Leben so glücklich gewesen — bis zu einem Sonntag Anfang August: Einer der Maler ließ es sich immer angelegen sein, Neger zu sich einzuladen. Da er wußte, daß ich aus dem Südstaat Kentucky stamme, machte es ihm anscheinend einen großen Spaß, mich mit ihnen bekannt zu machen.

Eigentlich hatte ich, da ich in einer Fabrikstadt aufgewachsen war und die Fabrik nur Weiße einstellte, als Kind nie einen Neger gesehen. Wahrscheinlich bin ich mit einem gewissen, eingeimpften Vorurteil aufgewachsen, aber das verlor ich zusammen mit meinem Akzent, während ich mich in New York durchschlug. Ich bewunderte die Bildhauerarbeiten von Barthe, einem Neger, doch sonst war ich weder besonders für noch gegen Neger. Für mich waren Leute nie eine Rasse, sondern einfach Menschen.

An diesem Wochenende hatte der Maler einen Westindier zu Besuch, einen älteren, dunkelbraunen Mann namens Sandler. Er hatte ein gutes Gesicht mit einer interessanten hohen Stirn und scharfen Backenknochen und einen schweren Körper, der noch ziemlich muskulös war. Er war so etwas wie ein Gewerkschaftsführer im Hafen, und der Maler brachte mich auf seine dreckige, herablassende Art dazu, Sandler in meinem Boot zum Fischen mitzunehmen. Sandler war, da er von den Antillen stammte, ein passionierter Angler. Ich wollte sein Gesicht studieren, und da ich ohnehin hinausfuhr, war ich froh, Gesellschaft zu haben. Er hatte einen eigenartigen, schlampigen britischen Akzent und redete gern. Während er angelte — wobei er nicht viel fing —, erzählte er mir von seiner Arbeit als Organisator des gewöhnlichen Fußvolks der Dockarbeiter.

Er redete eine Menge: über die Korruption in den Docks, über Diebstahl und Rauschgifthandel, über die Gangsterherrschaft.

»Und die Spitzel!« sagte er. »Da war so ein Weißer, der sich immer bei unserer Gruppe herumgedrückt hat, und der Kerl erwies sich dann als Privatdetektiv, wie ich mir gleich gedacht hatte.«

»Von einem dieser Komitees für Unamerikanische Umtriebe?« fragte ich, weil ich etwas äußern mußte.

Ich zündete meine Pfeife wieder an und beobachtete das Spiel der Muskeln in seinem großen Gesicht, während er sprach. Ich hatte mir seinen Kopf fest eingeprägt, wollte aber nicht den ›Künstler‹ herauskehren und zu skizzieren anfangen, während wir auf den Wellen schaukelten.

Sandler lachte. Er hatte weder weiße Zähne noch ein Zahnpastareklamelächeln, sondern bloß ein schlechtes Gebiß.

»Das haben wir zuerst auch gedacht. Aber er war weiter nichts als ein Privatdetektiv auf der Suche nach einem Ganoven. Da war doch so ein Raubüberfall und ein Mord in New Jersey, und . . . Ich weiß nicht, was ihn auf die Idee gebracht hat, ein Dockarbeiter hätte es getan, aber er hat da eben herumgeschnüffelt. Da haben wir . . .«

Ich rührte mich nicht. Ich grub die Zähne in die Pfeife, und mein Magen drehte sich um, und ich dachte, ich müßte mich übergeben.

Eine Weile sagte ich kein Wort, ließ ihn weiterreden. Doch als wir in einen Schwarm Schellfische gerieten und Sandler sich zu erinnern begann, wie er als Junge in Trinidad geangelt hatte, sagte ich: »Dieser Mensch, der den Mörder gesucht hat — wie war doch gleich sein Name?«

»Wie der Erschossene geheißen hat? Keine Ahnung — hat irgendwo in Newark ein Schmucksachengeschäft gehabt.«

»Nein, der Detektiv.«

»Hat uns natürlich einen falschen Namen genannt, aber als

er uns verdächtig wurde — er hat sich zu sehr vor wirklicher Arbeit gedrückt —, haben wir unsererseits ein bißchen herumgeschnüffelt. Er heißt Harry Logan. Warum fragen Sie?«

»Nur so«, sagte ich und hoffte, daß meine Stimme nicht zitterte. »Hier draußen gibt es im Winter nicht viel zu lesen, und da lesen wir jede Zeile in der Zeitung, einschließlich der Mordberichte. Den Fall habe ich mir gemerkt.«

Sandler holte einen fetten Fisch ein, sagte: »Man sieht ja nichts anderes als Verbrechen in den Schlagzeilen. Ich behaupte, der einzige Weg, die Verbrecher zu kurieren, ist, die Gesellschaft zu kurieren, die es erforderlich macht, daß einer raubt, damit er zu essen hat, oder . . .«

Ich wartete, bis er seinen Vortrag beendet hatte, und fragte dann: »Und der Mann war Privatdetektiv, kein Kriminalbeamter?«

»Privatdetektiv. Wir haben die ganze Geschichte aus ihm herausgebracht. Eine Frau in Newark hat ihn beauftragt, hat ihm ein paar Piepen gegeben und eine Belohnung versprochen. Er hat uns alles erzählt — damit wir ihn für keinen Spitzel mehr halten. Da sieht man es wieder einmal — immer werden schwer arbeitende Leute verdächtigt, besonders Schwarze, und dabei hat er einen Weißen gesucht. Aber die Gangster, die die Docks beherrschen, die werden natürlich nie unter die Lupe genommen, und . . .«

Ich spürte, wie ein Fisch anbiß, aber ich reagierte nicht. Mama Morse hatte also einen Privatdetektiv auf meine Spur gehetzt! Es ging mir zu gut, irgend etwas mußte ja dazwischenkommen. Nichts war vorbei, vergessen; Mac, der niederträchtige Kerl, verfolgte mich — uns — noch immer, sogar aus dem Grab heraus.

Ich krümmte mich in einem plötzlichen Krampf, Schweiß brach mir aus, und Sandler fragte, was mit mir los sei.

»Die Natur verlangt ihr Recht«, gab ich Bescheid. »Holen Sie mal Ihre Leine ein.«

Ich sprang über Bord und hielt mich am Ankertau fest. Das

Wasser brachte mich wieder zur Besinnung. Ich kletterte wieder ins Boot und begann wild drauflos zu reden, animierte Sandler, von den westindischen Inseln zu erzählen, vom Angeln, und überhaupt ... Und die ganze Zeit zitterte noch der Schreck in mir nach darüber, daß ich mich um ein Haar verraten hätte. In Sandyhook hatten wir selbstverständlich nicht über Macs Tod gesprochen, aber der Posthalter wußte, daß Elmas ›Mädchenname‹ Morse lautete, und Sandler brauchte das nur zu hören oder meine Nervosität merkwürdig zu finden, das mit einem plötzlichen Interesse an dem Privatdetektiv zu kombinieren, und er konnte sich ohne weiteres alles zusammenreimen.

Nach einiger Zeit nahmen wir unsere Fische aus, und Sandler staunte wie alle Neuankömmlinge, wie nah die Möwen an uns herankamen, um einander die Fischköpfe und Innereien wegzuschnappen. Fische ausnehmen fördert meine Denktätigkeit, genauso wie Ausfegen oder Fußbodenaufwischen.

Ich dachte fieberhaft nach.

Ein Privatdetektiv namens Harry Logan befaßte sich also mit dem Fall. Macs Mutter hatte ja gleich nicht viel von den Bemühungen der Polizei gehalten und also diesen Privatdetektiv beauftragt. Aber weswegen brauchte ich mich da zu sorgen? Dieser Logan jagte dem Handhaken nach, mit dem ich einen Dockarbeiter vorgetäuscht hatte. Eigentlich konnte er mich mit dem Mord überhaupt nicht in Zusammenhang bringen — falls ich mich richtig verhielt. Er wurde bezahlt, da ging er selbstverständlich jeder Spur nach. Sollte er weitermachen bis zur Bewußtlosigkeit, sollte er ruhig das Geld der Alten aufbrauchen, auf der Suche nach einem kugelrunden, dunkelhaarigen Hafenarbeiter mit Akzent — diese Gestalt gehörte einer anderen Welt an als ich.

Klar, ich war in Sicherheit. Selbst wenn er herauskommen und Elma nach eventuellen Hinweisen ausfragen sollte, war kaum zu befürchten, daß er mich verdächtigen würde.

Schließlich gab es Millionen kleiner Männer. Und wenn er sich von Elma Hinweise erwartet hätte, wäre er schon längst bei uns aufgetaucht.

Als wir anlegten, war mir wieder ganz wohl. Ich hatte mich selbst überzeugt, daß ich nichts zu befürchten hatte. Und dann — diese Privatdetektive verlangten ja bekanntlich dreißig bis fünfzig Dollar pro Tag, und Sandler hatte gesagt, der Zwischenfall habe sich vor einem Monat ereignet. Die Alte hatte inzwischen wahrscheinlich alles Geld ausgegeben, das sie für den Fall auszugeben bereit war, und Harry Logan von ihrer Lohnliste gestrichen. Immerhin, solange er sich in der Hafengegend herumtrieb, war ich sicher.

Aber einige Nächte lang schlief ich deswegen schlecht, ich machte mir wieder Sorgen wegen der Fingerabdrücke, dann dachte ich nicht mehr daran. Ich hatte anderes im Kopf — wir hatten einen Autounfall.

Wir hatten Sid und seine Frau zum Abendessen eingeladen, und Elma fand, wir sollten Hummer anbieten. Es war ein schöner Tag, beinahe windstill, und wir nahmen die Kleine und fuhren in Richtung Three Mile Harbor, wo man Hummer von einem bis zu neun Kilo Gewicht kaufen kann. Three Mile Harbor ist hinter Easthampton, und wir freuten uns auf die Fahrt. Man bekam dort auch vorzüglichen Krabbenkuchen, von dem wir immer gleich einige Stücke verschlangen, wie hungrige Kinder. Das war auch der Grund, warum wir dorthin fuhren, statt auf den Markt in Riverhead.

Als wir uns Riverhead näherten, versuchte mich ein niedriger ausländischer Wagen zu überholen, scherte scharf vor mir ein, streifte dabei meinen linken Kotflügel und die Stoßstange und gab uns einen tüchtigen Puff.

Zum Glück schlief Joan in Elmas Armen, und so wurde niemand verletzt. Aber ich wurde wütend, weil der Kerl nicht einmal anhielt. Sein Wagen war eines von diesen leichten Fabrikaten, und er hatte seinem Schlitten vermutlich mehr Schaden zugefügt als unserem robusteren Chevrolet. Ich trat

— nachdem wir Kotflügel und Stoßstange hinten im Wagen verstaut hatten — aufs Gaspedal, und richtig, nach einem Kilometer oder so überholte ich ihn, und sein rechtes Speichenrad wackelte wie toll.

Ich drängte ihn an den Straßenrand und stieg aus. Ein blasser, schmaler Bursche von ungefähr 22 — so ein Schnösel mit Querbinder und Bürstenhaarschnitt und dummem Gesicht — saß hinter dem Steuer. Er hielt sich ein ganzes Päckchen Zigaretten vor den dünnen Mund, und als er es wegnahm, steckte ihm eine Zigarette zwischen den Lippen. Er schwenkte die Hand und mümmelte: »Tut mir leid.« Er mußte den Zigarettentrick lange geübt haben.

»Leid? Sie haben ja nicht einmal angehalten, Sie blöder Hammel!«

»Anhalten? Ich bin fast umgekippt, ich habe ein ganz schönes Stück gebraucht, bis ich den Wagen wieder unter Kontrolle hatte und . . .«

»Diesen Quatsch können Sie sich an den Hut stecken!«

Er musterte mich, fand mich zu klein und sagte: »Wozu die Aufregung? Ich bin versichert.«

Er wand sich aus dem Wagen. Ich weiß nicht, wie er überhaupt hineingekommen war — er maß einsachtzig, war aber Haut und Knochen.

Wir notierten uns die jeweilige Zulassungsnummer. Ich sagte ihm, ich sei nicht versichert, aber das mache nichts, da eindeutig er allein die Schuld habe.

Er wurde von Sekunde zu Sekunde mutiger.

»Nicht versichert? Und fahren so ein Wrack wie das hier? Da haben sogar die Kartoffelausbuddler bessere Wagen als . . .«

»Halt die Klappe, Bürschchen. Bei Fahrerflucht nützt keine Versicherung. Wir könnten jetzt alle tot am Straßenrand liegen, wegen dir.«

»Ich hab's zufällig ein bißchen eilig, lassen wir also das Theater und machen . . .«

Ich boxte ihn in den Bauch, genau dorthin, wo seine graue Flanellhose und das dunkelblaue Seidenhemd aufeinandertrafen. Elma kam herbeigelaufen, als der große Junge zusammenklappte, auf die Straße sank — und zu weinen begann!

Dabei hatte ich gar nicht fest zugeschlagen, weil ich mir nicht sicher war, ob ich ihn verprügeln sollte.

Elma sagte: »Das hättest du nicht tun sollen, Marsh. Ist er betrunken?«

»Nein, er ist bloß ein verzogener Bengel. Ihm fehlt nichts.«

Elma schaute auf ihn nieder und sagte schließlich: »Ach, heulen Sie doch nicht und stehen Sie auf. Meine Güte, Sie sehen ausgesprochen albern aus, wie Sie so dasitzen und weinen wie ein kleines Kind.«

Riverhead ist eine Kreisstadt, und man sieht dort mehr Funkstreifenwagen als anderswo auf Long Island. Während wir dastanden, stoppte ein Polizeifahrzeug, ein gutaussehender junger Polizist kam herüber und fragte, was los sei. Wir sagten es ihm, und der Polizist half dem Jungen beim Aufstehen und schüttelte ihn. Der Junge begann noch lauter zu weinen, aber nachdem er seinen Namen gemurmelt hatte, schlich sich ein respektvoller Unterton in die Stimme des Polizeibeamten ein, und daran erkannte ich, daß es sich um einen stinkreichen Burschen handeln mußte.

Der Polizeibeamte kam zu uns herüber und flüsterte: »Wissen Sie, daß er Sie wegen Körperverletzung anzeigen könnte?«

»Er mich? Das ist ja . . .«

»Jedoch glaube ich, er wird darauf verzichten, wenn Sie nicht mehr von Fahrerflucht sprechen. Am besten, man regelt alles über die Versicherungsgesellschaft.«

»Ich kann mir nicht vorstellen, wie er überhaupt zu einem Führerschein gekommen ist. Benimmt sich wie ein Schwachsinniger«, sagte ich, als Elma mich an der Schulter berührte. Sie zeigte auf unseren Wagen. Der Kühler tropfte. »Nun sehen Sie sich das mal an! Und wir sind mindestens eine halbe

Stunde von zu Hause entfernt!«

»Ich fahre Sie zu einer Werkstatt«, erbot sich der Polizist. »Ganz in der Nähe . . .«

»Ich habe keine Lust, einen Haufen Geld fürs Abschleppen zu zahlen.«

»Er wird dafür aufkommen.«

»Er? Ich habe ihn nichts Derartiges sagen hören.«

»Er tut's«, versicherte der Polizist, als ob er seiner Sache ganz sicher wäre. »Fahren Sie nur voraus. Wir folgen.«

Elma und ich stiegen in unseren Chevrolet und fuhren langsam, der Polizeiwagen folgte, und der Schnösel bildete die Nachhut. Wir erreichten, in eine Dampfwolke gehüllt, eine Reparaturwerkstatt, und kaum waren wir da, hielt auch schon ein schnittiger Packard-Roadster. Ein korpulenter, kahlköpfiger Mann saß hinter dem Steuer. Er war entweder ein Verwandter des Burschen oder der Chefbutler, oder vielleicht auch nur der Wärter des Jungen. Er schimpfte den Lümmel aus — aber in aller Höflichkeit —, dann kam er zu uns herüber. Ich bekam seinen Namen nicht ganz mit, aber es war nicht derselbe wie der des Jungen.

Der Mann sagte: »Ich bedauere das alles außerordentlich. Ich schlage vor, Sie lassen Ihren Wagen da, und er wird völlig instandgesetzt.«

»Möchte das lieber meinem eigenen Mechaniker überlassen.«

»Wie Sie wünschen. Haben Sie ihn verständigt?«

Ich rief Lens Garage an, und Len versprach, seinen ältesten Buben mit dem Abschleppjeep zu schicken, und ich ersuchte ihn, selbst zu kommen, aber er sagte, er habe zu tun — es klang sogar ein bißchen verärgert. Schließlich kam er aber doch in dem ramponierten Jeep, den er so liebte. Er sagte, die Reparatur werde hundertfünfzig Piepen kosten, einschließlich der Abschleppkosten. Der Schnösel hatte sich den Schaden an seinem europäischen Flitzer provisorisch richten lassen und war verschwunden. Der höfliche Mensch im Packard erhob keinen Widerspruch, schrieb einfach einen Scheck aus, und Len seilte unseren Wagen an seinen Jeep an und fuhr los.

Elma, der das alles Spaß zu machen schien, sagte: »Tja, kein Wagen, kein Hummer.«

Der Packard-Mann legte eine Verbeugung hin.

»Mein Wagen steht zu Ihrer Verfügung. Ich fahre Sie gern, wohin Sie mögen.«

Wir fuhren elegant nach Three Mile Harbor, kauften vier ansehnliche Hummer, aßen Krabbenkuchen, und der Mensch zahlte nicht nur für alles— angeblich war das das wenigste, was er uns für die erlittenen Unannehmlichkeiten erweisen konnte —, er fuhr uns auch noch nach Hause.

Ich hatte das Gefühl, als ob der Bengel schon viele Unfälle verursacht und seine Familie Angst hatte, daß er seinen Führerschein verlor, wenn er noch einen baute, oder sogar ins Kittchen mußte. Wenn wir darauf bestanden hätten, dann hätten wir bestimmt eine Stange Geld von ihnen bekommen.

Am Abend rief Len mich an.

»Ich kann Ihren Wagen wieder herrichten, Mr. Jameson, aber offen gestanden lohnt es sich nicht, so viel Geld in die Karre zu stecken. Ich könnte Ihnen — eventuell — weitere hundertfünfzig dafür bieten. Da haben Sie gleich dreihundert gut, entweder für einen neuen, oder für einen guten Gebrauchtwagen. Ich habe einen neuwertigen Buick da — 4000 Meilen gefahren —, der ist für 1500 Dollar glatt geschenkt. Das heißt, er kostet Sie 1200. Ist das ein Angebot?«

Ich versprach, es mir zu überlegen und morgen früh bei ihm vorbeizukommen.

Als ich Elma davon erzählte, sagte sie: »Das trifft sich gut. Wenn wir im Winter nach Kalifornien fahren wollen, brauchen wir einen anständigen Wagen.«

Am nächsten Morgen war ich beschäftigt. Jemand hatte mir ein Buch über Calders Mobiles geliehen, und ich brannte darauf, selbst ein Mobile zu machen. Ich hatte eine gute Idee: einen festen Eisenhaken hernehmen, daran kleine Nachbildungen von Seetang und Muscheln aufhängen, und von diesen herabhängend einen Kugelfisch. Ich hatte den Terrakottafimmel überwunden, und ich wollte die ganze bunte Farbigkeit des Fisches einfangen, das menschenähnliche dicke Gesicht, die grünen Juwelenaugen. Ich befaßte mich fast den ganzen Vormittag mit der Anfertigung von Aquarellskizzen und überlegte mir, ob es schwer sein würde, ein Mobile auszubalancieren. Gegen Mittag, als ich zum Strand ging, fiel mir der Wagen ein, und ich rief die Garage an. Lens Junge sagte, sein Vater sei in New York und komme erst am nächsten Tag zurück.

Am Morgen darauf borgte sich Elma Sids Wagen zum Einkaufen aus, und nachdem sie zurückgekommen war, fuhr ich zu Len hinüber. Er schien ein bißchen aufgeregt zu sein, als er mir den Buick zeigte, der wirklich wie neu aussah.

Ich sagte zu ihm: »Wir wollen im Winter nach Kalifornien fahren. Hält das dieser Wagen aus, oder sollen wir einen fabrikneuen kaufen?«

»Tja . . .« Len starrte den Wagen an, ohne ihn zu sehen. Er war in Gedanken ganz woanders. Ich wartete. Nach einer ganzen Weile riß er sich zusammen, fragte: »Gefällt Ihnen der Wagen, Mr. Jameson?«

»Doch. Hab' es eben erst gesagt. Hält er eine Reise nach Kalifornien durch?«

»Was? Kalifornien? Klar, klar.«

Ich lachte. »Sie haben sich wohl die Nacht um die Ohren geschlagen, in New York?«

Ich erinnerte mich dunkel, daß er verwitwet war. Vielleicht fuhr er ab und zu in die Stadt, um sich zu amüsieren.

»Habe gestern einen scheußlichen Tag gehabt. Ich sitze ganz schön in der Klemme.«

»Geld?«

»Gott, wenn es bloß Geld wäre! Kennen Sie das Reservoir hier in der Nähe? Also, vor einem Monat oder so ist mein Junge dort beim Angeln. Ist ja eigentlich verboten, aber man kann prima Barsche fangen. Alle Jungens aus der Gegend gehen dort heimlich angeln. Na . . .«

»Der Wildhüter hat ihn erwischt?«

Len schüttelte den grauhaarigen Kopf.

»Schlimmer, viel schlimmer. Stellen Sie sich vor, der Junge hat eine Pistole herausgefischt, so eine deutsche. Das Wasser hat ihr nicht viel angehabt, ich nehme sie also auseinander, trockne sie ab und öle sie, und sie funktioniert prima. Aber dann denke ich mir, ich behalte sie lieber nicht, wegen der Kinder. Eine Flinte ist in Ordnung, aber eine Pistole . . . Hören Sie zu, Mr. Jameson?«

»Ja, ich höre zu«, sagte ich leise, und meine Stimme klang wie in einem Hallraum.

Ich wußte in dem Moment, daß alles aus war. Ich war gefangen. Das Schicksal hatte den Mörder ereilt, wie das wohl immer der Fall ist. Sonderbar, die kleinen, unberechenbaren Dinge — der Privatdetektiv, und nun die Pistole, von einem Jungen herausgefischt. Die Chancen standen eins zu einer Million, daß jemand sie finden würde — und doch war es passiert. Einem Jungen, der nicht wissen konnte, daß er an seinem Angelhaken auch mich gefangen hatte.

»Meinen jüngeren Bruder Bud kennen Sie wohl nicht, Mr. Jameson? Er ist Fotograf in New York. Der wollte die Pistole haben, und ich war froh, das Ding loszuwerden. Aber stellen Sie sich vor, was dann passiert ist: Bud hat sein Atelier in der Wohnung, und jemand bricht da ein. Bud überrascht den Einbrecher, und der Kerl flieht über die Feuerleiter aufs Dach und entkommt. Aber dann stellt sich heraus, daß er einen Kissenüberzug mit der Beute auf einem Oberlicht zurückgelassen hat. Einfach hingeschmissen, als er gerannt ist. Der freche Kerl kommt am nächsten Tag wieder und holt alles ab. Bud hat . . . Ist Ihnen nicht gut, Mr. Jameson? Sie sind so blaß.«

»Ich habe die beiden letzten Tage zuviel Hummer gegessen«, sagte ich mit so merkwürdig ruhiger, leiser Stimme —

einer Stimme, die nicht mir zu gehören schien. Ich hörte sie
wie jemand, über den der Richter gerade die Todesstrafe ver-
hängt — ein Urteil, das zu erwarten war.

»Möchten Sie ein Glas Wasser? Oder einen Schnaps?«
Ich schüttelte den Kopf.

»Es geht schon.«

»Also, kurzum, Bud hat den Einbruch natürlich angezeigt.
Der Dieb hatte nicht viel mitgenommen, aber Bud hatte einige teure Apparate eingebüßt, und wenn man einen Diebstahl meldet, kann man den Betrag von der Steuer absetzen.
Bud hat nicht mehr daran gedacht, aber vorige Woche
kommt ein Polizist zu ihm ins Atelier und sagt, sie haben den
Kerl geschnappt. Bei einer Barschlägerei, weil er eine Pistole
bei sich hatte, und zufällig überprüft die Polizei die Waffe,
und es stellt sich heraus, es ist die Luger, mit der man einen
Mann in Newark erschossen hat . . .«

Einen Mann in Newark erschossen hat . . . Die Worte
schnitten mir ins Gehirn wie ein Messer. Anscheinend wußten alle Menschen auf der Welt davon. Ein Niemand, ein albernes Muttersöhnchen wie Mac wird erschossen, und plötzlich wird das zum Tagesgespräch. Die Welt ist klein, sagt
man — und das wurde mir nun zum Verhängnis.

»Natürlich haben sie versucht, dem Einbrecher den Mord
anzuhängen. So ein junger Bursche — ich sage Ihnen, diese
Jungen heutzutage, die machen mir angst und bange. Aber es
stellt sich heraus, der Junge hat ein perfektes Alibi; als der
Mord passiert ist, war er beim Militär. Und dann verrät er der
Polizei, wo er die Pistole her hat — aus Buds Wohnung. Nun
hat Bud aber keinen Waffenschein und leugnet glatt. Weil
der Einbrecher das Zeug die ganze Nacht auf dem Dach gelassen hat, sagt Bud, der Besitzer der Pistole könnte sie ja
eventuell in den Kissenüberzug gesteckt haben, auf dem
Dach. Na ja . . .«

»Das ist nicht so übel«, sagte ich. Meine Lippen bewegten
sich ganz von allein, als ob sie nicht zu mir gehörten. Ich

weiß nicht, warum ich überhaupt redete. Ich wollte es nicht tun. Ich wollte gar nichts tun, außer fliehen — die Welt hinter mir lassen.

»Mr. Jameson, Bud ist auf Draht. Hat schon immer Köpfchen gehabt. Sie haben Bud ausgefragt, wo er am Mordtag war, und er hat auch ein perfektes Alibi gehabt — er war im Auftrag einer Illustrierten in Chicago, wo er Bilder von einem Kongreß gemacht hat. Nun ja, Sie kennen doch die Polizei, das sind auch nur Menschen und machen sich nicht extra Arbeit. Die New Yorker Polizei sagt, der Fall gehört nach New Jersey, und die Polizei in New Jersey hat zwar die Pistole, weiß aber nicht, wem sie gehört. Sie nehmen sich Bud noch einmal vor, dann lassen sie den Fall bleiben. Bud hört nichts mehr davon. Der Dieb kriegt ein Jahr wegen unerlaubtem Waffenbesitz, und die Strafe für den Einbruch bei Bud wird zur Bewährung ausgesetzt, und Bud bekommt von einem Pfandleiher sogar ein paar von seinen Sachen zurück. Glauben Sie mir, wir haben alle mächtig aufgeatmet. Bud und ich und mein Junge, wir hätten ganz schöne Scherereien haben können.«

»Das heißt — es war alles zu Ende?« Meine Stimme bekam wieder Leben, wurde wieder meine Stimme.

»Das haben wir gedacht. Bud hat mir nichts erzählt, aber vorige Woche war ein Privatdetektiv bei ihm. Er sagt...«

»Ein Privatdetektiv?«

»Ja. Ein unverschämter Kerl. Sagt er doch Bud glatt ins Gesicht, er glaubt dem Einbrecher, und es war doch Buds Pistole. Anscheinend bearbeitet er den Fall. Er behauptet nicht, Bud habe den Mord begangen, wohlgemerkt. Er verspricht sogar, Buds Namen 'rauszuhalten, wenn der ihm sagt, wo er die Pistole her hat. Bud fällt nicht darauf herein, denn wenn die Polizei dahinterkommt, daß er gelogen hat ... Na ja, Sie wissen schon, wie das bei solchen Sachen ist.«

»Ich weiß«, sagte ich, und meine Stimme war wieder matt.

»Nun hat dieser Logan, dieser Privatdetektiv, natürlich

keine Befugnisse wie ein echter Polizeibeamter, und Bud setzt ihn an die Luft. Aber dieser Logan ist gerissen. Wissen Sie, Fotografen, Ärzte und solche Leute kriegen eine Menge kleiner Honorare in bar, und — na ja — sie führen nicht immer Buch. Sie schwindeln auch bei der Einkommensteuererklärung. Das machen sie alle. Dieser Detektiv beginnt nun, herumzuschnüffeln und sagt zu Bud, er zeigt ihn wegen Steuerhinterziehung an, wenn er nicht mit der Wahrheit über die Pistole herausrückt. Bud kriegt es mit der Angst zu tun. Ruft mich gestern in die Stadt, und wir reden lange darüber.«

»Sie haben mit Logan gesprochen? Er heißt doch Logan?« fragte ich mit äußerst höflicher Stimme, der höflichen Stimme eines lebenden Leichnams.

»Nein, nein, Mr. Jameson, nicht mit ihm, wir haben über ihn gesprochen, was wir mit ihm machen sollen«, berichtigte Len gereizt. »Bud will nämlich nicht, daß er seine Kunden aushorcht. Das verscheucht die Leute, und angenommen, er findet etwas und zeigt Bud wegen Steuerhinterziehung an? Das gäbe bloß Stunk. So oder so, er hat uns in der Hand. Deshalb wollte Bud mit mir reden. Gesetzt den Fall, er erzählt dem Kerl, wo er die Pistole wirklich her hat, was passiert dann mit mir, mit meinem Jungen? Ich meine, wir müssen uns einig werden, ob wir diesem Vogel trauen können, ob wir uns auf einen Handel mit ihm einlassen sollen.«

»Haben Sie das getan?«

»Nein, noch nicht. Verdammt, ich will nicht ein Jahr brummen, weil ich die Pistole nicht gemeldet habe. Und ich will auch nicht, daß mein Junge in die Besserungsanstalt kommt. Die Sache ist wirklich ernst. Bud hat sich mit diesem Detektiv für kommenden Samstag verabredet. Bis dahin müssen wir uns überlegt haben, ob wir ihm was sagen oder ob wir uns auf die Hinterfüße stellen. Wissen Sie, Mr. Jameson, eigentlich sollte ich Ihnen das ja nicht erzählen, sonst . . .«

»Das sollten Sie wirklich nicht! Sie sollten lieber den Mund halten, Len. Du lieber Himmel, heutzutage macht man aus Spitzeln Heilige — man weiß nie, wen man vor sich hat«, sagte ich schroff, verwundert über die Wut in meiner Stimme. War es nicht egal, ob ich wütend war oder nicht? War nicht überhaupt alles egal? Aber falls Tony etwas davon erfuhr . . . Ich weiß nicht, aber es wird schon was Wahres dran sein, daß die Hoffnung nie erlischt, denn ich hatte noch ein schwaches Fünkchen Hoffnung, die mir Übelkeit verursachte.

»Stimmt genau«, bestätigte Len und musterte mich. »Bei Ihnen weiß ich freilich, woran ich bin, Mr. Jameson. Und . . .«

»Ich habe jedes einzelne Wort vergessen, das Sie gesagt haben. Sonst noch jemandem davon erzählt?«

»Keinem Menschen. Ich habe es mir einfach von der Seele reden müssen, deshalb habe ich es Ihnen gesagt. Jetzt ist mir auch schon viel wohler.«

»Am besten, Sie sprechen zu sonst niemandem darüber. Das gleiche gilt für Ihren Sohn.«

»Na klar, ich habe dem Jungen so Angst gemacht, daß er keinen Piepser von sich gibt. Tja, da habe ich Sie mit meinem Kummer belästigt, und danke fürs Zuhören — und Vergessen. Also, was soll denn jetzt mit Ihrem alten Wagen geschehen?«

»Mit dem Wagen?«

Der schwache Hoffnungsschimmer . . . Es gab für mich nur eines zu tun . . . Mord ist eine Krankheit, eine Falle, eine Einbahnstraße mit nur einem einzigen Ausweg — noch einem Mord. Dieser Harry Logan mußte noch vor Samstag tot sein, denn sobald ihn die Spur zu Len führte, in diese Gegend, zu Elma, würde alles auf mich hindeuten. Die einfachste Schlußfolgerung würde ergeben . . .

»Der Wagen, Mr. Jameson.«

»Richtig, der Wagen. Ach — ich weiß nicht —«

»Dieser Buick ist sein Geld wert, und das sage ich nicht bloß, weil ich ihn verkaufen will. Ich kann ihn nicht zu lange dabehalten — der Mann braucht dringend Geld. Wenn Sie aber lieber Ihren alten Wagen aufgemöbelt haben wollen — von mir aus.«

»Wir werden wahrscheinlich den Buick nehmen. Ich muß erst — muß erst — äh — mit meiner Frau darüber sprechen.«

Ich wunderte mich, daß ich in so einem Moment meine Zeit an einen Wagen verschwendete. Ich brauchte viel dringender eine Pistole. Großer Gott, wann würde dieses Morden enden? Würde ich jemals Ruhe haben? Hatte dieser Logan einen Partner? Hatte er der Polizei seine Vermutungen über die Pistole und Buds Geschichte mitgeteilt? Würde Mama Morse einen anderen Privatdetektiv beauftragen, einen anderen Schnüffler, der mein Glück, mein Leben bedrohte?

»Ist es Ihnen recht, Mr. Jameson?«

Ich zuckte zusammen.

»Was? Entschuldigen Sie, ich war ganz in Gedanken. Was haben Sie gesagt?«

»Ich habe gesagt, heute ist Dienstag, besprechen Sie sich mit Ihrer Frau, und ich warte bis Freitag, bevor ich ihn jemand anderem anbiete. Okay?«

»Gut. Ich rufe morgen an. Vielleicht schon heute abend«, sagte ich gedankenlos.

Ich fuhr zurück nach Hause und erzählte Elma von dem Buick. Ich sprach ruhig und gelassen, als ob ich wirklich Interesse hätte — und fühlte mich doch die ganze Zeit wie ein Unbeteiligter, ein Horcher.

Sie fand, wir sollten den Buick kaufen, und ich rief Len an und meldete ihm, wir würden den Wagen vermutlich nehmen, aber Elma wollte ihn zuerst sehen. Er versprach, ihn Donnerstag oder Freitag herüberzufahren, dann könnten wir den Kauf perfekt machen.

Ich ging in mein Atelier, zündete mir die Pfeife an, betrachtete meine Skizzen zu dem Kugelfisch-Mobile. Wie unwichtig mir das alles jetzt vorkam! Ich hatte meinen ganzen Mut benötigt, alle meine Reserven mobilisieren müssen, um

Mac zu töten. Ein gewisser Vorteil war gewesen, daß ich ihn gehaßt hatte. Aber nun ... Diesen Logan erschießen, einen Menschen, den ich nie gesehen hatte — kaltblütig erschießen ... Ich war mir nicht sicher, ob ich es fertigbringen würde.

Und konnte ich ungeschoren davonkommen — noch einmal? Noch einmal. Ich entwickelte mich ja richtig zu einem alten Mordhasen. Würde es wieder ein ›Noch einmal‹ geben, und noch ein ›Noch einmal‹ und ...

Sid kam, um uns mit dem Auto an den Strand zu fahren, und ich zog mir mechanisch die Badehose an, hielt die Kleine, beteiligte mich während der Fahrt sogar am Gespräch, entwickelte meine Ideen für das Mobile. Doch die ganze Zeit über arbeitete mein Gehirn wie eine Rechenmaschine, untersuchte und verwarf Einfälle — Mordpläne.

Ich war auch diesmal im Vorteil — Logan kannte mich nicht. Ich mußte herausbringen, wie er aussah, ihm dann auflauern. Und die Waffe?

Großer Gott, wenigstens die Werkzeuge für meinen neuen Beruf sollte ich mir besorgen!

Und die Waffe? Ich konnte Tonys neue Scheibenpistole klauen, aber ließ sich die gleiche Methode anwenden? Noch etwas: Falls Logan getötet wurde, erfuhr die Polizei bestimmt von Mama Morses Auftrag; doch vorausgesetzt, Logan hatte niemandem von Bud und der Luger erzählt, war die Polizei wieder dort, wo sie angefangen hatte — auf der Suche nach dem dunkelhaarigen dicken Mann, der Mac erschossen hatte, und nun Logan. Die gleiche irreführende Spur, doch diesmal für einen zweifachen Mörder. Und Bud? Würde der zur Polizei laufen, wenn er von Logans Tod erfuhr?

Eventuell — aber da standen die Chancen 50 zu 50. Nach dem, was mir Len erzählt hatte, war Bud nur darauf aus, keinen Verdruß zu haben. Ich mußte es eben darauf ankommen lassen, ob er den Mund hielt. Mein Gott, auf was alles ich es ankommen lassen mußte! War mir das Glück noch gewogen, oder hatte ich es zu arg strapaziert?

Es war einfach verrückt: Da lag ich am Strand und sonnte mich, als wenn das lebenswichtig für mich wäre. Ich balgte und rangelte mit Elma im Wasser, und bei all dem hatte ich nur eines im Kopf — Mord.

In der Nacht konnte ich sogar schlafen, und am Morgen erhielt ich einen Brief von meinem Kunsthändler: Er hatte einen Interessenten für meine Bronze ›Hunger‹ gefunden. Das war ein legitimer Anlaß, in die Stadt zu fahren — und ich beschloß, Logan an dem Tag zu töten.

So einfach, von einer Minute zur anderen, beschloß ich, einen Menschen umzubringen. Ich fragte mich, ob ich verrückt war — oder hängt heutzutage so viel Gewalttätigkeit in der Luft, daß ein Mord fast normal erscheint?

Ich wußte nicht, wie ich es durchführen sollte, aber ich war einigermaßen erleichtert, daß ich den Entschluß gefaßt hatte, daß in ein paar Stunden für mich alles vorbei sein würde, so oder so.

Ich lieh mir Sids Wagen und hielt kurz bei den Alvins an, um Alice zu fragen, ob sie etwas aus der Stadt brauchte. Alice und eine Frau, die den Sommer hier verbrachte, planten ein großes Fest mit Grillbraterei unter freiem Himmel, und während Alice ging, um sich zu erkundigen, was für Saucen benötigt wurden ... Es war ganz leicht, die Pistole zu finden, sie zu nehmen ... Eine langläufige Scheibenpistole — leichter als die Luger. Zu was für einem Schußwaffenexperten ich mich entwickelte!

Nachdem ich die Tri-Borough-Brücke hinter mir gelassen hatte, bog ich plötzlich ab in die Bronx und fuhr ziellos umher. Nördlich des Yankee-Stadions gelangte ich in ein altes Wohnviertel, das fast kleinstädtisch wirkte. Ich fand ein schmales Gäßchen mit einem quadratischen Holzhaus an einer Seite, dessen herabgelassene, staubige Jalousien verrieten, daß es entweder leer oder den Sommer über unbewohnt war. An der anderen Seite der Gasse wuchsen hohe Hecken, die beschnitten werden mußten, dann kam eine große unbebaute Parzelle und ein modernes Backsteinhaus. Die Gasse lief um das alte Holzhaus herum bis zu einer unbenützten Garage. Hinter der Garage ragte das nackte Skelett eines Wohnhausfundaments auf — eines Hauses, das vermutlich noch während der Depression in den dreißiger Jahren begonnen und nicht fertiggestellt worden war. Diese Baureste waren umgeben von einem windschiefen Zaun, den Kinder an verschiedenen Stellen eingerissen hatten, und von einer Straße mit weiteren Eigenheimen.

Ich betrachtete mir die Szene, als ob sie ein Bühnenbild wäre, eigens errichtet für das, was ich vorhatte — ein Zwei-Personen-Drama.

Plötzlich sah ich klar: Ich brauchte bloß Logan in das Gäßchen zu locken, dann schnell ein Schuß, der niemandem auffallen würde ... Sids Wagen in der anderen Straße vor dem schiefen Zaun — ich renne über die alten Fundamente, und weg bin ich.

Das schien zu einfach, zu unkompliziert zu sein, aber ich wußte, daß gerade die Unkompliziertheit ein Vorteil war. Hier konnte kein umständlich ausgetüftelter Plan schiefgehen ... Auf den Ort war ich zufällig gestoßen, es gab nichts, woraus sich eine Beziehung zwischen mir und der Gegend hätte rekonstruieren lassen.

Ich fuhr weiter und rief meinen Kunsthändler an. Er war ausgegangen, ich nannte meinen Namen, sagte, ich sei eben aus Sandyhook gekommen und würde am Nachmittag noch einmal anrufen. Auch das war eine Art Alibi — ein schwaches.

Auf der Fahrt nach Newark wurde mir ein bißchen mulmig ... Ich mußte immerzu denken: Der Mörder kehrt an den Ort seines Verbrechens zurück. Harry Logan stand im Telefonbuch. Ich tippte auf eine kleine Ein-Mann-Agentur, da er persönlich überall herumgeschnüffelt hatte, und ich wußte, daß ich richtig geraten hatte, als er sich selbst am Telefon meldete: »Ja? Logan am Apparat.« Er hatte eine dunkle, klare Stimme.

»Sind Sie Harry Logan, der Privatdetektiv?«

»Nicht ›der‹, sondern ›ein‹ Privatdetektiv. Wer spricht dort?«

»Könnten Sie für heute einen Auftrag übernehmen?«

»Vielleicht. Wer spricht?«

»Das erfahren Sie, wenn wir uns treffen. Ich möchte jemanden beschatten lassen. Ich zahle gut.«

»Fein. Kommen Sie zu mir ins Büro und packen Sie aus.«

»Ich kann nicht in Ihr Büro kommen«, sagte ich. »Ich glaube — äh —, man verfolgt mich. Erkläre Ihnen alles, wenn wir uns sehen. Können wir uns in ungefähr zehn Minuten treffen? Ich bin groß, trage einen ausgebeulten Tweedanzug, habe eine Glatze.«

»Merkwürdige Geschäftspraktiken. Warum können Sie nicht . . .«

»Es handelt sich um einen merkwürdigen Fall. Macht hundert Dollar für ein paar Stunden Arbeit.«

»Also, abgemacht. Wo treffen wir uns?«

Ich telefonierte von einem Drugstore aus, der seinem Büro genau gegenüberlag.

»Ihrem Haus gegenüber gibt es einen Drugstore. In zehn Minuten kann ich dort sein. Wie sehen Sie aus?«

»Groß. Die Mädchen sagen mir manchmal, ich bin hübsch — sogar wenn sie nüchtern sind. Ich trage einen blauen Anzug und einen braunen Strohhut«, gab Logan an, als mache er sich über mich lustig.

»Gut, in zehn Minuten.« Ich hängte ein.

Ich fuhr zweimal um den Block und hielt sogar vor dem Drugstore, weil die Ampel auf Rot stand. Logan war tatsächlich groß und hübsch, sah gar nicht wie ein Privatdetektiv aus — hatte nichts Hartgesottenes an sich.

Ich fuhr nordwärts, und hinter der George-Washington-Brücke parkte ich und rief ihn noch einmal an.

»Hier ist der mit dem ausgebeulten Tweedanzug, Mr. Logan. Tut mir leid, daß ich unsere Verabredung nicht einhalten konnte.«

»Was soll das sein — ein Ulk?«

»Nein, nein, es hat schon seine Richtigkeit. Ich . . .«

»Mir gefällt das nicht.«

Ich sagte rasch, um ihn zu beruhigen: »Wissen Sie, ich habe kalte Füße bekommen. Es ist — äh — ziemlich gefährlich für mich in New Jersey. Der Gerichtsdiener ist mit einer Vorladung hinter mir her.«

»Ach so. Es handelt sich um einen Scheidungsfall?«

»Hm . . . Ja. Machen Sie so etwas nicht?«

»Wenn für mich Geld dabei herausspringt, dann schon. Wie kommen wir zusammen?«

»Es ist jetzt halb zwei. Haben Sie einen Wagen?«

»Man könnte es so nennen.«

»Ich schlage vor, Sie kommen zu mir nach New York, in die Bronx. Wenn Sie über die George-Washington-Brücke fahren, schaffen Sie es in einer halben Stunde. Einigen wir uns auf drei Uhr.«

»Gut. Wie lautet die Adresse?«

Ich nannte ihm die Adresse des Holzhauses in der Bronx, dann fügte ich hinzu: »Meine Frau hat sich sehr unfein verhalten, wenn also die Rollos unten sind, machen Sie sich keine Gedanken. Sie braucht nicht zu wissen, daß ich dort wohne. Gehen Sie einfach zur Hintertür. Sie bekommen dann gleich fünfzig Dollar von mir, und die restlichen fünfzig um sieben Uhr abends, wenn Sie mir sagen, mit wem sie beim Abendessen war.«

»Einverstanden. Bloß — seien Sie dort. Die Fahrt ist lang, Kamerad.«

»Ich werde dort sein. Es ist sehr wichtig für mich.«

Ich fuhr in die Bronx und parkte den Wagen in der Seitenstraße mit dem schiefen Zaun und den alten Wohnhausfundamenten. Die Straße war wie ausgestorben, die Kinder waren vermutlich irgendwo im Schwimmbad oder im Park. Als ich um den Block herum zu dem verlassenen Haus ging, traf ich unterwegs nur eine Frau mit Kinderwagen. Sonst war niemand zu sehen. Ich wußte, daß mich mein Glück nicht verlassen hatte, ich war zufällig auf die ideale Stelle für einen Mord gestoßen. Es war zwölf nach zwei. Mein leichtes Jackett war durchschwitzt, mein Mund ausgedörrt. Ich mußte drei Blocks weit gehen, bevor ich einen Laden fand, wo ich mir ein Sodawasser kaufen konnte. Nachdem ich getrunken hatte, wurde mir besser, bloß hätte ich mir statt des Sodawassers einen Whisky gewünscht.

Langsam ging ich zurück, bog ganz selbstverständlich in das Gäßchen ein, setzte mich auf die Hintertreppe. Ich steckte die Hand in die rechte Tasche, vergewisserte mich, daß die Pistole entsichert war ...

Und wartete.

Der Himmel wurde graublau — als wäre er blaue Tünche, auf die ein Tropfen Schwarz gefallen war. Ich fragte mich, ob meine Augen nachließen. Ich wollte Logan fragen, der neben mir hin und her ging und alle paar Minuten mit besorgter Miene meinen Magen anstarrte.

Als ich den Mund aufmachte, um ihn nach dem Himmel zu fragen, war die Luft zäh wie ein Gummibonbon, und ich konnte nichts anderes tun, als daran kauen. Es war jedesmal angenehm, wenn ich ein Stückchen von der Luft verschluckte. Sie stank auch, ein bißchen verpestet und süßlich.

Logan murmelte — und es war erstaunlich, wie deutlich ich selbst das kleinste Geräusch hörte: »Hoffentlich kommt Ihre Frau bald. Dauert fast schon eine Stunde. Polizei kann jeden Moment hier sein, und wenn sie nicht zuerst da ist, oder ...«

Er wurde plötzlich stocksteif, machte mir mit der Hand ein Zeichen, still zu sein — was ich komisch fand —, als wir beide auf der Straße einen Wagen mit quietschenden Reifen bremsen hörten. Laufende Schritte kamen durch das Gäßchen, dann geriet Elma in mein Blickfeld, und hinter ihr sah ich Alices beklommenes Gesicht.

Logan packte Elma, als sie auf mich zukam, das Gesicht von Angst und Schreck verzerrt. Er schüttelte sie, tuschelte ihr mit einem Blick auf Alice etwas ins Ohr. Ich sah, wie ihre Lippen sich bewegten, sie stieß ihn beiseite und kniete neben mir nieder. Sie hatte ein schulterfreies Kleid an, und als sie sich über mich beugte, bemerkte ich das sahnige Weiß ihres Brustansatzes, das so angenehm mit der Sonnenbräune ihrer Schultern kontrastierte. Nun würde ich keine Terrakottafigur mehr von ihr machen. Ich würde überhaupt nichts mehr machen . . .

Sie stöhnte: »Marsh, oh, Marsh«, und Tränen stürzten aus ihren wunderbaren schrägen Augen. Der hinreißende Mund, der schöne Körper, unsere gemeinsamen Gedanken und Scherze — alles, was ich liebte, was immer mir gehören sollte — alles, wofür ich gemordet hatte, um es zu behalten — und was mir nun entglitt.

Mir blieb nur noch eines zu tun übrig: Elma erklären, warum ich alles getan hatte. Aber als ich den Mund öffnete, drang die Luft herein, dick wie Schaumgummi. Ich kaute auf ihr herum, bemühte mich, zu sprechen.

Ich bewegte angestrengt die Kiefer — ich mußte es ihr sagen! Aber als ich schluckte, um die Kehle frei zu bekommen, verstopfte mir ein weiterer Klumpen der klebrigen Luft den Mund.

Da wurde mir klar, daß ich es nicht schaffen würde, ihr alles zu erklären, und das machte mich traurig, tat weh. Ich strengte mich noch einmal an, die Kehle freizubekommen, aber der Luftklumpen rutschte einfach bis zu meinem Adamsapfel hinunter und blieb dort stecken. Ich begann zu würgen.

Ich muß wohl das Bewußtsein verloren haben, während ich nach Atem rang, denn als ich die Augen wieder aufmachte, dachte ich, der blaue Himmel sei auf uns heruntergefallen. Ein Wall aus Dunkelblau stand hinter Elma — und ein Streifen Weiß. Da erkannte ich, daß es die Beine von vielen Polizisten waren, und der Streifen Weiß war bloß die Hose eines Unfallwagenarztes.

Wach zu bleiben kostete mich große Mühe. Die Luft verstopfte mir noch immer den Mund, und ich konnte kaum atmen. Elma beugte sich über mich. Solche Zärtlichkeit wie in ihren Augen hatte ich noch nie gesehen. Ich schaute in diese herrlichen Augen — versuchte, ihr mit den meinen zu sagen, warum ich das alles getan hatte, was ich aufs Spiel gesetzt, was für ein scheußliches Verbrechen ich begangen hatte, um unser Glück zu sichern . . .

Ihre vollen Lippen bewegten sich, aber ich hörte keinen Laut. Ich schluckte mehrmals, aber der Klumpen Luft, der meinen Mund ausfüllte, rührte sich kaum. Dann — als wäre eine unsichtbare Tür aufgegangen — hörte ich sie sagen: »Marsh, und wenn es auch stimmt, was du sagst — daß du Mac erschossen hast — es war alles meine Schuld! Ich habe das ganze Elend über dich gebracht . . . Ach, Marsh, wenn ich das bloß gewußt hätte!« Sie begann wieder zu weinen, ihre Tränen fielen auf mein Gesicht wie eine Liebkosung.

Meine Augen lächelten ihr zu, versuchten ihr zu sagen, daß nur sie allein mich glücklich gemacht hatte und ich ihr dafür dankbar war.

Sie schluchzte: »Marsh, Marsh, warum hast du mir nichts davon gesagt!«

Ich schob den Luftklumpen mit der Zunge auf eine Seite. Ich bewegte die Hand, versuchte, ihr Gesicht zu berühren — und wurde fast ohnmächtig von der Anstrengung. »Elma, was hätte sich geändert, wenn ich es dir gesagt hätte? Du hättest dich bloß aufgeregt. Und dieser verdammte Schnüffler, dieser Logan, wäre mir — uns — dahintergekommen, und es hätte einen Skandal gegeben, einen langen Prozeß und am Ende den elektrischen Stuhl . . .«

Dann sagte sie es — wie klar ich ihre Worte hörte!

»Marsh, Lieber, siehst du — ich habe Logan beauftragt. Um der alten Frau eine Freude zu machen. Wenn ich gewußt hätte, — du bist es . . .«

Sie schaute auf, und Logans gewöhnliches Gesicht kam vor meine Augen, und er flüsterte: »Klar, Mr. Jameson, ich hätte den Mund gehalten. Ich werde bezahlt, damit ich Sachen herausfinde, der Rest geht mich nichts an. Wie Sie mir Ihren Namen genannt haben, da — also, da habe ich den Anruf bei der Polizei hinausgeschoben, bis Mrs. Jameson kommt.«

»Marsh, wir haben noch so viel vor uns. Du mußt gesund werden, und irgendwie werden wir uns da durchkämpfen, und . . .« Elmas Stimme erstickte in einem hoffnungslosen Schluchzen, und ihre Tränen benetzten meine Augen.

Die tolle Ironie des Ganzen traf mich wie ein Schlag. Also Elma hatte Logan beauftragt! Gott im Himmel — wenn ich das gewußt hätte! Logan hätte uns wahrscheinlich erpreßt, aber ich hätte immer noch Elma und die Kleine — unser Leben.

Ich wollte lachen, weinen . . . Marsh Jameson, der Neunmalkluge . . . Dabei hatte das Leben die ganze Zeit darauf gewartet, mir ein Bein zu stellen, hatte mich ausgelacht, hatte auf diesen alles endenden Messerstich in den Rücken gewartet, diesen letzten Fußtritt, den sich das Schicksal für mich aufgespart hatte.

Ich machte den Mund weit auf, um zu lachen, und ein großer, fester Luftklumpen glitt herein. Ich versuchte, ihn auszuspucken, aber er schob sich in meine Kehle wie ein Korken in die Flasche. Ich konnte ihn nicht zerbeißen. Ich begann zu würgen, nach Atem zu ringen . . . Ich wußte, daß ich nun starb.

Ich dachte: Tod, du elender Schweinehund, geh weg . . .

Der Tod, der sich in Gestalt eines harten Klumpens stinkender Luft an mich heranmachte.

Elmas großer Mund erweiterte sich plötzlich zu einem grotesken Ring, und ein Schrei drang heraus, ein Schrei, der mich mit Klang eindeckte, und er begann, mich langsam davonzutragen. Ich versuchte, mich zu wehren, wie ein Schwimmer gegen die Brandung ankämpft.

Das Würgen in meiner Kehle machte ein sonderbar rasselndes Geräusch. Elma schrie und schrie, und der Doktor in Weiß beugte sich über mich, aber ihre Tränen tropften auf meine Augen, schienen alles zu verschleiern. Mir war, als falle ich durch ein Teleskop, Elmas schreiendes Gesicht wurde kleiner und undeutlicher.

Ihre Schreie wurden greller und greller — umgaben mich, trugen mich mit sich fort. Ich schwebte auf den Schallwellen, und dann wurde Elmas Gesicht ein verwischter Fleck, und ich sank in die Wellen, sank schneller — immer schneller . . .